에이프릴 마치의 사랑

에이프릴 마치의
사랑

이장욱
소설

문학동네

차례

행자가 사라졌다!

경험이란 무엇일까? 입는 것일까? 먹는 것일까? 바삭바삭한가? 물렁물렁한가? 경험이 모여 추억이라는 게 되는 것일까?

행자에게는 그런 게 없다.

경험 말이다.

추억도 역시.

그것이 좋다.

경험이 없다고 해서 세상을 모르는 것은 아니다. 할머니는 경험 많은 인간들이 외려 세상을 오해하는 법이라고 말씀하셨다. 그이들은 대개 경험이 만든 틀에 갇혀 살아가니까. 육이오를 경험한 사람은 육이오에, 유신을 경험한 사람은 유신에, 가난을 경험한 사람은 가난에 갇혀 살아가는 법이다. 평생 돈 귀한 줄 모르고 살았다면? 다들 지들처럼 사는 줄 알겠지.

경험 많은 할머니가 하신 말씀이니 아마도 맞을 것이다. 경험이 많을수록 틀 밖으로 나가지 못하니 생각은 편협하고 믿음은 완고해진다. 이런 걸 보면 경험을 지혜의 원천이라고 하는 건 우스꽝스럽다. 차라리 경험 없는 지혜가 더 현명할 수도 있지 않을까?

경험 없는 지혜라고?

그렇다.

확실한 증거가 있다. 바로 우리집 행자다.

행자가 지혜롭고 현명하다고 하면 어이없어할지도 모르겠다. 행자는 애완용 뱀의 이름이니까.

행자는 몸을 공처럼 잘 말아서 볼파이톤 또는 공비단뱀이라고 불리는 종이다. 길이 일 미터 정도의 소형이지만 파충류는 파충류이므로 냉동 쥐 같은 것을 먹고 산다. 가공 사료는 먹지 않는다. 순하고 저 혼자 스트레스를 잘 받는 체질에 어둡고 답답한 소형 리빙 박스가 삶의 터전이다. 하지만 파충류답게 생존력이 강해서 아무것도 먹지 않고 두어 달은 버틸 수 있다. 내 손바닥 위에서 몸을 둥글게 말고 고개를 바짝 치켜든 행자는, 한마디로 말해서, 멋지다. 달리 표현할 방법이 없다. 두 갈래로 갈라진 혀를 날름거릴 때는 더더욱.

행자에게는 경험이 거의 없다. 살아 있는데 경험이 없을 수는 없으니까 '거의' 없다고 한 것이다. 행자는 성체가 되기도 전에 여기 이태리아파트 2동 301호에 들어와서 평생을 보냈다. 그것도 좁은 플라스틱 리빙 박스 안에서 말이다. 간혹 내가 물을 갈아주거나 박스에서 꺼내 핸들링을 할 때가 있지만, 기본적으로 행자에게는 톱밥 깔린 리빙 박스와 집안이 전 세계인 셈이다.

하지만 행자는 엄연히 살아 있는 동물이며, 본능과 직감으로 세계를 이해하는 영물이다. 그렇다고 생각한다. 행자와 눈을 가만히 마주보고 있으면, 이 영물이 모든 것을 꿰뚫어보고 있구나 하는 느낌까지 든다. 나뿐만 아니라 엄마, 아빠, 할머니, 그리고 남동생 규의 기분이나 감정 상태 등을 귀신같이 알아채는 것이 틀림없다.

가령 행자의 움직임을 보면 그날의 집안 분위기를 정확하게 알 수 있다. 분위기가 좋을 때 행자는 내 손바닥 위에서 상체를 곧게 펴고 리드미컬하게 움직이며 혀를 날름거린다. 마치 『아라비안나이트』에 나오는 춤추는 뱀처럼 말이다. 하지만 분위기가 좋지 않을 때는 몸을 둥글게 말고 대가리를 제 몸에 파묻은 채 시선도 주지 않는다.

파충류가 집안 분위기나 주인의 기분을 알아챈다고 하면 다들 코웃음을 치겠지만, 행자를 키워보면 생각이 달라질 것이다. 작고 섬세한 얼굴, 아라비아 숫자 3을 눕혀놓은 듯한 귀여운 입, 그 입에서 쉭쉭 나왔다 들어가는 두 갈래 혀, 그리고 무엇보다도 단추처럼 까맣게 빛나는 눈. 아무런 감정도 깊이도 없이 반들반들 빛

나는 두 개의 눈. 그걸 가만히 바라보고 있으면, 확실히 뭔가 *읽히고 있다*는 기분이 드는 것이다.

행자는 떠들지도 않고 자기주장을 하지도 않으며 어둠과 침묵에 익숙하다. 냉혈동물답게 고독이니 우울이니 하는 것을 느끼지도 않는다. 하지만 행자는 우아한 자세로 은신하며 세상을 꿰뚫고 있다. 그렇다고 생각한다.

그런 행자가 사라진 것은 지난 일요일 아침이었다.

아침에 가장 먼저 일어난 사람은 아빠였지만, 아빠가 행자의 부재를 발견한 것은 아니다. 아빠는 평소처럼 새벽녘에 일어나 휴일 아침의 테니스를 즐기고 돌아왔을 뿐이다. 전날 밤에 한잔한 탓에 느지막이 일어난 엄마도, 학원에 가기 위해 가방을 챙기던 규도 행자가 사라졌다는 사실을 알지 못했다. 행자의 실종을 알아차린 사람은 할머니였다.

할머니는 아흔이 된 뒤부터는 매사에 별 반응이 없어서 점점 식물이나 사물에 가까워지는 것 같았다. 케이블 TV에서 매일 재방송으로 틀어주는 〈전원일기〉를 볼 때만 희미한 미소를 지을 뿐이다. 그런 할머니가 휠체어에 앉아 텔레비전을 보다가 문득 이렇게 물었다는 것이다. 시선은 허공에 둔 채였고, 아주 조용하고 낮은 목소리였다.

근데…… 행자는 어디 갔네?

무슨 말씀인가 싶어 한참을 멍하니 있다가, 엄마는 뭔가 깨달은 듯 거실 장식장에 올려둔 리빙 박스를 열어보았다. 엄마의 눈이 휘둥그레졌다. 박스 뚜껑이 열려 있었던 것이다. 요컨대 사건은 이미 터진 뒤였다.

행자가 사라졌다!

엄마는 본능적으로 비명을 질렀다.

엄마와 규가 집안 곳곳을 뒤졌지만 행자는 발견되지 않았다. 소파 밑부터 냉장고와 텔레비전 뒤, 그리고 베란다 하수구와 변기 안까지 집안의 모든 외진 곳을 샅샅이 뒤졌지만 보이지 않았다. 엄마는 곧바로 나에게 전화를 했고 나는 전화를 끊자마자 막 새로 읽기 시작한 추리소설을 던져놓고 집으로 달려온 것이다.

그날 나는 집에 없었다. 어수선한 집에서 방학을 보내느니 한적한 기숙사에 머무는 쪽이 체질에 맞았기 때문이다. 방학중 계획이 있는 학생들을 위해 일부 방을 개방해놓은 것이지만, 내게는 이렇다 할 계획 같은 것은 없었다. 도서관에서 알바를 하고 내키는 대로 책을 읽다가 어둠이 깔린 황량한 캠퍼스를 걸어 기숙사로 돌아오는 것이 좋았다. 신입생으로서 가질 법한 대학에 대한 기대치가 처음부터 낮았기 때문인지도 모른다. 그날도 나는 추리소설들을 손에 잡히는 대로 읽다가 행자의 실종 소식을 듣고 달려왔을 뿐이다.

리빙 박스는 엄마가 손대기 전에 이미 열려 있었다고 했다. 행자가 스스로 열었을 리는 없다. 그렇다면 대체 누가, 왜, 박스를 열었는가? 대체 누가, 왜, 행자를 밖으로 나가게 했는가? 행자는 지금 어디에, 어떤 상태로 존재하는가? 죽어 있는가, 살아 있는가?

나는 단서를 찾아 나섰다. 가족들을 하나하나 붙잡고 추궁하다시피 알리바이를 캐물었다. 행자는 돌연변이라 독이 있다, 사람을 죽일지도 모른다, 그러니 반드시 찾아내야 한다! 그런 거짓말까지 해가면서.

내가 약간 흥분했는지도 모른다. 누나 대체 왜 이래? 규가 짜증을 내며 진술을 거부한 것도 당연했다. 그래도 어쩔 수 없는 것이, 행자는 내 인생 최초의 반려동물이었으며, 내가 직접 번 돈으로 들인 녀석이었으며, 무엇보다도 영물이었으니까.

모두들 별스럽다는 반응을 보였지만 나는 필사적이고 집요했다. 우리집에서 행자에게 관심을 가진 것은 나뿐이었기 때문에. 행자의 행방에 관심을 가진 것은 오직 나뿐이었기 때문에. 그리고 무엇보다도 범인이 가족 중에 있다는 밑도 끝도 없는 확신이 나를 사로잡았기 때문에.

누구에 대해 먼저 말해야 할까?

아빠다.

내가 아직 이 인간을 아빠라고 부르는 데는 이유가 있다. 그는 소위 386 세대로 대학을 졸업한 후 긴 방황기를 거쳐 재무설계사가 되었다가 펀드 매니저로 성공한 '입지전적' 인물이다. '성공'이니 '입지전적'이니 하는 건 사실 아빠가 스스로를 방어할 때 사용하는 레토릭일 뿐이다. 외환위기 이후의 폭락장을 역이용해 업계에 진입했다가 리먼 브라더스 사태 때 폭탄을 맞고 가산을 탕진한 처지에 입지전이라니, 꽤나 민망한 표현이었다. 지금도 빚이 남아 허덕이고 있기 때문에, 가계는 엄마의 수입을 보태야 근근이 유지될 정도였다.

아빠는 자신이 중도라고 주장하지만 엄마는 대놓고 '꼴보수'라고 불렀다. 아빠는 조간신문을 애독하며 거기서 얻은 정보로 세상을 판단하는 데 익숙하다. 신문기사에 나온 수치를 외우고 그 수치로 상대를 제압하려 든다. 비정규직이 어떻고 하면 곧바로 한국의 고용유연성 수치가 OECD 34개국 중 몇 위인 줄 아느냐, 빈부격차가 어떻고 하면 한국의 GDP 수치가 1972년에서 2018년 현재까지 몇 배나 뛴 줄 아느냐, 라고 대꾸하는 식이다.

물론 아빠는 자신을 '꼴보수'가 아니라 문화인이자 교양인이라고 생각한다. 모차르트를 좋아하고 바그너를 사랑하며 백남준이나 김환기에 대해 자신의 견해를 피력할 줄 아는 사람이었으니까. 특히 보기 드문 오페라 마니아로 DVD와 블루레이로만 백여 장을 소장하고 있으며 〈라 트라비아타〉에서 〈마담 버터플라이〉까지 오페라의 내용과 공연사를 줄줄 꿰는 사람이었으니까.

내연관계의 여자가 일 년마다 바뀌는 오페라 마니아를 상상해

본 일이 있는가? 나는 있다. 아니, 자주 본다. 게다가 나는 확신하고 있다. 그가 오페라 마니아이기 '때문에' 내연관계의 여자가 바뀐다는 것을 말이다. 진짜 오페라 마니아들에게는 미안한 얘기지만, 아빠를 보고 있으면 그렇게 생각하지 않을 수 없다.

아빠는 그날도 테니스를 치러 갔다가 돌아왔다. 우리 아파트 단지 뒤편에도 공용 테니스코트 한 면이 있지만 아빠는 그곳을 이용하지 않는다. 오 킬로미터 정도 떨어진 사설 클럽으로 차를 몰고 간다. 알고 지내는 '사회지도층 인사'들이 거기 모여 주말마다 테니스를 친다는 것이다. 아빠는 그렇게 말했지만 엄마도 나도 알고 있었다. 그게 이런저런 이유로 업계에서 밀려나는 중인 중년 남자들이 정보를 교류하는 모임에 불과하다는 것을.

아침에 운동복을 입고 거실에 나와 아몬드 우유를 마실 때만 해도 아빠의 기분은 가벼웠다. 이른 시각이었으므로 집안은 고요했고 창밖으로 보이는 하늘도 쾌청했다. 초여름 더위도 한풀 꺾인데다 그날 아침에는 미세먼지 수치도 '보통' 수준이었다. 모든 면에서 평범하고 평화로운 아침이라고 할 만했다.

하지만 아빠의 일진이 마냥 좋았다고는 할 수 없다. 여느 휴일처럼 차를 몰고 나가서 네 게임이나 뛰고 왔지만 별다른 소득이 없었다. 관심을 두던 스타트업의 동향에 대해서도 유의미한 정보를 얻을 수 없었고, 게임에서는 단식 복식을 가리지 않고 연전연패였다. 이상할 정도로 안 맞네. 아빠는 중얼거렸다. 아빠는 승부

욕이 강했지만 승부욕을 감추고 미소를 지으며 상대를 축하할 정도의 사교성은 갖추고 있었다. 게다가 테니스 자체가 목적도 아니었으므로 아빠는 비교적 여유 있게 그날의 패배를 받아들일 수 있었다.

하지만 그날 아침 내가 질문을 퍼부었을 때 아빠는 오늘 일진이 매우 안 좋다고 차갑게 대꾸했다. 그걸 내가 알 게 뭐냐. 나한테는 주의의무 같은 게 없다. 아빠는 그렇게 덧붙였다. 지금 폭발하기 일보 직전이니 사소한 일로 귀찮게 하지 말라는 뜻이었다. 나는 아빠를 가만히 노려보았지만 더이상 추궁을 할 수는 없었다.

행자에 대한 아빠의 감정이 좋지 않다는 것을 나는 잘 알고 있었다. 아빠는 파충류 따위가 주인을 알아본다는 말은 들어본 적이 없으며, 더더구나 사람을 가려서 반응을 한다는 말도 금시초문이었다. 뱀은 괴물도 아니고 영물도 아니며 단지 뇌 용량이 작은 짐승일 뿐이다. 아빠는 그렇게 단정했다.

하지만 행자를 보고서는 생각이 좀 달라진 것 같았다. 아빠가 자기 손이나 팔에 행자를 올려놓으면 행자는 신기하게도 몸의 색깔을 바꾸고 화가 난 듯 혀를 날름거렸다. 어서 여기를 빠져나가야 한다는 듯 기민하게 움직였다. 나를 포함한 다른 가족들 손에서는 결코 그런 반응을 보이지 않았다. 아빠의 손 위에서 행자는 적의를 드러낼 줄 아는 파충류였던 것이다.

그러다가 정말 변을 당한 적도 있다. 행자가 순식간에 달려들어 아빠의 목덜미를 물어버린 것이다. 출혈은 없었고 약간의 상처가 났을 뿐이지만, 아빠 입장에서는 진심 경악할 만한 사건이었다. 애완용 뱀에게는 분명 독이 없다고 했는데, 이상하게도 아빠의 목덜미는 며칠 동안 붉게 부어올라 가라앉지 않았다. 아빠가 행자에게 악감정을 가질 만한 동기는 충분한 셈이다.

그리하여 그날 아침, 갑작스러운 적의가 아빠를 휘어잡았을지도 모른다. 그래서 거실 장식장에 있는 행자의 박스를 내렸을지도 모른다. 박스 구석에 몸을 말고 있는 행자의 모가지를 잡아 비닐에 넣은 뒤 차 트렁크에 실어 야산이나 하수구 같은 곳에 버렸을지도 모른다. 아니, 비닐이고 야산이고 하는 게 번거로웠기 때문에 화장실 변기에 던져 넣은 뒤 물을 내려버렸을지도 모른다.

물론 아빠가 범인이라고 단정하기에는 아직 이르다. 사태가 지나치게 단순해 보인다면 그건 뭔가 다시 생각해볼 필요가 있다는 뜻이다. 아빠가 범인이라면 그건 너무 단순한 추론이고, 사태가 그렇게 단순하다면 아빠가 그렇게 했을 리가 없다. 아빠는 욱하는 감정에 일을 저지르는 유형이 아니다. 치밀한 계획을 짜서 완전범죄를 모의한다면 모를까, 감정이 치민다고 곧바로 행동에 옮기는 유형도 아니다. 오히려 그런 종류의 인간을 경멸하는 편에 속한다. 무엇보다도, 박스를 그렇게 허술하게 열어놓고 외출했을 리가 없다.

엄마는 어떤가?

엄마는 내가 없을 때 행자에게 피딩을 해주는 유일한 사람이다. 내가 기숙사 생활을 시작한 뒤로는 행자에게 냉동 쥐를 넣어주는 것도 엄마였고 물을 갈아주는 것도 엄마였다. 그러니 엄마가 행자에게 못된 짓을 할 리가 없다……고 적어보지만, 이런 확신의 순간이야말로 위험하다는 것을 우리는 잘 알고 있지 않는가?

엄마 역시 용의선상에서 완전히 배제되는 것은 아니다. 내가 없는 동안 물이나 먹이를 제공하는 일이 엄마 담당이라는 바로 그 점이, 가장 중요한 동기일 수도 있으니까. 무엇보다도 엄마는 뱀을 키운다는 것 자체를 납득하지 못하는 사람이었다.

저 징그러운 걸 꼭 키워야겠어? 뱀은 뱀이니까 독이 있을지도 모르잖아? 저게 예쁘게 보인다니 그게 말이 돼? 엄마, 그건 그냥 편견이야. 뱀만큼 아름다운 생물은 없다니까.

처음에는 엄마와 이런 대화를 반복하는 것 자체가 피곤한 일이었다. 지금은 그럭저럭 내 얘기를 받아들이고 있지만, 엄마는 애초에 반려동물 같은 것에 관심이 없었고 집안 분위기도 그럴 만한 상황이 아니라고 주장했던 사람이다. 집안 분위기……라면 물론 나도 수긍이 가는 면이 있었다.

사실 엄마 아빠는 서로 갈라서기로 잠정적으로 합의한 상태였다. 아빠가 바람을 피웠기 때문에? 그렇게 생각한다면 엄마를 얕잡아 보는 것이다. 왜냐하면 엄마에게도 따로 연인이 있었기 때문이다. 바람을 피운다기보다는, 서로가 상대의 애정생활에 간섭하지 않기로 했다고 쿨하게 말하는 편이 나을지도 모른다. 실제로 그게 사실에 부합하기도 하고.

두 사람은 이미 오래전부터 별거 상태였다. 같은 집에 살기는 하지만 각방을 쓰고 서로의 삶에 개입하지 않으며 거의 남남처럼 행동한다. 그렇게 사는데도 겉으로는 아무런 문제가 없는 것처럼 보인다. 사랑 없이도 가족이 가능하다기보다는, 차라리 이런 것이 새로운 형태의 가족이 아닐까 싶을 정도였다.

하지만 최근에 엄마는 불면증과 함께 가벼운 우울증을 앓고 있었다. 아빠 때문에? 천만에. 아니라니까. 엄마는 아빠와는 질적으로 다른 사람이다. 버지니아 울프로 학위를 받은 영문과 강사이며, 무명이긴 하지만 무려 신춘문예로 등단한 소설가로 최근에는 90년대를 배경으로 한 장편소설을 쓰고 있었다. 소수자 이슈를 비롯한 각종 사회 현안에서 진보적인 견해를 지지하는 좌파에 팔로어가 천 명쯤 되는 트위터리언이었으며, 무엇보다도 이제 겨우 마흔네 살이었다.

그렇다. 엄마는 '자기만의 방'이 필요한 사람이었다. 당연하게도, 대학 졸업과 동시에 결혼을 하고 아이를 둘이나 낳아버린 자신의 지난날을 후회하고 있었다. 그것도 일곱 살이나 차이가 나는 남자와 말이다. 엄마는 학위를 받은 이후에는 논문을 거의 쓰지 못했으며, 등단 후 십 년이 지나도록 작품집 한 권 없는 무명이었다. 새로 시작한 장편소설은 엄마의 멱살을 잡고 침울과 우울 속으로 끌고 들어갔다.

사실 엄마는 마흔넷이라고는 믿을 수 없을 정도로 여전히 젊고 샤프해 보인다. 예전에는 가끔 홍대 클럽에 진출할 때도 있었는데, 그런 곳을 다녀온 날에는 기분이 조금 좋아 보이곤 했다. 물론 그것도 삼십대 때 얘기고 요즘에는 혼자 방에서 글을 쓰고 술을 마시는 일이 잦았다. 수면제의 도움이 없으면 잠에 들지 못한 지도 꽤 되었다.

그날도 엄마는 약을 먹고 잠이 들었다. 꿈속에서 엄마는 길을 걷다가 묻지마살인을 저질렀다. 피살자는 낯이 익은데 누군지 알 수 없는 사람이었고, 꿈속의 엄마는 자신이 왜 사람을 죽여야 하는지 이해하지 못했다. 엄마는 시체를 업고 아파트 옥상에 올라가 저 아래로 던져버렸다. 엄마는 비명을 지르며 깨어났다. 이게 꿈인가 아니면 정말 자신이 뭔가 저질러버린 것인가 헷갈릴 정도로 생생한 느낌이었다.

찜찜한 지점은 바로 여기다. 예전에 텔레비전에서 본 적도 있지만, 우울증 약에 취한 채로 술을 마시면 사람은 무슨 짓을 할지 모른다. 자기도 모르게 거리를 헤맬 수도 있고, 정리해놓은 책들을 이유 없이 바꿔 끼울 수도 있고, 가스를 켜놓은 채 라이터를 손에 들 수도 있다. 엄마가 약이나 술에 취한 채 일을 저질렀다고 하면 적어도 나는, 그럴 수도……라고 생각할 것이다.

게다가 엄마는 죽음에 대한 소설을 쓰고 있었다. 심연을 들여다보면 심연도 자신을 들여다본다고 했던 철학자가 누구였던가. 그게 상투적인 얘기라고 생각된다면, 자살에 대해서 곰곰이 생각하는 사람의 내면을 상상해보면 된다. 우리가 죽음을 들여다보면…… 죽음도 우리를 들여다본다.

내가 지금 무슨 얘길 하고 있지?

아, 행자다. 행자가 사라졌다면, 그건 아마도 규와 관련이 있을 것이다. 규, 이제 중학교 3학년인 내 남동생 말이다. 남동생이라고는 했지만, 규가 중학생이 된 이후로 남매로서의 우애 같은 것은 사라진 지 오래였다. 중딩 동생이 있는 사람은 이해할 것이다. 그냥 생활이 그렇게 만든다는 것을. 녀석은 이제 나를 누나라고 부르지도 않는다.

호기심이나 만용 때문에 엉뚱한 짓을 저지르는 것은 아무래도 미성년자들이다. 고층 아파트나 옥상 같은 데서 물건을 던지거나, 인터넷 댓글난에 막무가내식의 욕설을 올리는 건 열에 아홉은 초딩들이 아닌가. 그들은 자기가 치명적인 짓을 한다는 것을 알면서도 그것을 행한다. 물론 규는 초딩이 아니라 중딩이긴 하지만.

이렇게 말하고 나니 규야말로 유력한 용의자가 아닌가 하는 생각이 든다. 사실 아빠와 엄마가 이혼을 미루었던 데는 이유가 있다. 규 때문이다. 규가 대학에 입학할 때까지 두 사람은 평화적 관계를 유지하기로 합의했다. 자식의 미래 때문에 이혼을 미룰 만큼 엄마 아빠가 규에게 엄청난 관심을 갖고 있었느냐…… 하면 그렇지는 않다. 두 사람의 이해관계에 따른 것이라는 뜻이다.

앞서 말했듯이 엄마 아빠는 둘 다 자기 삶이 있고 자기 관심사가 있는 사람들이다. 아빠에게는 S&P500이나 항셍, 닛케이 지수 외에도 내연의 연인과 오페라와 테니스가 있었다. 엄마에게는 버지니아 울프가 있었고 버지니아 울프를 이해하는 연하의 연인이 있었으며 무엇보다도 소설이 있었다.

게다가 아빠 엄마는 과도한 자식 사랑이 자식을 망친다고 믿는 신세대 학부모였다. 아이들은 아이들 자신의 의지에 따라 살도록 해야 한다는 데는 기본적으로 의견이 일치했다. 특히 엄마는 모성애라는 관념에 합리적인 적대의식을 갖고 있었기 때문에, 규에게 마음이 쏠릴수록 그런 자신에게 거리를 두려고 노력하는 편이었다.

엄마 아빠는 규에 대해 다음과 같이 합의했다. 규의 인생은 규의 인생이다. 대학 때까지는 케어하겠지만, 그 이후에는 자신의 인생을 살아야 한다. 행복이든 불행이든 기쁨이든 슬픔이든…… 스스로 감당해야 한다. 자신이 선택을 하고 자신이 책임을 지는 것이 인생 아닌가.

뭐, 당연한 얘기다. 부모라고 해서 자식들에게 올인하는 건 이미 구시대적이다. 부모가 있다고 해서 스물이 넘어서까지 의지하는 건 철없는 캥거루 같은 짓이며, 자식이 부모의 삶을 독립적인 삶으로 인정하는 것 역시 당연한 일이다. 엄마는 90년대에 대학 시절을 보낸 소위 X세대였고 아빠 역시 스스로를 문화인이라고 생각하고 있었기 때문에, 그런 면에서는 손쉽게 의견 일치를 보았다. 나 역시 학비 일부를 지원받는 걸 제외하면 이미 나 자신이 스스로를 감당하고 있었다. 신입생 오리엔테이션이 끝나자마자 알바를 두 개나 시작했고, 지금도 도서관에서 근로장학생으로 일하고 있으며, 조만간 교외 장학금에도 도전해볼 예정이니까. 나에게 낭만적인 대학생활 같은 것은 뒷전이었다.

동의하기 어려운 것은 이런 것이다. 대체 왜 규 때문에 이혼을 미룬다는 말인가. 그냥 이혼을 해버리고 경제적 환경만 제공해도 좋지 않은가. 바로 그 점에 불만을 가진 것은 엄마도 아빠도 아닌, 규 자신이었다.

이혼할 거면 그냥 이혼해도 좋아요.

어느 날 아침 식탁에서 규는 그렇게 말했다. 덤덤한 어조였다. 아빠 엄마는 서로의 얼굴을 한 번 바라보았을 뿐, 금방 입을 열지 못했다.

한참 후에야 엄마가, 얘가 쬐그만 게 별소리를 다 하네……라고 대꾸했지만, 거기에 무슨 말을 덧붙여야 할지 알 수 없었다. 그 후 꽤 오랫동안 식탁에는 숟가락 소리만 울렸다. 침묵을 깬 것은 규였다.

뭐 그럼 알아서들 하시든가.

규는 그런 말을 남기고 제 방으로 들어가버렸다. 엄마 아빠는 다시 한번 서로의 얼굴을 마주보았지만 먼저 입을 여는 사람은 없었다. 엄마의 표현에 의하면, 둘 다 '벙찐' 표정이 되었던 것이다.

이 대목에 대해서는 해설이 좀 필요하다. 사실 엄마 아빠는 규를 과소평가하고 있었다. 그들이 말한 대로 규의 인생은 규의 인생이다. 그것은 당연하다. 대학 때까지 케어는 하겠지만 그 이후는 자신의 인생을 살아야 한다……라고 아빠 엄마는 말했지만, 그건 하나만 알고 둘은 모르는 얘기다. 규는 이미 오래전부터 '자신의 인생'을 살고 있었다. 자신이 선택을 하고 자신이 책임을 지고 자신의 행복과 불행을 스스로 감당하고 있었다는 뜻에서.

첫째, 공부는 이미 포기한 지 오래였다. 부모의 레이더망을 벗어나는 것은 의외로 쉬웠다. 엄마 아빠의 관심이 평균 이하였기 때문이기도 하지만, 컴퓨터 앞에 죽치고 사는 규에게 각종 주소, 아이디, 비밀번호 도용 및 문서위조만큼 쉬운 일은 없었다. 아빠 엄마는 특별히 의심하지 않았다. 그들은 계급 상승에 목매고 교육열에 불타는 구시대 학부모들이 아니었다.

둘째, 규는 이제 중딩답게 사춘기에 시달리고 있었다. 담배를 피운다거나 술을 마신다거나 야동을 본다거나 그런 얘기가 아니다. 사실 술 정도는 내가 가르쳐보려고 시도한 적도 있지만, 규는 별다른 관심을 보이지 않았다. 규의 표현에 따르면, 그런 것들은 이미 한물간 취미들이기 때문에 전적으로 '구리다'는 것이다.

사춘기 소년으로서 규는 세상의 거의 모든 것에 불만을 갖고 있었다. 우선 아빠 엄마에 대한 적의가 강했다. 규에게 아빠는 겉과 속이 다른 위선자였고, 엄마는 자기 믿음에 취한 설교자였다. 의외였던 것은, 위선자보다 설교자에 대한 반감이 더 컸다는 점이다. 규 자신의 표현을 빌리면, 위선자는 선량한 척할 뿐이지만 설교자는 자신이 믿고 있는 것을 추호도 의심하지 않는다.

잘난 체하는 새끼들은 다 죽어.

그건 규가 입에 달고 다니는 말이었다. 규가 소위 '극우' 사이트에 들어가 활동하게 된 것은 자연스러운 수순이었는지도 모른다. 그 사이트가 '극우'라는 것은 텔레비전 뉴스를 보던 엄마의 표현이었고, 규는 거기에 아무런 토를 달지 않았다. 물론 엄마는 자기 아들이 바로 그 사이트에서 활동하고 있는 줄은 상상도 하지 못했을 것이다.

규가 오프라인에서 언제나 침묵만 지켰던 것은 아니다. 어느 날 식사중에 규는 엄마 아빠 앞에서 조용히 자기 견해를 피력한 적이 있다. 엄마 아빠가 정치적인 문제로 가벼운 논쟁을 하고 있을 때였다. 북한이 어떻고 이념이 어떻고 신자유주의가 어떻고 자본주의가 어떻고 하는 얘기가 아빠 엄마 사이를 탁구공처럼 왔다갔다 했다. 어느 순간에 규가 조용히 입을 열었다. 밥알을 씹으면서, 목소리를 높이지 않고, 너무나 당연한 사실을 전한다는 투였다.

그런 게 어딨어.

두 사람은 규에게 시선을 돌렸다. 규는 그들을 바라보지 않았다. 그냥 숟가락으로 밥을 뒤적이며 말을 이었을 뿐이다.

지금 레드 콤플렉스니 뭐니 그런 게 어딨어. 그런 건 없다구. 진짜 우파는 이제 시작이야. 우린 엄마 아빠 때와는 프레임이 다르다구.

규의 말을 들은 엄마와 아빠는 천천히 입을 벌렸다. 입은 크게 벌어진 뒤에 다물어지지 않았다. 이제 겨우 중3인 열여섯 살짜리의 입에서 나올 단어들이 아니었다. 얘가 레드 콤플렉스가 뭔지 알고 하는 말인가? 프레임? 프레임이라고? 요즘 중학교에서는 그런 단어도 가르치나? 우파니 좌파니 하는 걸 얘가 알고 있다는 말이야? 신문 사설을 외웠나? 정치하다가 죽은 무슨 귀신에 빙의라도 된 건가?

두 사람은 적잖은 충격을 받았다. 인형이 말을 한다든가, 마네킹이 걷기 시작한다든가, 댕댕이가 악수를 청하는 것을 목격했을 때의 반응이라고 할까. 댕댕이건 마네킹이건 인형이건, 어쨌든 식탁에 앉아서 밥을 먹던 사춘기 남자애는 '정확하게' 그렇게 말했다. 헛것이나 환상이 아니라 명백한 현실로서.

엄마는 곧바로 규의 뒷조사를 시작했다. 컴퓨터를 뒤지고 SNS 계정을 스캔했으며 담임선생님을 찾아가 규의 학교생활에 대해 문의했다. 그것도 모자라서 규의 친구들에게 전화를 걸어 우회적으로 질문을 던졌다. 규의 루틴에 대해서, 규의 관심사에 대해서, 규의 온라인 생활에 대해서 등등. 스트레이트하게 물어본 건 아니었고, 어디까지나 문득 생각났다는 듯이 떠본 것뿐이지만.

모은 정보를 합쳐보니 결과는 이랬다. 규는 여러 인터넷 커뮤니티에서 파워 유저로 활동한 경력이 있었다. 처음에는 아이돌 연예인과 게임 관련 커뮤니티에 속해 있다가 프리메라리가와 이종격투기 커뮤니티로 옮겨갔다. FC 바르셀로나와 레알 마드리드 선수들의 이름을 빠삭하게 부르게 된 뒤에는 케인 벨러스케즈니 마크 헌트니 하는 격투기 선수들에게 빠졌다. 하지만 그것도 잠시, 가상화폐 커뮤니티를 들락거리다가 3학년에 올라와서는 모 웹사이트의 하위 카테고리에 있는 정치사상 커뮤니티로 옮겨 활동을 시작했다는 것이다.

정치사상…… 커뮤니티라니, 그게 뭐니?

엄마는 규의 친구 두엇에게 같은 질문을 던졌지만, 수화기 저편에서 돌아오는 반응은 똑같았다.

몰라요. 우리가 알 게 뭐예요. 아줌마, 블리자드 디아블로 투 알아요? 모르죠? 거봐요. 그런 거예요.

엄마는 자신이 듣고 있는 말이 무슨 뜻인지 이해할 수 없었다. 중3이 정치사상 커뮤니티라니, 무슨 게임 커뮤니티라든가 프라모델 또는 밀리터리 커뮤니티라면 몰라도 정치사상…… 커뮤니티라니. 그게 가당키나 한 일인가. 엄마는 이해할 수 없었다. 하지만 이해할 수 없다고 해서 팩트가 바뀌는 것은 아니다.

내가 이리저리 찔러본 바에 의하면, 규가 처음부터 정치사상 커뮤니티 게시판의 글들을 이해했던 것은 아니다. 용어도 어려웠고 문장도 난해했으며 열띤 분위기도 이해가 되지 않았다. 하지만 규는 여기에 뭔가 있다는 강렬한 끌림을 느꼈다. 규는 반복적으로 게시물들을 읽어나갔다. 그리고 본능적으로 '프레임'을 만들어서 그 안에 글 내용을 끼워맞추기 시작했다. '프레임'은 처음에는 삼각형이나 사각형처럼 단순했지만 시간이 지나면서 엉성하나마 그물 모양을 갖추어갔다. 규는 성글고 엉성한 개념의 그물을 던지면서 게시물들을 읽어갔으며, 개념들을 차근차근 검색하고 댓글의 반응들을 참고해 적과 아군을 구분하기 시작했다.

처음에는 게시물 댓글난에 ☺나 ☹처럼 간단한 이모티콘을 남겼다. 느낌표, 물음표를 연달아 찍기도 했고, ㅠㅠ라든가 물개 박수를 치는 이모티콘을 붙이기도 했다. 얼마 후에는 문장으로 이루어진 동조나 조롱 댓글을 올리기 시작했는데, 이 과정에서 프리메라리가와 이종격투기, 그리고 각종 RPG 게임에서 배운 용어들을 뒤섞어 썼다.

적과 아군을 구분한 뒤에는 모든 것이 명백해졌다. '입장'을 갖고 발언한다는 것의 쾌감도 알게 되었다. 진정한 '자신'을 발견해가는 느낌이었기 때문에, 규는 그 이전에 알던 모든 것들이 거짓이자 허구처럼 느껴졌다. 자기가 지지하는 주장이 과격하면 과격할수록 기분이 좋아진다는 것을 규는 본능적으로 깨달았다. 규는 세계의 진실을 알 것 같은 느낌을 받았으며, 자신과 자신의 세대가 '새로운 시대'를 열어갈 것이라는 희미한 확신을 느끼기까지 했다.

몇몇 댓글이 호응을 얻자 규는 자신감을 갖게 되었다. 이민자, 난민, 여성, 소수자, 환경 같은 단어들만 나오면 곧바로 리액션을 취했다. 댓글을 달거나 게시물을 올렸다. 무플이라도 상관하지 않았다. 다다익선이었다. 최근에 규는 동물보호 단체 사이트에 대한 사이버 테러에 참여하고 있었다. 길고양이 밥 주기, 유기견 안락사 반대 같은 테마들이 규의 심기를 건드렸다. 도대체 세상이 어떻게 돌아가는 건가. 길고양이와 유기견이 인간보다 더 고귀하고 존엄하다는 건가. 규는 용납할 수 없었다. 게다가 최근 시민단체 측에서 악성 댓글을 단 사람들을 고소한 뒤 게시판 분위기가 들끓기 시작했다. 규는 적의가 솟아오르는 것을 느꼈다. 무엇에 대한 적의? 글쎄, 그건 규 자신도 정확하게 알 수 없었다.

규가 행자에게 아예 애정이 없었던 것은 아니다. 고학년이 되면서 태도가 싹 달라졌지만, 중학교 1학년 때만 해도 규는 행자를 관찰하고 행자를 손에 올린 채 노는 걸 좋아했다. 특이한 애완동물을 키우는 것을 자랑으로 생각하기까지 했다. 그런 규가 설마……라고는 하지만 설마가 사람 잡는다는 상투어구에는 일말의 진실이 있다. 우리가 '설마'라고 중얼거리는 순간은, 부정하고 싶은 예감이 이미 현실화된 다음이다.

차마 상상하고 싶지 않은 용의자가 또 있다. 말도 안 돼. 그렇게 중얼거리며 머리를 흔들다가도 인간은 알 수 없다. 모든 가능성을 생각하지 않으면 안 된다. 그렇게 생각하게 된다. 규 얘기가 아니다. 그럼 누구?

할머니다. 할머니는 이제 갓 아흔이 되었는데도 백 살은 된 것처럼 보인다. 할머니는 거의 움직이지 않는다. 어떨 때는 정말 할머니가 식물의 한 종류가 아닐까 생각될 때도 있다. 식물이라고 해도 장미나 제라늄 같은 종류가 아니라 선인장이나 고무나무 같은 종류의.

할머니는 조금씩 숨을 쉬고 조금씩 광합성을 한다. 물도 먹을 것도 최소한으로만 섭취한다. 할머니는 몸이 작고 가볍다. 집안에서도 휠체어의 일부인 것처럼 앉아 있다. 예전에는 이런저런 대화도 많이 했었는데, 언제부터인가는 의사 표현을 거의 하지 않는다. 텅 빈 눈으로 사람이나 창밖을 바라보지만 그 눈빛에는 영혼이라 할 만한 것이 느껴지지 않는다.

하지만 식물에게 정말 영혼이 없을까? 나는 그렇게 생각하지 않는다. 식물들도 마찬가지겠지만, 할머니가 아예 움직이지 않는 것은 아니다. 어느 순간 등뒤의 느낌이 이상해서 고개를 돌려보면, 할머니가 휠체어에서 일어나 서 있을 때가 있다. 일어서서 선

채로 허공을 바라보고 있는 것이다. 잠시 후에는 아주 느리지만 확고한 걸음으로, 한 발 한 발 걸어서, 혼자 화장실에 가거나 방으로 들어가는 것이다. 슬로비디오를 보는 느낌이지만 때로는 공포 영화의 한 장면처럼 섬뜩한 기분이 된다.

할머니는 혼자 시골에서 사시다가 요양원으로 옮긴 지가 벌써 이 년째였다. 꽤 럭셔리한 요양원으로, 시골집을 처분한 돈에 엄마와 큰이모네가 얼마간을 보탰다고 했다. 그러다 최근 요양원에 트러블이 있어서 부득이하게 잠시 집에 와 있게 된 것이다. 트러블? 요양원에 있던 노인 중 한 사람이 방화를 했다는 얘기였다. 다행히 사상자는 없었지만 요양원 일부를 리모델링하지 않으면 안 되었다. 방화를 한 노인은 자기를 요양원에 가둔 악마들을 응징하겠다고 소리를 질렀는데, 그 악마들은 이미 세상을 뜬 전직 대통령들이었다.

할머니가 반응을 보이는 대상은 딱 셋이다. 하나는 케이블 TV에서 반복해서 내보내는 〈전원일기〉. 앞서도 얘기했지만, 〈전원일기〉의 무언가가 할머니의 뇌세포를 자극하는 모양이었다. 아마도 유년이나 청년 시절의 이미지가 떠오르기 때문이 아닐까 생각한다. 양촌리 회장댁이 나오면 무조건반사인 듯 뭔가 낮게 중얼거리시는 걸 나는 여러 번 목격했다. 할머니의 입에 귀를 대고 그 중얼거림을 들은 적도 있다. 할머니는 틀림없이 이렇게 말씀하셨다. 김혜자 최불암이가 연기를 참 잘하자.

평생을 시골에서 살아서 대도시의 상자갑 같은 아파트에 적응하지 못한다……라는 건 선입견이고, 할머니는 오히려 아파트를 선호해서 우리집에 들러 장기 체류를 하곤 했다. 깔끔해서라는 게 엄마의 설명이었다. 할머니가 〈전원일기〉의 무언가에는 반응을 보이는 것은 그래서 좀 신기한 일이다.

할머니가 반응을 보이는 대상이 또하나 있다. 바로 행자다. 행자와는 단지 눈을 맞추는 정도가 아니다. 할머니와 행자는 '대화'를 나누었다. 그렇다는 것을 나는 확신한다. 할머니와 행자가 서로를 마주보고 있으면, 할머니는 뭔가 중얼거리고 행자는 슬슬 몸을 흔들며 춤을 춘다. 믿거나 말거나지만, 행자가 할머니의 중얼거림에 리듬을 맞추고 있다는 것을 나는 직감으로 알았다. 그 풍경은 '대화'가 아니라면 설명되지 않는다.

애초에 행자라는 이름도 실은 할머니가 붙여준 것이다. 몇 해 전 우리집에 다니러 왔을 때 할머니는 행자를 행자라고 부르라고 했다. 행자는 사실 할머니 자신의 이름이었다. 어째서 뱀한테 할머니 이름을 붙이라는 거예요? 내가 그렇게 물었을 때, 할머니는 말없이 미소를 지었을 뿐이다. 엄마가 설명을 덧붙였다. 할머니는 이름이 불리지 않은 지 오래되셔서 이름이 필요 없기 때문이 아닐까? 나는 그게 심히 불쾌하고 화가 났지만, 사실 나조차도 할머니의 이름을 곧바로 떠올리지 못했으니까.

행자는 자정에서 아침 열시 사이에 사라졌다. 전날 자정에 엄마가 물을 갈아주었다. 피딩은 아직 하지 않아도 좋을 것 같았다. 그때까지만 해도 행자는 구석자리에서 얌전히 혀를 날름거리고 있었다. 그랬는데 다음날 아침 열시가 되어 할머니가 그렇게 중얼거린 것이다. 아주 희미해서 그게 할머니의 목소리라는 걸 깨닫기까지 시간이 꽤 걸렸다고 했다.

근데…… 행자는 어디 갔네?

엄마가 거실 장식장의 리빙 박스를 내렸을 때는 이미 사건이 일어난 뒤였다.

행자가 사라졌다!

그런데 어디로?

만일 집 바깥으로 나갔다면?

그래서 아파트의 다른 집에 스며들어갔다면?

엄마는 머리를 움켜쥐었다. 내가 집에 도착한 후 면밀히 조사한 결과, 박스에 바닥재로 쓴 톱밥 가루가 몇 군데서 발견되었다. 톱밥 가루는 신발장 아래에도 있었고 창문 틈에도 끼어 있었다. 행자는 분명 살아 있으며 움직이고 있었다. 게다가 집 바깥으로 나간 것이 틀림없었다.

우리 아파트 단지는 서양 가옥처럼 ㄷ 자 구조에 오층짜리 건물 세 개 동으로 되어 있다. 저층에 소규모라서 단지 내 인구밀도가 낮다. 그건 우리 단지가 여느 아파트와 차별되는 포인트이기도 하다. 대개 중산층 이상 고학력에 문화적이고 교양 넘치는 인간들이 산다. 엘리베이터에서 만나면 예의바르게 인사를 하고 아파트 안에서는 모든 걸 다 감싸안을 듯 너그러운 미소를 짓는다. 하지만 매매가격을 낮춰 내놓는 집이 없도록 담합하고, 관리비 부담 때문에 경비 인력을 감축하고, 옆 단지 놀이터 라인이 대지를 침범했다며 소송을 벌일 때는 대단히 호전적이라는 것을 나는 알고 있다. 그런 곳에서 관리사무소나 입주민 대표자 회의의 허가를 받지 않은 동물이…… 그것도 파충류가…… 무려 뱀이…… 아파트 여기저기에 출몰한다면?

창으로 스며든 뱀이 자정의 식탁 위에 똬리를 틀고 있다면?

화장실에도 스며들고 침실에도 스며든다면?

두 갈래로 갈라진 혀를 내민 채 그 검고 빛나는 눈으로 잠든 사람들을 바라보고 있다면?

잠에서 깨어났는데 그것과 눈이 마주친다면?

엄마는 머리를 쥐어뜯었다.

냉혈동물답게 뱀은 길들여지지 않는다. 그것은 차갑고 미끈거린다. 깊은 밤에 침대 위로 기어올라온 그것은 우리의 꿈속까지 스며들지도 모른다. 뱀이라는 동물은 스르르, 스며들기가 특기이기 때문에.

혹시 당신이 아파트 주변의 길을 걷거나 집안에서 대화를 하거나 잠자리에 들기 위해 이불을 걷었다가 무언가를 발견한다면, 그게 우리집에서 나간 바로 그 생물이라고 생각해도 좋다. 애완용은 독이 없으니까 괜찮아, 라고 생각했다가는 큰코다칠지도 모른다. 변종이라는 게 있고 돌연변이라는 게 있는 법이니까. 지금 내 몸에 서서히 독이 오르고 있는 것이 그 증거다. 나는 이미 핸들링을 하다가 행자에게 물린 적이 있다. 실은, 한두 번이 아니다.

내가 사태의 전말을 이해하게 된 것은 할머니의 손을 잡고 할머니의 눈을 물끄러미 바라보고 나서였다. 할머니가 반응을 보이는 대상으로 셋이 있다고 하지 않았나? 하나는 〈전원일기〉, 또하나는 행자, 그리고 세번째는 바로 나.

할머니의 입술이 조금씩 움직이고 있다는 것을, 그 입술이 뭔가 발음을 하고 있다는 것을 나는 깨달았다. 입술의 움직임에 유의하면서 나는 가만히 할머니 말씀에 귀를 기울였다. 희미해서 선명하게 들리지는 않았지만, 나는 할머니가 무슨 얘기를 하는지 충분히 이해할 수 있었다. 그것은 대략 이런 내용이었다.

전날 밤에 엄마와 아빠는 또 사소한 문제로 다투고 있었다. 규나 할머니를 둘러싼 문제였을 것이다. 규는 자기 방에서 나오지 않았다. 아마도 미친듯이 악성 댓글을 달고 있었겠지. 그리고 깊은 밤, 할머니가 휠체어에서 스르르 일어난 것이다. 고요한 밤의 거실에 가만히 서 있다가, 할머니는 장식장 쪽으로 천천히 다가갔다.

할머니의 입술이 '행자'라고 발음했을 때, 나는 그것이 박스 안의 행자를 말하는 것인지, 할머니 자신을 말하는 것인지 헷갈렸다. 어쨌든 그 깊은 밤에 행자는 또다른 행자에게 손을 내밀었다. 행자는 박스의 뚜껑을 느리지만 침착하게 열었다. 박스 안에는 행자가 오래전부터 어둠 속에서 홀로 춤을 추고 있었다.

그렇다. 입 모양으로 보아 할머니는 확실히 그렇게 말씀하셨다. 행자가 춤을 추고 있었다……라고. 음악도 없었고 보는 사람도 없었는데……라고. 김혜자와 최불암이 연기를 참 잘하는데……라고. 경험이나 추억은 없는 것이 좋은데……라고.

에이프릴
마치의
사랑

1

나는 그녀가 오늘 아침 늦은 시간에 일어나 잠시 스트레칭 자세를 취한 뒤 슈만의 환상 소곡집을 틀어놓고 맞은편 빌라의 외벽에 가로막혀 있는 창밖을 멍하니 바라보았다는 사실을 알고 있다. 그녀는 커피포트에 물을 끓이고 알라딘 마일리지로 구입한 머그잔에 카누를 털어 넣었으며 냉장고에서 어제 먹다 남은 피자 조각을 꺼내 전자레인지에 돌렸다. 편의점 샐러드 팩을 뜯어 피자와 함께 먹는 동안 주위는 조용했고 이런 순간에는 갑자기 인생이 정지해서 다시 시작되지 않아도 좋을 것 같다는 기분에 사로잡혔다. 그녀는 마커스 밀러로 음악을 바꾸고 볼륨을 높인 뒤에 내키는 대로 상체를 흔들어보았지만 베이스 기타의 둔중한 비트 속에서도 어쩐지 깊은 물속 같은 느낌은 사라지지 않았다. 그녀는 이런 조울증적 기분 자체가 상투적이라고 느꼈으며, 감정이 요동치는 것과 무관하게 오늘도 어제와 같이 아무 일도 일어나지 않은 채 흘러갈 것이라는 예감이 들었다. 하루종일 아무에게서도 전화가 걸려 오지 않을 것이고 스팸을 빼면 아무런 메일도 도착하지 않을 것이며 그녀에게 카톡 같은 것을 보내 대화를 청하는 사람도 없을 것이다. 물론 인터넷 개설을 권유하는 전화에는 깍듯하고 공손하게 관련 내용을 확인한 뒤에 미안하지만 집에서 이미 쓰고 있는 인터넷 서비스가 나쁘지 않아서 바꿀 필요가 없을 것 같다는 의사를 밝히고 수고하시라는 인사까지 정중하게 건네며 통화를 마칠 것이다. 그런 뒤에는 아니 에르노의 소설을 읽다가 인터넷 서핑을 하다가 다시 아니 에르노의 소설을 읽다가 이런 연애담이라면 한 달에 한 권씩은 쓸 수 있겠다는 생각을 하겠지만, 나는 내가 결코 그렇게 하지 못하리라는 것을 잘 알고 있지……라고 혼자 중얼거린 뒤에 쓴웃음을 지을 것이다. 늦은 오후에는 박노식과 도금봉이 나오는 60년대 공포영화를 틀어놓고 화면을 바라보다가 뮤트로 전환해두고는 다닐로 키슈의 『죽은 자들의 백과전서』를 읽으며 최근에 출시된 에일맥주를 마실지도 모른다. 현재의 은행 잔고를 고려해볼 때 숨만 쉬고 조금씩 먹는 정도라면 앞으로 두 달 정도는 아무 일도 하지 않고 버틸 수 있으리라는 계산이 서자 그녀는 약간의 안

도감을 느낄 것이다. 두 달이 지나면 다시 무슨 일이든 시작하겠지만 당장은 아무 계획도 없으며 실은 아무 계획도 없는 상태야말로 가장 좋은 상태라고 그녀는 생각할 것이다. 맥주 한 캔을 비울 즈음 어제 느꼈던 격렬한 공허감이 다시 엄습하는 듯해서 그녀는 아티반 일 밀리그램을 삼키고 한 시간 반 동안 꿈 없는 잠을 자게 될 것이다. 깨어난 뒤에는 잠시 멍한 상태로 앉아 있다가 생각났다는 듯 누군가에게 전화를 걸고 싶어질지도 모른다. 이태원에서 알게 된 스티브에게 연락을 취해 클럽에서 맥주를 마시며 한국인들의 구질구질한 인간관계에 대해 불평을 늘어놓거나, 예전에 반년간 연애를 한 적이 있는 한국인 박에게 전화를 걸어 최근 그의 영화작업은 잘돼가는지 질문할지도 모른다. 스티브는 오케이네가 원한다면 난 무엇이든 할 수 있어, 물구나무를 서서 밤을 새우라고 하면 그럴 수도 있지……라고 너스레를 떨 것이고, 박은 뭔가 생각하는 듯하다가 모든 일정을 취소하고 홍대입구 쪽에 새로 생긴 이자카야로 그녀를 초대할 것이다. 하지만 그녀는 이 모든 게 부질없다는 것을 알고 있기 때문에, 정확하게 말하면 그들을 만나 수다와 뒷담화와 하소연을 나눈 뒤에 택시를 타고 집으로 돌아오는 일이 지극히 트리비얼하고 무의미하며 구토가 날 지경이라는 사실을 뻔히 알고 있기 때문에, 그들에게 연락을 취한다든가 하는 짓을 실행에 옮기지 않으리라는 것도 나는 알았다.

그녀는 누군가에게 전화를 거는 대신 책을 읽기 시작하겠지만,

그것이 어제 읽던 베케트는 아닐 것이다. 집요하게 내면적이며 병적인 주관성에 의지하는 20세기 초 유럽풍의 정신상태와 거리를 두기 위해 그녀는 베케트를 사랑하는 모더니스트들의 자의식적인 문장은 읽지 않기로 결심했으며, 차라리 알베르트 산체스 피뇰의 무인도 모험담이나 인종문제를 다룬 쿳시의 장편이나 필립 K. 딕의 사이버펑크물을 읽는 쪽이 낫다고 생각할 것이다. 하지만 정작 스스로는 그런 책들을 끝까지 읽어내지 못하고 다시 베케트로 돌아가리라는 것도 그녀는 알고 있었다. 그런 생각을 하는 순간 그녀는 자신이 하나의 기호라든가 글자로 변해가다가 급기야 소설 속의 인물이 되어버렸다고 상상했는데, 그것이 상상이 아니라 실제 같다는 느낌이 들어 화들짝 놀라 방안을 둘러보기도 할 것이다. 침대와 책상과 오픈형 화이트 수납장으로 이루어진 미니멀한 방 풍경이 눈에 들어오면 작은 한숨을 내쉴지도 모른다. 밤에는 늘 해오던 것처럼 오늘 손에 쥐었던 책들에 대한 소감을 내키는 대로 적어 블로그에 올릴 것인데, 자신의 무언가를 건드린 책에 대해서는 길게, 그냥 읽었다는 느낌만 남는 책에 대해서는 두세 줄로.

자정이 되면 그녀는 가벼운 옷을 입고 여성 안심 귀갓길로 지정된 어둡고 음침한 뒷골목들로 산책을 나갈 것이다. 부코스키 같은 마초를 좋아하고 바타유의 빨간 소설에 열광하는 수컷들에게는 한 번도 끌린 적이 없구나, 그런 생각을 하며 인적 없는 골목의 오르막길과 내리막길을 지나 천변의 산책로를 걷다가 그녀는 함께 산책할 개를 키워볼까, 그런데 어떤 종류를? 몰티즈를? 스피츠를? 그도 아니면 아예 도베르만을? 하는 생각을 떠올리고는 피식, 웃음을 흘릴 것이다.

그녀는 집으로 돌아와 샤워를 하고 트위터를 들여다보다가 전기뱀장어의 앨범을 틀어놓고 가볍게 머리를 흔들지도 모른다. 그리고 피터 몰리뉴의 오래된 게임 가더스를 실행하는 것인데, 광부가 광물을 캐고 농부가 밀을 경작하고 모두가 신에 대한 믿음을 키워가는 그 세계에 참을 수 없는 동경과 함께 지루함을 느끼고 다시 인터넷 서핑을 하게 될 것이다. 시간은 무서운 속도로 흐르고 금방 날이 밝을 무렵이 되지만 잠은 오지 않을 것이며, 또 아티반을 삼킬 것인가를 두고 고민하다가 포기한 뒤 결국 무기력한 뇌를 침대에 누이고 두 시간 반 동안 온갖 공상을 하게 될 것이다.

이렇게 예측하고 보니 나는 어쩐지 그녀의 하루를 먼저 살아버린 것 같아서 미안한 느낌마저 들었는데, 나의 사소하고 무의미한 추측들은 밤에 그녀가 올릴 블로그 게시물에 의해 진위 여부가 증명될 것이다. 그녀는 몇 장의 사진을 유튜브 뮤직비디오와 함께 올려놓고 그 아래에 다음과 같이 적을 것이기 때문이다.

> 오늘도 정오 무렵에 기상. 어제 먹던 피자 조각을 데워 편의점에서 구입한 샐러드 팩과 함께 섭취. 슈만의 환상 소곡집이나

야나체크의 〈수풀이 우거진 오솔길에서〉를 틀어놓으면 갑자기 인생이 정지해서 다시 시작되지 않아도 좋을 것 같은 느낌. 마커스 밀러로 음악을 바꾸고 몸을 흔들어도 물속 같은 기분은 마찬가지. 이것이 오늘의 기분.

2

물론 내가 아는 것이 그녀의 취향이나 그녀의 일상만은 아니다. 나는 그녀의 가족사를, 그녀의 학창시절을, 그녀의 짧았던 유학 시절을 알고 있다. 그녀의 오늘뿐 아니라 어제를, 어제뿐 아니라 그제를, 과거보다 더 먼 과거까지. 과거의 과거까지. 마음만 먹는다면 전생까지 이해할 것 같은 기분. 나에게는 이것이 오늘의 기분.

오해 마시길. 나는 스토커가 아니다. 관음증자도 아니다. 나는 시인이다. 그녀의 내면을, 그녀의 생활을, 그녀의 기억을 알 수밖에 없는 이유가 나에게는 있다. 이 글은 바로 그것에 대한 이야기이다. 나는 시인들에게조차 널리 읽히지는 않지만 나름 성실하게 플랫폼 구실을 해온 문예지로 등단한 지 벌써 삼 년 차가 되었으며, 그간 십여 곳의 잡지에 지면을 얻어 작품을 발표한 적이 있다. 내가 쓴 시에 대해 아직 이렇다 할 평을 받아본 적도 없고 출판사에 투고한 시집 원고는 예외 없이 반려되는 무명이지만, 나는 내가 그렇다는 것에 별다른 이의가 없다. 언젠가 안정된 출판사에서 시집 한 권을 낼 수 있다면 그뿐, 그 이상은 아무런 의미도 가치도 없다고 나는 생각해왔다. 시인이 쓰는 것이 아니라 쓰는 자가 시인일 뿐이다. 명망가와 권력자에 대한 혐오야말로 시의 동력이니 차라리 무명無名의 무명無明을 누릴 것. 그것으로써 시인의 삶을 살아낼 것. 누군가에게는 유치하게 느껴질지도 모르지만, 내가 가진 최소한의 자존심은 그런 것이다.

하지만 아침의 허무이며 저녁의 음악, 그리고 밤의 불꽃인 그녀에 관해서라면, 얘기가 달라진다. 그녀는 명망가도 아니고 권력자도 아니지만 적어도 나와 나의 시에 대해서라면 세상의 모든 명성과 세상의 모든 권력을 합해놓은 것을 초과하는 존재라고 나는 생각한다. 어떻게 그렇게 되었는가? 왜 그렇게 되었는가? 그 내력을 설명하기 위해서는 그녀가 블로그에 업로드한 게시물 가운데 나의 시가 있었다는 사실을 먼저 언급해야겠다. 그것이 나와 그녀의 첫 만남이었으며 내가 그녀를 '발견'한 최초의 사건이었으니 말이다.

외롭고 쓸쓸하던 어느 밤, 나는 게임을 하기에도 지쳐 인터넷 검색창에 내 이름을 넣어보았다. 쓸모없는 허영이라는 건 알고 있다. 나는 온라인에 독자들의 평이나 반응 같은 것이 올라올 만큼 유명한 시인도 아니고, 무엇보다 독자들이나 평론가들의 평판 같은 것에는 별반 관심이 없는 인간에 속한다. 남들의 평가에 일희일비하느니 차라리 랄리 푸나의 일렉트릭 사운드를 귀에 꽂고 시간을 죽이는 편이 훨씬 흥미롭다고 생각하는 인간이다.

하지만 무료하고 가난하고 외로울 때 인간은 무료하고 가난하고 외로운 일을 하는 법이다. 좋아요 수가 늘어나고 팔로어 수가 늘어나는 것이 우리 삶을 보증해줄 리 없건만, 또 그것이 아니라면 다른 무엇이 우리의 빈곤한 삶에 의미를 부여해줄 수 있다는 말인가? 가족이? 가문이? 학벌이? 국가가? 그럴 리가.

독자들이 업로드한 나의 시가 검색 화면에 뜨는 경우는 거의 없었다. 아직 시집 한 권 낸 적이 없으니 당연한 일이다. 그런데 뜻밖에도 내 시가 게시된 포스트가 눈에 띄었으니, 바로 그녀의 블로그였다. 나는 곧바로 클릭해서 그녀가 옮겨 적은 내 시를 읽었다. 제목은 '리듬은 나의 것'. 리듬을 타고 흘러가는 내 삶의 모든 것. 당신 삶의 모든 것. 우리 모두의 삶에 가까운, 바로 그것. 흐릿하게 피아노가 보이는 사진이 시의 배경에 떠 있었다. 음악은 야나체크의 〈수풀이 우거진 오솔길에서〉. 시 뒤에 그녀는 짧은 감상을 달아놓았다.

> 맨해튼 미드타운, 내 청춘의 어두운 시절을 보낸 그 좁고 낡은 아파트먼트의 쪽창으로 떨어지는 낙엽의 궤적을 이해할 수 있는 것만큼이나, 나는 이 시의 어휘 하나하나를, 조사 하나하나를 느낄 수 있을 듯한 기분. 마치 이 시가 쓰이기 이전에 이미 이 시를 알고 있던 것처럼, 모든 문장들을 한 올 한 올 이해할

것 같은 느낌. 지금은 그것만이 나의 리듬. 지금은 그것만이 나의 슬픔.

나는 군말 없이 감동했다. 나의 시가 누군가의 삶에 이렇게 인용될 수도 있다니. 내 고독한 문장에 반응하는 이토록 개인적이며 내밀한 감각이 세상에 존재한다니. 말하자면 그녀는 내게 최초의 독자에 다름 아니었고 그녀의 글은 내게 최초의 독후감이라 할 만했다. 게다가 그 독후감은…… 나의 시보다 오히려 매력적으로 느껴졌다.

나는 그녀의 블로그를 훑어보기 시작했다. 예민한 감각을 가진 블로거답게 흥미로운 게시물이 많았다. 한두 개의 꼭지에 관심이 간 것이 아니었다. 조금 과장해서 말하자면 그녀가 적어놓은 모든 문장들이, 그녀가 올려놓은 모든 음악들과 이미지들이, 그녀가 살아가는 사소한 일상의 세목들 하나하나가, 나의 무언가를 건드렸다.

새로 나온 에일맥주 캔을 손에 들고 나는 그녀가 올린 최초의 게시물부터 최근의 게시물까지를 차근차근 읽어갔다. 새벽이 깊어가고 취기가 혈관에 퍼져가면서 나는 서서히 깨닫게 되었다. 그녀와 내가 아주 깊고 은밀한 운명으로 연결되어 있다는 것을. 우주의 어둠 이편과 저편에 떨어져 있으나 수십 광년을 지나온 희미한 별빛으로 이어진 외로운 별들이라는 것을.

그저 내 시를 인용했기 때문에 하는 말이 아니다. 그녀가 좋아하는 음악, 그녀가 좋아하는 영화, 그녀의 마음을 움직인 어느 저녁의 하늘빛, 심지어 그녀가 취하는 리버럴 특유의 정치적 포지션까지, 그 모든 것들이 놀라울 만큼 나와 유사했던 것이다. 단지 비슷하다고 말하는 것만으로는 부족하다. 그녀의 삶을 구성하는 모듈들은 나의 우주를 구성하는 모듈들과 거의 동일해서 마치 평행우주처럼 서로가 서로를 비추고 있는 것처럼 느껴졌다.

집에 남아 있는 마지막 맥주 캔을 손에 들었을 때는 꽤 깊이 취한 뒤였다. 그녀가 올린 게시물들을 읽어가는 동안 나는 그녀의 얼굴을 그녀의 이목구비를 그녀의 뒷모습을 보고 싶었다. 하지만 그녀가 블로그에 걸어놓은 것은 아주 희미한 실루엣의 프로필뿐이었다. 그 이미지만으로는 그녀가 어떻게 생겼는지, 키가 큰지 작은지, 헤어스타일이 어떤지 짐작할 수 없었다. 사실은 남자인지 여자인지조차 단정적으로 말하기 어려웠다.

하지만 그 모호한 음영만으로도 나는 알 것 같았다. 그녀가 거리를 걸을 때 주위를 두리번거리지 않으리라는 것을, 어느 식당에든 혼자 들어가 식사하는 것을 꺼리지 않으리라는 것을, 태생적으로 우울증 기질에 속하여 결국 낮보다 밤의 시간에 지배되는 인간이라는 것을, 나는 직감할 수 있었다.

그녀는 간간이 사진을 올리기도 했지만 다른 블로그들과는 무언가 달랐다. 디테일이 사라진 원경의 실루엣, 접사로 찍은 극단적 클로즈업, 몸의 일부를 찍어 확대한 컷, 그녀의 방 바깥에 펼쳐져 있는 어디에나 있고 어디에도 없는 도시 풍경들……

셀카 같은 것은 없었다. 그녀는 자신의 얼굴이나 주소 또는 전화번호 같은 정보가 노출되지 않도록 세심하게 유의하고 있다는 인상을 주었다. 대신 일상을 드러내는 데는 별다른 경계심이 없어 보였다. 고유명사를 이니셜로 표기하는 것만으로도 프라이버시 유출을 막을 수 있다고 생각하는 것 같았다. 그녀의 가족은 K시에 살고 있지만 그 K시가 어디인지는 알 수 없었다. 가족구성원으로는 A, B, C가 있는데, A는 전직 공무원으로 갱년기의 호르몬 변화를 감당하지 못해 자주 감상적인 표정을 짓다가 급기야 울음을 터뜨리는 아버지, B는 현직 공인중개사로 늦게 배운 담배를 친구 삼아 밤마다 술잔을 기울이는 어머니, C는 중국에 유학을 간 뒤 언제나 송금 문제로만 연락을 취하는 동생인 것 같았다. 그녀의 부모는 혼자 서울에 올라가 있는 딸을 걱정하는 듯하지만 중국 유학 중인 아들에게 대부분의 돈을 보낸 탓에 가정경제가 어렵다는 점을 그녀에게 여러 차례 주지시켰다. 그녀 역시 돈 같은 것은 자신이 알아서 할 테니 신경쓰지 않아도 좋으며 가정사에 별반 관심을 갖지 못하더라도 그러려니 여겨달라고 선언한 적이 있다. 그녀는 초등학생 때 한 번, 대학생 때 한 번 성추행을 당한 적이 있는데, 초등학생 때는 교사의 성희롱 발언이었으며 대학생 때는 동아리 선배에 의한 추행 시도였다. 둘 다 시도에 그쳤지만 지금도 그녀는 그들의 꿈에 출몰해 매번 성기를 잘라내고 있는 중이라고 농담조로 적었다. 물론 그녀 자신은 그런 종류의 경험 때문에 정신적 상처를 받거나 하지는 않았는데, 트라우마 따위로 현재를 규정하려는 프로이트식 접근에는 헛웃음밖에 안 나온다는 게 그녀의 지론이었다. 추악한 추억 덕분에 과거에 대한 향수 같은 것에 빠지지 않게 되어 다행이라고 농담처럼 덧붙이기까지 했다. 아니 그것은 농담이 아니었을지도 모르는데, 사실 그녀가 적는 모든 문장은 허술한 농담 같으면서도 동시에 농담일 수 없을 만큼 정교하기도 했다. 우리의 존재 자체가 이 세계의 농담이기도 하고 아니기도 한 것과 비슷할 것이라고 나는 생각했다.

그녀는 미국으로 이민 간 외숙의 도움에 은행 대출을 더해 미국 유학을 결행한 적이 있지만 이 년 반 만에 모든 것을 포기하고 귀국했다. 맨해튼 미드타운 이스트의 뒷골목에서 보낸 유학 시절을 그녀가 그리워하는가 하면 꼭 그렇지는 않았다. 힙한 뉴요커 흉내를 내려면 커트 보니것이나 앤디 워홀에 대해 냉소적인 의견을 피력하고 코맥 매카시나 뱅크시에 대해 호의적인 의견을 제시하는 것만으로도 충분했다고 그녀는 적었다. 하지만 사실은 커트 보니것의 유머와 앤디 워홀의 유희에 대해 자신은 전혀 다른 생각을 갖고 있으며, 심지어는 그들을 사랑하기까지 한다고 그녀는 덧붙였다.

그녀가 게시물을 업로드하지 않는 날이면 나는 쉽게 초조해지곤 했다. 하루에도 몇 번씩 그녀의 블로그를 방문해 상황을 체크했으며 심지어는 그녀가 체류하거나 여행한 지역을 구글 맵으로 검색하기까지 했다. 스트리트 뷰를 통해 그녀가 살았을 만한 미드타운 이스트의 뒷골목 풍경을 일별했으며, 그 거리에 떨어지는 낙엽의 궤적을 상상했으며, 그 거리에서 그녀가 읽고 들은 책과 앨범들을 하나하나 섭렵했다. 나는 그녀가 곧 일본 여행을 계획하고 있다는 것을 알았고 일본에서는 도쿄보다 교토를 좋아하며 교토에서는 금각사보다 은각사를 좋아하지만 실은 금각사 은각사 같은 명승지에 관심을 갖는 유형이 아니라는 것을 알았다. 그녀는 주로 대학원생들이 모이는 소규모 인문학 사이트에서 논객으로 활동한 적이 있지만 멤버들의 은밀한 자기과시와 노골적인 영역 독점 욕구에 질려버린 뒤로는 한국에서 그런 종류의 삶은 살지 않겠다고 결심한 적이 있었다.

그녀는 특히 잠에서 깨어났을 때 극심한 외로움에 시달리지만 바로 그 외로움을 삶의 어떤 요소들보다도 사랑하며, 그 외로움을 지키기 위해서라면 무엇이든 희생할 준비가 되어 있다는 사실을 나는 알았다. 하지만 밤은 또 달랐는데, 밤에는 외로움 같은 것은 전혀 없이 엔도르핀이 도는 듯 닥치는 대로 음악을 듣고 혼자 술을 마시고 인터넷 서핑을 하고 게임을 하며 심지어 브라질리언 댄스를 추기도 했다. 그녀는 미국에 체류할 때 브라질리언 댄스를 배운 적이 있으며 그때 함께 춤을 추던 히스패닉과 짧은 동거를 하기까지 했다. 지금은 브라질리언 댄스는커녕 유치원의 영어 담당 강사 일과 교회에서 운영하는 여름 영어 성경 캠프의 임시 교사 일로 생계를 꾸려가고 있었다. 그 일들은 그녀에게 별다른 보람도 즐거움도 주지 못했지만 생계를 위한 일이란 그저 생계를 위한 일일 뿐이므로 애초에 별다른 기대가 없었노라고 그녀는 적었다.

3

물론 나는 영어를 거의 못하고 맨해튼은커녕 방콕 같은 곳조차 가본 적이 없으며 브라질리언 댄스가 무엇인지도 알지 못한다. 하지만 그녀에 대해 내가 느끼는 동질감은 넓고 깊어서, 그녀가 내일 어떻게 시간을 보낼 것인지, 어떤 음악을 들을 것인지, 또 어떤 감정 속에서 하루를 보낼 것인지를 마치 나 자신인 듯 이해할 수 있을 것 같았다. 그녀를 그녀 자신보다 더 잘 알고 있는 듯한 착각에 빠져든 것이지만 이 모든 것이 그녀에 대한 나의 일방적인 사랑이라고 단정해버리기는 어려울 것이다.

그녀 역시 나와 비슷한 느낌을 갖고 있다고 확신할 근거는 많았다. 가령 내가 홀로 심야영화를 본 뒤 격렬한 감정을 느끼며 귀가한 날에는 우연찮게도 그녀가 바로 그 영화에 대해 차분하면서도 날카로운 코멘트를 올리곤 했다. 내가 어느 인디 밴드의 신작 앨범에 매료되어 하루종일 이어폰을 끼고 있는 날이면 기묘하게도 그녀의 블로그에는 내가 듣던 곡이 담긴 유튜브 동영상이 링크되어 있곤 했다. 그뿐인가. 그녀가 북촌이나 서촌의 어느 뒷골목을 산책하고 돌아왔노라고 적은 날에는 놀랍게도 북촌이나 서촌의 술집에서 옛친구가 나를 호출하기까지 했던 것이다. 이 모든 것들은 그녀와 내가 운명적으로 연결되어 있다는 착시를 불러일으켰다.

하지만 그것이 다만 착시였을까. 그녀에 대한 나의 감정이 일방적이지 않다는 명백한 증거는 따로 있다. 그녀는 내가 시를 발표할 때마다 그 시들을 하나하나 블로그에 업로드했던 것이다. 그녀는 자신의 블로그에 내 작품을 소개하면서 예의 그 짧지만 감성적인 코멘트를 덧붙였다. 그때마다 내가 그녀의 문장에 매료되었다는 것을, 그녀에 대한 나의 사랑을 재확인했다는 것을 다시 언급할 필요가 있을까.

물론 그녀가 옮겨 적은 나의 시에는 여느 독자들이 올리는 것과 마찬가지로 오타가 있었고 어떤 경우에는 한 행이나 한 연이 통째로 빠져 있기까지 했다. 하지만 내게 그런 것은 아무런 문제도 되지 않았다. 아마도 그때 나는 이미 나 자신의 시보다 그녀가 덧붙인 문장들을 사랑하고 있었는지도 모르겠다. 그러니 오타가 있든 없든, 한 행이 빠져 있든 말든, 내 시 따위는 어떻게 되든 상관없다는 심정이 되곤 했다.

놀라운 것은 그녀가 올린 시의 오타나 부분 누락이 아주 정교했다는 점이다. 게시물에 오타가 있고 시가 잘못 옮겨져 있더라도, 그녀가 그렇게 한 데는 왠지 그럴 만한 이유가 있다는 느낌을 주었다. 그녀가 탁월한 감각을 지닌 독자라는 점에는 의심의 여지가 없었으니, 한 행이나 한 연이 통째로 빠져 있는 나의 작품을 다시 읽으면서 나는 어쩐지 그 행이나 연이 없어도 될 것 같은 느낌을 받았으며, 심지어 그 행이나 연은 차라리 없는 편이 낫지 않은가 하는 생각까지 하게 되었던 것이다. 그러니 그녀와 내가 서로 감응하고 있다는 것을, 서로가 서로를 깊이 느끼고 있다는 것을, 그것이 말하자면 심연의 하모니와 비슷한 것이라는 사실을, 내가 어찌 부정할 수 있으랴.

4

나와 그녀의 이 내밀한 관계에 변화의 조짐이 보인 것은 얼마간의 시간이 지난 뒤였다. 그날도 나는 즐겨찾기를 통해 그녀의 블로그를 방문했는데, 마침 그녀가 오랜만에 내 시를 업로드한 것이 눈에 띄었다. 제목은 '맨드라미의 전송'으로, 배경화면에는 롱아일랜드의 해변이 펼쳐져 있었고 슈만의 환상 소곡집이 문장 사이사이를 흐르고 있었다.

나는 그녀가 올린 나의 시를 탐닉하듯 읽었다. 그것이 내가 쓴 원래의 시와 미묘하게 다르다는 것을 깨닫는 데는 그리 오랜 시간이 걸리지 않았다. 그것도 평소와 같은 단순 오타나 부분 누락이 아니라는 것을 나는 직감으로 알 수 있었다. 그녀가 옮겨 적은 나의 시에는 조사 몇 개가 바뀌어 있었는데, 바뀐 조사들은 시의 의미나 분위기를 다른 각도로 변주하고 있었다. 어떤 동사는 비슷한 형태지만 뉘앙스가 다른 동사로 바뀌어 있었으며, 그것은 아주 미세하고 섬세한 변화였기 때문에 애써 유의하지 않으면 알 수 없을 정도였다. 예컨대 "가을날의 맨드라미는 제로나 무한 가운데 특히/우체국을 닮았다네"라는 나의 문장은 "가을의 맨드라미는 제로와 무한 가운데 특히/우체국을 닮아갔네"로 변주되어 있었다. 제삼자가 본다면 원래 내 시와 그녀가 올린 시를 동일한 것으로 인지했을지도 몰랐다.

하지만 나는 직감으로 알 수 있었다. 이것은 단순한 오타가 아니다. 이것은 단순한 누락이 아니다. 이것은 단순한 나의 시가 아니다. 이것은…… 그녀의 호흡과 감각이 스며들어 있는 나의 시다. 나는 그렇게 생각했다. 바보같이 들릴지도 모르지만, 원래의 내 시보다 그녀가 옮겨 적은 내 시에 더 호감을 느꼈다는 사실은 적어두어야겠다. 그녀가 조사를 바꾸고 능동을 수동으로 고치고 행갈이를 추가한 나의 시는 원래 나의 시가 지닌 호흡과 리듬을 상하게 하지 않았을 뿐만 아니라 오히려 더 나아 보이게까지 했다. 어떤 부분에서는 더 부드럽고 유려하며 풍부한 느낌을 주었으며 어떤 부분에서는 더 거칠되 유니크하고 도발적인 느낌까지 만들어냈다.

상황이 그쯤에서 멈추지 않았다는 것을 불행이라고 해야 할까 다행이라고 해야 할까. 며칠 후 그녀는 내가 발표한 또다른 시 한 편을 올렸다. '신경쇠약에 시달리는 고양이를 위한 처방전'이라는 트렌디한 제목의 시였는데, 이번에는 조사라든가 어휘의 형태만 바뀐 게 아니었다. 부사와 형용사가, 명사와 접속사가, 문장부호와 행갈이가 달라져 있었다. '외로운'은 '고립된'으로, '그토록'은 '잠시'로 바뀌어 있었고, '그리운'은 '처음부터 머나먼'으로 엉뚱하게 달라져 있었으며 '마침내'는 아예 사라져버렸다.

나는 내가 발표한 시를 다시 꼼꼼히 확인했다. 그녀가 업로드한 시에는 내 이름이 분명하게 적혀 있었으며 제목 역시 동일하게 되어 있었다. 문장으로 보나 어휘로 보나 리듬으로 보나 그것은 확실히 나의 시였지만, 어쩐지 그 시는 이제 내가 쓴 시라고도 할 수 없었고 내가 쓴 시가 아니라고도 할 수 없었다. 나는 약간의 혼란을 느꼈다.

이 모든 것이 단지 나의 기분 탓이 아니라는 것은 분명했는데, 다음날 올라온 게시물에서는 그런 느낌이 더 강해졌기 때문이다. 그녀가 업로드한 또다른 나의 시는 개인적으로 실패작으로 분류해놓은 것이었다. '내 영혼의 북극에서 만트라'라는 유치찬란한 제목의 시로, 제목에도 드러나 있다시피 불필요하게 힘이 들어가 있는 작품이었다. 과도한 수사나 추상적인 분위기도 문제였다. 하지만 그 시에는 내 청춘의 비극과 희극이, 고난과 고뇌가, 희망과 희망 없음이 담겨 있었으므로 무슨 문학적 성취니 완성도니 하는 것 따위는 아무래도 좋다고 나는 생각하고 있었다.

그녀가 올린 작품 역시 '내 영혼의 북극에서 만트라'라는 제목으로 되어 있었다. 제목 아래 저자의 자리에 내 이름이 적혀 있었던 것은 물론이다. 하지만 예감했던 대로 시의 본문은 누가 봐도 확연히 알 수 있을 만큼 달라져 있었다. 단어가 바뀌고 수식어와 피수식어가 뒤집혀 있었으며 연을 나누는 위치가 달랐다. 조사 부사 형용사의 쓰임이 모두 이질적이었을 뿐 아니라 행과 행 사이의 연결과 호흡조차 내 것이 아니었다. 거기에는 내 청춘의 비극과 희극이 보이지 않았고 고난과 고뇌는 휘발되어 있었으며 희망과 희망 없음의 대립적 정서도 약화되어 있었다. 오히려 제목과 본문 사이에서 기묘한 아이러니의 기운 같은 것이 느껴졌다. 제목에는 낭만적이면서도 형이상학적인 분위기가 감돌았지만 본문에는 오히려 그런 분위기를 파괴하는 구체적이고 일상적이며 심지어 비속하기까지 한 표현들이 섞여 있었던 것이다.

그것은 이제 거의 나의 시라고 할 수 없었다. 그녀가 업로드하는 내 시가 원래 내가 쓴 작품에서 점점 멀어져가고 있다는 점은 확실했다. 무언가 불길한 느낌이 들었다. 나는 파국의 예감이라 할 만한 기분에 휩싸여가고 있었는데, 이 모든 과정이 단 며칠 사이에 일어났다는 사실을 믿을 수 없었다. 그녀와의 행복했던 조우와 두근거리는 감응이 이토록 빠르게 무너지고 이토록 무정하게 파괴된다는 것을 나는 믿을 수 없었다.

5

하지만 아직은 결정적인 날이 남아 있었다. 내가 최근에 발표한 시 두 편이 그녀의 블로그에 올라온 것이다. 내 이름이 제목 밑에 달려 있는 것은 물론이고 발표 지면의 권, 호 등까지 정확하게 명시되어 있었다. 그것은 내가 두 달여 동안 고심에 고심을 거듭해 완성한 작품으로 제목은 '악에 관한 세 편의 대화'와 '죽은 자들의 백과전서'였다. 각각 솔로비요프와 키슈의 글에서 제목을 따온 것으로, 솔로비요프의 종교적 형이상학과 키슈의 알레고리적 사유를 시적으로 승화시키려는 것이 의도라면 의도였다. 이를 통해 나는 우리 시대의 비극을 중세적인 송가풍의 목소리로 되짚어보고 싶었다.

그런데 이번에 그녀가 올린 시는 제목까지 바뀌어 있었다. 그것도 전혀 엉뚱한 제목이었다. 한 작품은 '휴가지의 세 가지 악행'으로 되어 있었고 다른 한 작품은 '비치발리볼 선수들의 머리 위에 뜬 죽은 자들의 태양에 대하여'로 바뀌어 있었다. 제목이 달라졌을 뿐만 아니라 시 전체가 이질적이었다. 주요 어휘나 표현을 제외한다면 그것은 내가 발표한 시와 거의 공통점이 없었는데, 선굵은 송가풍의 목소리는 어디론가 사라져버리고 유희적, 실험적이면서도 시니컬한 감각이 지배적이었던 것이다.

내 마음의 혼란은 서서히 정점을 향해 치닫고 있었다. 그녀는 왜 내 이름을 빌려서 내가 발표한 것과는 전혀 다른 나의 시를 업로드한 것일까? 잡지의 권과 호를 정확하게 표기하면서까지 나의 시를 엉뚱하게 변주하는 이유는 무엇일까? 어째서 그녀가 올리는 나의 시는 원래의 내 시에서 점점 멀어지고 있는 것일까? 그녀는 내 영혼의 연인에 다름 아니라고 생각했는데, 그녀는 나의 분신과도 같다고 생각했는데, 그녀를 사랑하고 있나고까지 생각했는데, 그런데 어째서, 어째서 그녀는 이런 기이한 일들을 벌이고 있는 것일까?

나는 단서를 찾기 위해 그녀가 업로드한 모든 종류의 게시물을 다시 꼼꼼하게 살펴보기 시작했다. 어딘가에 합당한 이유라든가 그럴듯한 원인 같은 것이 숨어 있을지도 모른다고 생각했다. 신중에 신중을 더했으며 의심에 의심을 거듭했다. 그녀는 모종의 유희를 하고 있는 게 아닐까? 내 이름을 도용해서 자신의 시를 내보이려는 것은 아닐까? 원본보다 더 훌륭한 자신의 시를 과시하려는 것은 아닐까? 하지만 그렇게 해서 그녀가 얻을 것은 무엇이며, 그렇게 할 이유는 또 무엇이라는 말인가?

내 머릿속은 혼란에서 벗어나지 못하고 있었다. 읽은 게시물들을 다시 읽고 이미 본 사진들을 다시 살피면서 이틀 밤 사흘 낮을 보냈지만 아무런 단서도 찾을 수 없었다. 그녀는 단지 자신이 좋아하는 시인의 시를 업로드하고 그 아래에 감상을 덧붙였을 뿐이라는 식이었다. 어떤 음모의 징후도 악의의 흔적도 찾아볼 수 없었다.

비가 점점이 듣던 어느 날, 나는 망연한 마음으로 창밖에 시선을 두고 있었다. 슈만의 환상 소곡집을 배경으로 또 하루가 지나가고, 이미 그렇게 사라진 날의 오후에 빗방울들은 지상에 내리고, 어제 먹다 남은 피자 조각을 전자레인지에 돌려 먹는 것으로 나는 저녁을 흘려보내고 있었다. 문득 이런 순간에는 인생이 정지해서 다시 시작되지 않아도 좋을 것 같다는⋯⋯ 그런 느낌이 들었기 때문에⋯⋯ 단지 그러했기 때문에⋯⋯ 나는 자못 실존적이라고 할 만한 종류의 결단을 내렸다. 그녀의 블로그에 올라와 있는 주소로 직접 메일을 보내기로 한 것이다.

나는 내 영혼의 모든 에너지를 소모하여 메일을 작성하기 시작했다. 인사말은 어떻게 해야 할까. 안녕하십니까. 김강준입니다⋯⋯ 아니, 이것은 딱딱하다. 다짜고짜 이름이라니. 안녕하세요. 저는 시인 김강준입니다. 아니, 아니다. 이렇게 어색하고 유치할 수가. 시인이 자신을 시인이라고 소개하는 건 어딘지 낯뜨거운 짓이 아닌가. 안녕하신지요. 저는 시 쓰는 김강준이라고 합니다만…… 음. 최선은 아니지만 대안이 없구나.

나의 문장들은 조심스럽고 곡진해서, 가장 중요한 용건—그녀가 업로드하는 내 시가 원래의 내 시와 다른 이유가 무엇인가 하는 것—은 마치 아무것도 아니어서 전혀 중요하지 않은 질문이라는 투로 숨겨져 있었다. 마치 그녀의 흥미로운 문학적 실험에 내가 무슨 도움이 될 수는 없을까 문의하는 뉘앙스였다. 나는 내가 작성한 메일에서 뭔가 역겨움을 느꼈지만, 그녀에 대한 나의 사랑은 이 위선적인 메일을 그대로 발송하도록 방치했다.

6

답장은 없었다.

메일 주소가 잘못된 건 아닐까 다시 확인했다. 어쩌면 그녀가 사용하지 않는 주소인지도 모르고, 아니면 내가 보낸 메일이 스팸메일함으로 직행했을지도 혹시 모른다. 수신확인란에는 읽었다는 표시도 뜨지 않았지만 그것만으로는 그녀가 메일을 보았는지 보지 않았는지 단정할 수 없었다. 나는 그녀에게 동일한 메일을 다시 보냈는데, 이번에는 "답장이 없으셔서 다시 보냅니다"라는 문구를 첫 줄에 넣는 세심함까지 발휘했다.

이틀을 더 기다렸으나 역시 아무런 반응이 없었다.

답장 대신……이라고 말하면 이상하지만, 그녀는 블로그에 또 다른 내 시를 업로드했다. 나는 기묘한 흥분 상태로, 불안인지 걱정인지 기대감인지 아니면 적의인지 알 수 없는 이상한 흥분 상태로, 그녀가 올린 게시물을 클릭했다. 익숙한 배경화면과 익숙한 음악이 흐르기 시작했다. 언제나처럼 내 이름이 저자의 자리에 적혀 있는 것은 물론이었으며, 시 아래에는 "제가 좋아하는 김강준 시인의 시입니다. 여러 편을 포스팅한 시인이니 이제 낯이 익으시지요?"라는 짧은 멘트까지 덧붙어 있었다.

놀랍게도, 그것은 내가 전혀 발표한 적이 없는 시였다. 제목은 물론 본문도 내가 쓴 적이 없는 것이었다. 출처도 날짜도 명기되어 있지 않았다. 나는 그녀가 업로드한 시를 꼼꼼히 살펴보았다. 전체적인 호흡이나 리듬, 행갈이, 그리고 몇몇 언어습관 등에서 어딘지 내 시와 비슷한 점이 있긴 했지만, 이것은 내가 쓰지 않은 문장과 표현으로 가득한, 내가 쓰지 않은 작품이 확실했다. 나 자신도 기억하지 못하는 오래전 습작이 유출된 것인가 하고 의심해 보았지만 그렇게 판단할 만한 근거는 없었다. 습작이든 아니든 내가 쓰지 않은 것을 내가 썼다고 할 수는 없는 노릇이었으니까.

누군가 다른 시인이 쓴 것을 내 시로 착각하고 있구나. 나는 그렇게 생각해보았다. 타당한 추측이었다. 인간은 착각하는 존재다. 우리의 감각이나 판단에는 오차라든가 버그 같은 것이 있는 법이어서, 어떤 확신도 어떤 믿음도 오류와 에러의 가능성에서 자유로

울 수 없다. 사소한 오류와 에러는 궁극적으로 산출되는 결괏값에 상상 이상의 영향을 미치므로, 나는 오류와 에러의 가능성을 스스로 반영하지 않는 시스템을 신뢰한 적이 없었다. 그녀 역시 인간이며 하나의 시스템이므로 오류와 에러가 있는 것이 당연한 일이다……라고 나는 생각하였다.

나는 그녀가 내 이름으로 올린 시의 원본을 찾기 위해 구글링을 했으며, 도서관에 가서 작년과 올해의 시를 모은 앤솔러지들을 살폈으며, 최근에 발간된 문예지들을 쌓아놓고 꼼꼼히 훑어보기까지 했다. 하지만 출처조차 적혀 있지 않은 그 시는 어디서도 발견되지 않았다.

7

나는 안면이 있는 유일한 평론가 최를 떠올렸다.

최는 신춘문예로 등단한 지 얼마 되지 않은 내 또래의 신인이었다. 그는 매우 부지런해서 한국에서 발표되는 거의 모든 시를 읽는 것으로 알려져 있을 뿐만 아니라, 또래 젊은 시인들의 작품에 대해 가차없이 호오를 밝힌 몇 편의 인상비평으로 논란을 부른 바 있었다. 그 평론들에는 약간은 흥분된 어조와 함께 '진짜 시'와 '가짜 시'를 나누고 변별해내겠다는 단호한 의지가 배어 있었다.

바로 그 평론가 최가 시인들이 모인 어떤 술자리에서 병째로 소주를 들이켜 만취한 적이 있는데, 그날 몸을 가누지 못하는 그를 부축해 모텔까지 데려가 재운 사람이 바로 나였다. 다음날 아침에 깨어나 지난 통음의 밤은 깡그리 잊은 채, 누구시더라…… 하고 머뭇거린 것은 내가 아니라 최였으며, 어색하고 데면데면한 분위기를 참지 못해 차라리 우리 해장술을 마시는 게 어떤가 하고 제안한 것은 최가 아니라 나였다. 해장술이라니 그 무슨 야만적이고 비과학적인……이라고 중얼거리며 쭈뼛대는 최를 끌고 아침의 순댓국집까지 가서 국물만 들이켜는 그를 앞에 두고 혼자 소주 두 병을 깐 것도 최가 아니라 나였다. 어쨌든 그날 아침 우리는 서로 말을 놓기로 했는데, 출근 시간이 갓 지난 지하철역까지 최를 배웅한 뒤 호기롭게 돌아서자마자 가로등 아래 위 속의 모든 것을 게워냈던 것은…… 물론 최가 아니라 나였다.

최가 나를 기억할는지는 확신할 수 없었다. 하지만 방법이 없었다. 나는 최에게 메일을 보냈다. 저간의 사정을 소상히 밝히지는 않았다. 지난번에 함께 술을 마셨던 나를 기억하느냐, 그 아침의 순댓국을 기억하느냐, 숙취로 고생하지는 않았느냐, 별일은 아니고 그냥 안부를 전하려고 메일을 쓴다, 그런데 혹시…… 최근에 발표된 이런 시를 아느냐……라고 나는 적었다. 메일을 보낸 뒤에 긴 한숨을 내쉰 것은 물론이다.

고맙게도 최는 곧바로 답메일을 보내왔다. 십 년은 동고동락한 사이처럼 친근한 어조였다. 〈뭐야 이거? 신작 시구나? 딱 봐도 당신 시네. 당신 시를 왜 누구 시냐고 묻는 건데? 시 잘 써진다고 자랑하는 건가? 그런데 이만하면 자랑해도 괜찮겠다. ㅋㅋㅋ〉

그는 ㅋㅋㅋ와 함께 몇 개의 이모티콘을 연달아 이어붙인 뒤 결론을 내리듯 이렇게 적었다. 호오를 단호하게 밝히기로 악명 높은 평론가다웠다.

〈이 시, 좋다. 지금까지 발표한 당신 시들보다 훨씬 나음.〉

최의 코멘트가 당혹스러웠다거나 불쾌했다는 것은 아니다. 확실히 평론가 최에게 보낸 시—그녀가 업로드한, 내가 쓴 적이 없는 나의 시—는 내 전작들의 연장선상에 있었다. 만연체의 문장과 형이상학적인 분위기를 비롯해서 과거형 어미를 즐겨 사용하는 등 유사한 점이 없지 않았다. 그러니 최가 그 작품을 내 신작으로 단정하고 노골적인 평을 덧붙인 것도 무리는 아니었다. 중요한 점은 다른 데 있었다. 최의 말대로, 그리고 나 자신이 인정한 바대로, 그 작품은 예전의 내 작품들보다…… 매혹적이었던 것이다.

8

그녀의 블로그에는 새로운 시가 계속 올라왔다. 내 이름을 저자로 표기한 그 작품들을 내가 쓴 적이 없음은 물론이었다. 어느 날 업로드된 나의 시는 처연하면서도 경쾌한 정서로 충만해 있었으며, 또 어느 날 올라온 나의 시는 영혼의 깊은 상처와 함께 의미의 절묘한 소실점들을 품고 있었다. 그리고 가을이 깊어가던 어느 날 그녀가 올린 나의 시는 소멸해가는 것들에 대한 애정을 차갑고 냉정한 몇 개의 문장만으로 포착해내고 있었다. 그 시들은 삶의 공허와 세계의 피폐와 영원의 무서운 침묵을, 그것들의 가장 가까운 곳에서 자각한 자의 것이었다. 점점 더 넓고 깊고 다양해지는 나의 시 세계를 나는 목도하고 있었다.

나는 그녀의 블로그에 올라오는 나의 시들을 한글 파일에 저장해두고 하나하나 곱씹어보았다. 그 가운데는 내가 가보고 싶었으나 가보지 못한 이국의 뒷골목을 배경으로 한 시도 있었고, 내가 써보고 싶었으나 써보지 못한 극단적 비속어들과 언더그라운드의 방언들을 자유롭게 활용한 시도 있었으며, 내가 다루고 싶었으나 다룰 수 없었던 정치적 이슈를 공공연하게 드러낸 작품도 있었다.

그리고 나는…… 그 가운데 두 편을 저명한 문예지의 신작 시란에 발표했다. 두 편 가운데 앞의 시는 전체적으로 손을 좀 보았고, 뒤의 한 편은 그녀가 업로드한 그대로 게재했다. 망설임 같은 것은 없었다. 당연하다고 생각했다. 내가 저자인 내 시를 내 이름으로 발표하는 것뿐이니까. 내 이름으로 올라온 내 시를 내 이름으로 발표하는 데 무슨 문제가 있다는 말인가. 게다가 그녀의 블로그는 소수의 '이웃'들만 볼 수 있도록 설정되어 있지 않는가.

예상대로 그 시들은 호평을 받았다. 두 편 가운데 특히 뒤의 시가 상당한 주목을 받았다. 앞의 시는 이전의 내 시가 지닌 산문적 언어운용과 상식적 깨달음의 토로가 군데군데 남아 있다는 평이었지만, 두번째 시는 모든 면에서 신선하고 매력적이며 행과 행 사이의 정교하고 감각적인 비약은 심지어 기이한 충격까지 유발한다는 극찬을 받았다. 일부 평론가들은 근래에 쓰인 젊은 시인의 신작 가운데 단연 발군이라고 공공연하게 선언했다. 삼 년이 넘도록 아무도 읽어주지 않던 김강준의 시들이 이제야 발견되었으며, 향후 한국 시의 새로운 시대를 열어갈 것이라는 상찬도 포함되어 있었다.

그후로는 모든 일이 미친듯이 흘러갔다. 청탁이 몰려들기 시작했다. 감당할 수 없을 정도였다. 나는 초조하게 그녀의 블로그를 드나들었다. 그곳에 올라온 나의 시들을 조사 하나 토씨 하나 건드리지 않은 채 문예지에 발표한 것은 물론이다. 그 작품들은 평론가와 독자 모두에게 찬사를 받았다.

하지만 내가 한낱 값싼 이름을 얻기 위해 그렇게 했다고 생각하지는 말아주시기를. 이미 말하지 않았나. 명망가와 권력자에 대한 혐오야말로 내 시의 동력이니 차라리 무명無名의 무명無明을 누릴 것. 그것으로써 진정한 시인의 삶을 살아낼 것. 그것이 나의 지론이라고.

중요한 것은 이런 것이다. 무엇보다도 내가 발표한 시들은 바로 나 자신을 매료시켰다. 이것은 내 영혼의 이면에서 흘러나온 나의 문장들이다…… 나는 이 시들을 통해 나 자신을 넘어서서 어떤 무의식에 도달하게 된 것인지도 모른다…… 이 문장들은 그동안 내가 이해할 수 없었으며 내가 표현할 수 없었던, 바로 나 자신의 심연에 다름 아니다……

9

하지만 어째서 좋은 것은 오래가지 않는 법일까. 어째서 우리는 한번 지나간 강물에 다시는 손을 담글 수 없는 것일까.

얼마 지나지 않아 그녀의 업로드가 뜸해지기 시작했다. 전에는 며칠에 한 편씩 내 시를 올리기도 했는데, 언젠가부터는 일주일이나 이 주일에 한 편 올라오는 것조차 드문 일이 되었다. 시가 올라오지 않자 나는 서서히 초조해지기 시작했다. 나의 시만 뜸한 것이 아니었다. 그녀가 블로그에 올리는 글 자체가 줄어들었다. 아무런 글도 올라오지 않는 날이 점점 늘어갔다.

그녀가 오랜만에 '일기' 카테고리에 올린 글에 단서가 있었다. 사랑하는 사람이 생겼다고 그녀는 적었다. 이태원에서 만난 스티브나 예전의 연인이었던 한국인 박은 물론 아니라고 했다. 그들과는 모든 면에서 이질적인 사람이라고 그녀는 적었는데, 그것은 경제력이나 매너, 생활 습관 또는 삶에 대한 자세 같은 것만을 얘기하는 게 아니었다. 사랑을 회의하고 경멸해온 지난 시절을 한꺼번에 잊을 수 있으리라는 희망을 그녀는 피력하고 있었다. 그녀의 연인은 한국계 외국인으로 현재 한국 지사에 파견 나와 있는 사람이었다. 클로즈업으로 올린 그녀의 연인은 옆모습만으로도…… 과연 아름다웠다. 이마에서 콧날을 거쳐 입술에 이르는 선은 부드러웠으며, 턱은 유려하면서도 날카로운 각을 이루고 있었다. 풍성한 머릿결이 사진에 흘러넘치고 있었다.

나는 기묘한 감정에 사로잡혔다. 그것은 말 그대로의 질투이기도 했고 이제 뭘 어떻게 해야 하는가 하는 불안이기도 했으며 이제 끝났구나 하는 희미한 체념의 감정이기도 했지만, 결국은 알 수 없는 저주와 원망의 감정이었다. 그녀의 블로그는 이제 외로움의 광휘를 잃어갈 것이라고 나는 단정했다. 다른 블로그들처럼 음식사진을 올리고 귀여운 고양이 컷을 올리고 신기한 동영상들을 링크하겠지. 생활의 소소한 즐거움과 관심사를 기록하고 여행지의 멋진 풍경을 업로드하는 데 정성을 기울이겠지. 그리고 어느덧 그녀 특유의 고독한 영혼은 사라지고 세계와 대결하려는 감각의 독창성도 자취를 감출 것이다. 드디어 삶에 대한 희망과 일상에 대한 긍정과 인생의 소중함 같은 상식적인 감정이나 피력할 것이다. 그러다가 나이듦에 대한 회한에 사로잡힐 것이다…… 나는 유치하고 치졸한 저주와 원망의 감정에 휩쓸린 채 그렇게 단정했다. 나 자신이

나 자신을 점점 견딜 수 없는 상태가 되어가고 있었다.

어느덧 그녀가 내 시를 블로그에 올리는 일은 완전히 사라져버렸다. 언제 시 같은 것을 업로드한 적이 있나 싶을 정도였지만, 이제 시 따위는 나 자신에게조차 문제가 아니었다. 시니 소설이니 음악이니 하는 것들은 개에게나 줘버리라지.

급기야 나는 그녀에게 다시 메일을 보내기까지 했다. 거의 필사적인 문장들이었다. 몇 글자라도 좋으니 제발 답장을 보내달라고 나는 적었다. 애원하고 간구했다. 당신의 모든 것을 이해할 준비가 되어 있다고도 썼다. 당신이 오늘 아침 늦은 시간에 일어나 잠시 스트레칭 자세를 취한 뒤 슈만의 환상 소곡집을 틀어놓고 맞은편 빌라의 외벽에 가로막혀 있는 창밖을 멍하니 바라보았다는 사실을 알고 있다고, 나는 적었다. 마커스 밀러로 음악을 바꾸고 볼륨을 높인 뒤에 내키는 대로 상체를 흔들어보았지만 베이스 기타의 둔중한 비트 속에서도 어쩐지 깊은 물속 같은 느낌은 사라지지 않았을 것이라고, 나는 적었다. 당신은 이런 조울증적 기분 자체가 상투적이라고 느꼈으며, 감정이 요동치는 것과 무관하게 오늘도 어제와 같이 아무 일도 일어나지 않은 채 흘러갈 것이라는 생각을 한 게 틀림없다고…… 나는 적었다.

내가 당신을 알고 있는 만큼, 당신은 나를 나 자신보다 깊이 이해하는 사람이라고 나는 덧붙였다. 어쩌면 당신은 나보다 더 나 자신에 가까운 사람인지도 모른다고 나는 썼다. 당신은 내 영혼의 가장 어둡고 예민한 곳을 나보다 깊이 느끼고 있으며 바로 그렇기 때문에 당신은 내가 쓰지 않은 나의 시를 업로드해온 것이 분명하다고 나는 선언했다. 당신은 내가 써야만 하고 쓸 수밖에 없는 최고의 작품을 미리 알고 있는 사람이라고, 나는 그 작품들을 이미 문예지에 발표했으며 실은 그 시들이야말로 진정으로 나 자신에 가까운 것들이었다고, 나는 단호하게 규정했다. 이 모든 것은 당신의 영혼과 나의 영혼이 희미하고도 명백하게 이어져 있음을 보여주는 증거들이므로 결국 나는 당신의 일부이며 당신은 나의 일부라고 나는 외쳤다. 우리는 만나야만 한다고, 당신 없이 내 존재는 지속될 수 없다고, 나는 필사적으로 적었다. 마침내 나는 이토록 당신을 사랑하는 것이라고…… 처연하게 고백을 했다.

10

당연한 일이었을까?

답메일은 오지 않았다. 대신 며칠 뒤에 새로운 게시물이 그녀의 블로그에 올라왔다. 시 같은 것은 아니었다. 제목은 '아듀, 굿바이, 사요나라, 안녕'으로 되어 있었다. 내용은 제목 그대로였다.

아듀, 굿바이, 사요나라, 안녕.

안녕, 친구들. 모두들 안녕.

이 블로그는 개인 사정으로 폐쇄합니다. 개인 사정이라고 해서 별일은 아니에요. 그냥 모든 것에는 끝이 있는 법이니까. 그리고 지금이 가장 좋은 끝이니까.

저는 티벳으로 떠나기로 결정했답니다. 엉뚱한가요? 거기서 『티벳 사자의 서』를 읽으며 영적인 삶을 살겠다는 로맨틱한 신비주의는 제게 없어요. 그런 낭만적 포즈는 어쩐지 우스꽝스러운 느낌이라서요. 티벳에도 또다른 삶과 또다른 사회와 또다른 권력관계가 있을 뿐이죠. 저는 아주 현실적이며 명백한 삶만을 선호한답니다. 거기서 한국어와 영어를 가르치는 교사 자리를 얻었거든요. 야호.

저는 떠나갑니다. 티벳으로, 티벳의 수도 라싸로, 영혼의 구조가 조금쯤은 다른 그 세계로…… 아듀, 굿바이, 사요나라, 안녕. 당신은 여전히 이 세계를 살아가겠죠. 저 역시 어디서든 당신을 생각하며 살아가겠습니다. 나는 당신의 글을 읽고 당신도 언젠가 다시 나의 글을 읽을 거예요.

그것으로 문장들의 아름다운 우주 같은 게 이루어지리라는 달콤한 말은 믿지 마시길. 우리는 그저 앙상하고 외로워서 서로를 그리워하고, 안간힘을 다해 서로가 서로의 의미를 채워줄 뿐이니까요. 그리고 스르르, 사라지는 거예요.

영원의 이야기란 언제나 그렇게 단순하고 소박한 것이라고 저는 생각한답니다.

아듀. 굿바이. 사요나라. 그리고 안녕.

에이프릴 마치 드림.

이것이 그녀의 마지막 게시물이었다. 배경에는 티벳의 뒷골목인 듯 허름한 풍경이 깔려 있었고 풍경과 어울리지 않게 경쾌한 노래가 흐르고 있었다.

티벳이라니. 라싸라니. 하지만 티벳이라니. 라싸라니. 나는 내내 그렇게 중얼거릴 뿐이었다. 맨해튼 미드타운에서 서울까지, 서울에서 티벳까지, 그리고 라싸의 뒷골목까지…… 그녀는 어디서 와서 어디로 가고 있는 것일까. 그녀는 어디에서 어디까지 살아가고 있는 것일까. 그리고 마침내 아듀. 굿바이. 사요나라. 안녕. 나는 그녀의 무의미한 작별인사를 반복해서 중얼거리는 것 외에는 아무것도 할 수 없었다.

며칠 뒤에는 그녀의 마지막 게시물마저도 자취를 감추고 말았다. '에이프릴 마치의 사랑'이라는 블로그 자체가 소멸된 것이다. 그녀의 흔적은 온라인에서는 더이상 찾아볼 수 없게 되었다. 마음 속 깊은 곳에서 끈이 툭, 끊어진 느낌이었다. 내가 그녀에게 보낸 메일이, 내가 그녀에게 보낸 조난신호가, 내가 온 영혼의 힘을 바쳐 쓴 시들이, 그리하여 그녀가 현실세계에 업로드한 나의 시들이, 우주의 소실점으로 사라져버린 듯한 기분이었다.

시도 써지지 않고 책도 읽히지 않았다. 평론가 최를 만나 술을 마셨지만 끝내 그녀에 대해서는 말하지 못했다. 새벽의 전봇대 아래서 위액을 게워낸 것은…… 이번에도 역시 최가 아니라 나였다. 아무것도 하지 못하는 나날이 그렇게 흘러갔다. 청탁도 모두 고사했다. 다시 시를 쓸 수 있을까 의심스러웠다. 실은 두려웠다고 말하는 편이 옳았다. 시를 쓰는 일도, 시를 쓰지 않는 일도.

하나의 겨울이, 다르면서도 비슷한 또하나의 봄이, 그리고 그녀가 없는 나의 여름과, 내가 없는 그녀의 가을이, 무심히 우리 곁을 흘러갔다. 우리는 서로를 잊고, 그렇게 서로를 잊음으로써 우리 자신을 잊고, 아마도 어느 낯선 계절에 도착해 있겠지. 그런 계절의 언제쯤엔가, 나는 새로운 블로그를 하나 개설할지도 모르겠다. 그 블로그의 이름은 물론…… '에이프릴 마치의 사랑'일 것이다.

오늘 아침에는 비가 내리지 않았다. 나는 미국 맨해튼에도 가보지 못했고 티벳 라싸에도 가보지 못했지만 어쩐지 그 세계의 뒷골목에 떨어지는 낙엽의 궤적을 이해할 것 같은 기분. 늦은 시간에 일어나 잠시 스트레칭 자세를 취한 뒤 슈만의 환상 소곡집을 틀어놓고 맞은편 빌라의 외벽에 가로막혀 있는 창밖을 멍하니 바라보는 순간. 이런 순간에는 갑자기 인생이 정지해서 다시 시작되지 않아도 좋을 것 같은 느낌. 마커스 밀러로 음악을 바꾸고 몸을 흔들어도 영영 깊은 물속 같은 기분은 마찬가지.

이것이 오늘의 기분.

복화술사

저는 복화술사입니다. 여러 가지 목소리를 가졌어요. 진짜 내 목소리가 뭔지 헷갈릴 때도 나는 여러 개로 흩어진 나인 것이 틀림없습니다. 의심스러우신가요? 의심스럽다고? 야 이 새끼야, 그렇다면 그런 줄 알아.

아, 죄송합니다. 진정하십시오. 그렇게 말한 것은 제가 아닙니다. 저는 그렇게 상스러운 인간이 아닙니다. 그냥 복화술 시범을 보였을 뿐이니까요. 다른 목소리를 내본 것뿐입니다. 목소리가 바뀌면 뉘앙스가 달라지고 옷이 바뀌면 사람이 달라지지 않습니까? 양복을 빼입은 저와 추리닝을 걸친 저는 삼사 센티미터쯤은 다른 존재일 겁니다. 예비군복을 입으면 사람이 좀 껄렁껄렁해지지 않나요? 그런 것이죠.

어떤 사람들은 복화술을 그저 입술을 움직이지 않고 말을 하는 기술이라고 생각합니다만, 그래서 틀렸다는 거야. 너, 너 말이야, 너!

하하, 미안합니다. 또다른 목소리가 튀어나왔군요. 자기분열이라니, 이런 현대적 클리셰가 또 어디 있겠습니까. 가끔 제어가 안 될 때가 있으니 너그럽게 이해해주세요.

어쨌든 복화술에 대한 오해는 좀 짚고 넘어가야겠습니다. 사람들은 복화술을 그저 인형을 손에 끼우고 재담을 하는 거라고 생각합니다. 혼자서 두 사람 세 사람 역을 하면서 희극 공연을 한다는 것이죠. 물론 그런 공연을 하는 분들도 복화술사입니다. 입술을 움직이지 않고도 목소리를 내고 인형과 만담을 하면서 즐거움을 선사하니까요. 힐링에도 도움이 되죠. 어린이들이 좋아하는 건 물론이고 어른들 중에도 마니아가 꽤 있습니다.

왕년의 인기 스타 후라이보이 곽규석씨를 아시는지요? 성대모사나 원맨쇼뿐 아니라 복화술도 하셨는데, 끝내줬습니다. 관객들이 다 뒤로 넘어갔죠. 윤부길씨는 아마 잘 모르실 텐데, 유명 가수 윤복희, 윤항기 씨의 아버지로 역시 멋진 복화술사셨습니다. 복화술사들은 단순한 코미디언이 아니에요. 모노드라마를 하는 배우들이기도 합니다. 인간의 영혼을 웃기고 울릴 줄 알아야 한다는 뜻입니다.

그래요. 복화술은 단지 기술이 아닙니다. 미음, 비읍, 피읖, 쌍

비읍, 이 네 가지 자음—입술을 움직여야만 소리가 난다고 해서 순음脣音이라고 합니다만—을 입술을 쓰지 않고 발음할 줄 안다고 해서 다 복화술사가 되는 게 아니라는 얘깁니다. 물론 발음 기술도 중요하죠. 그리 쉬운 일은 아니니까요. 각고의 훈련이 필요합니다. 가장 초보적인 복화술을 하려고 해도 최소 두 달은 연습해야 하고, 관객들 앞에서 프로페셔널한 공연을 하려면 적어도 십 년은 수련을 해야 합니다.

하지만 진정한 복화술사가 된다는 것은 수련 기간과는 또다른 문제입니다. 복화술에도 철학이 있고 인생관이라는 게 있기 때문입니다. 내가 말하려는 게 바로 그거예요. 진정한 복화술은 관객들의 착오나 착각을 일으키는 게 아닙니다. 속임수는 더더욱 아닙니다. 그건 복화술에 대한 모독입니다. 왜 그렇냐고요? 지금 그걸 질문이라고 하나? 응?

복화술을 배 복 자를 써서 복화술腹話術이라고들 하는데, 사실 정확한 용어는 아닙니다. 실제로 복부를 사용하는 건 아니니까요. 차라리 겹 복 자를 써서 복화술複話術이라고 말하는 게 정확할 겁니다. 목소리가 여럿이라는 뜻이죠. 여러 목소리를 내는 것, 다른 영혼의 목소리를 빌려오는 것, 그것이야말로 복화술의 본질이 아니겠습니까.

영매나 강신술사들이 대개 복화술사였다는 건 잘 알려진 사실입니다. 중세 불란서의 복화술사 루이 발루아는 죽은 이의 목소리를 내는 것으로 유명했습니다. 복화술사이자 영매였던 것이죠. 그는 한때 특이한 일을 하기도 했어요. 살인자의 법정에서 피살된 이들의 목소리를 재연하는 일이었죠. 죽은 이들을 증인이자 고발자로 소환했던 것입니다. 상상해보세요. 이미 죽은 사람의 목소리가 복화술사의 입을 통해서 나오는 장면을. 그것도 살인을 저지른 자의 면전에서 말입니다.

이놈! 네가 범인이 아니냐! 바로 네가 날 죽이지 않았느냐! 고개를 들어 나의 목소리를 들으라! 네가 죽인 자의 목소리를!

루이 발루아의 무표정한 얼굴과 움직이지 않는 입술에서 호통이 터져나옵니다. 그러면 무릎을 꿇고 앉은 범인은 오줌을 지리게 마련이었죠. 이해하시겠습니까? 영혼의 복화술이라는 것을?

옛날 사람들 중에 신의 목소리를 들었다는 사람들이 있지 않습니까. 모세라는 사람이 하느님에게서 십계명을 들었다는 얘기는 잘 아실 겁니다. 바로 그 모세가 천재적인 복화술사였다는 주장도 있더군요. 시나이산 꼭대기에서 모세가 들었던 신의 말씀이 바로 모세 자신의 입에서 나온 목소리였다는 것이죠. 아, 물론 이단으로 치부된 주장이긴 합니다만.

예전에는 저도 비슷한 의심을 한 적이 있습니다. 복화술을 해놓고 그걸 신의 목소리로 포장한 게 아닌가. 결국 눈속임으로 거짓말을 지어낸 게 아닌가…… 하지만 지금은 그렇지 않다는 걸 확실하게 깨닫고 있어요. 그들은 남을 속이려고 복화술을 한 것이 아니다. 자신의 내부에서 진정한 목소리를 끌어냈을 뿐이다. 그들은 진심으로 신의 목소리를 듣고 있다고 생각한 것이다.

그래요. 우리 자신도 모르는 내면의 목소리가 신의 목소리라고 한들 그게 잘못이겠습니까? 그 목소리가 거부할 수 없는 진실을 알려준다면 그게 바로 신의 목소리가 아닙니까? 그걸 인간을 넘어선 초월자의 목소리라고 한들 대체 무슨 잘못이겠습니까? 뭐라구요? 주제넘은 얘기는 그만두라구요? 이 자식이 보지 보자 하니까……

그래요. 알겠습니다. 닥치고 제 소개나 계속하지요. 앞서 말씀드린 대로 저는 복화술사입니다. 정확하게 말하면 복화술사였다고 해야겠군요. 지금은 수련도 공연도 하지 않고 있으니까요. 하지만 한때는 저도 복화술로 생계를 꾸린 적이 있습니다. 어렸을 때부터 배우며 자랐기 때문에 그것 외에는 달리 할 수 있는 것도 없었으니까요.

우리나라 최초의 복화술사는 1940년대 전방일씨로 알려져 있지만, 실은 1930년대에도 이미 복화술사가 있었습니다. 그의 이름은 본각本覺이었습니다. 이름에서 보듯 한때 승려였던 분이죠. 복화술에 빠져서 스스로 환속한 뒤에는 전국을 유랑하며 복화술을 전파했다더군요. 그분이, 그분이 바로 제 조부셨습니다. 할아버지는 제 아버지에게 복화술을 가르쳤고, 아버지는 나에게 복화술을 전수했습니다.

어머니요? 어머니는…… 어머니도…… 처음에는 아버지의 제자였다고 했습니다. 하지만 아버지와는 차원이 다른 세계로 가버리셨죠. 태주무당이 되었다고 했어요. 아이의 혼령을 받아 아이의 목소리로 말을 하는 사람 말입니다. 상상해보십시오. 다 큰 어른의 영혼 깊은 곳에서 우러나오는 아이의 목소리를 말입니다. 잔주름이 진 중년의 입에서 맑고 정결한 어린아이의 목소리가 나옵니다. 그건 얼마나 아름다운 광경입니까? 아니라구요? 크리피하다구요? 크리피? 크리피가 무슨 뜻입니까?

어쨌든 어머니 자신은 스스로 무속인이라는 것을 부인했다더군요. 자신은 복화술을 했을 뿐 무속을 한다고 생각한 적이 없다는 것이죠. 태주무당이라서 복화술을 한 것이 아니라 복화술을 하다가 태주무당으로 불린 것뿐이다…… 복잡하다고요? 업어치나 메치나 마찬가지라고요? 물론 그렇습니다만, 그런 식으로 안이하게 생각하는 게 니 문제인 거야, 알아?

아버지는 나에게 이렇게 말했습니다. 네 몸에는 복화술사의 피가 아니라 강신술사의 피가 흐른다. 떠돌이의 피가 아니라 영매의 피가 흐른다. 그게 무슨 뜻인지 알겠습니까? 그건 아버지 자신을 낮추는 얘기였습니다. 자괴감이라고도 할 수 있겠죠. 어머니나 할아버지와 달리 아버지는 자신을 단순한 기술자로 생각했습니다. 시골을 돌아다니면서 복화술로 동화 구연을 하고 밥 벌어먹는 사람이라고 말이죠.

하지만 복화술은 영혼을 받는 일이다. 아버지는 입버릇처럼 말했습니다. 그러면서 오래전에 헤어진 어머니를 숭배했습니다. 차원이 다른 먼 곳의 존재라고 생각했어요. 아버지에게 어린 나를 맡기고는 홀연히 사라져버렸는데도 말입니다. 어머니를 원망하느냐구요? 천만에. 나는 전적으로 이해합니다. 어머니에게는 아버지나 나와는 다른 종류의 피가 흐르니까요.

아버지는 복화술로 나를 키웠습니다. 생계를 꾸렸다는 뜻입니다. 결혼식, 돌, 환갑 등 동네잔치가 열린다는 소문을 들으면 어디든 갔습니다. 시골 여기저기를 돌아다니면서 공연을 했어요. 아무래도 잔칫집들이고 그때만 해도 시골 인심이 후했기 때문에 아버지와 내가 먹고사는 데는 큰 문제가 없었습니다. 어깨너머로 배운 실력입니다만, 저도 아버지와 함께 공연에 나서기까지 했답니다. 작은 마당에 둘러앉아 막걸리를 마시는 사람들 앞에서 공연을 하면 우쭐해지는 마음도 들었습니다. 콧물 흘리는 꼬마들뿐만 아니라 초로의 노인들까지 웃기고 울릴 수 있었으니까요. 그래요. 좋았다면…… 좋았던 시절이었습니다.

그 시절이 끝난 것은 80년대 들어서였습니다. 저는 초등학교도 가지 않고 아버지를 따라 남도의 후미진 마을을 돌았습니다. 아버지가 어린 나를 데리고 광주로 흘러든 것도 그 무렵이었어요. 아시겠지만, 입에 담기도 고통스러운 비극이 도시 전체를 휩쓸고 지나간 뒤였습니다. 군인들이 커다란 도시 하나를 통째로 포위하고 자기 국민들을 공격하다니, 지금 생각해보면…… 이건 대체…… 상상을 초월하는 일이 아닙니까.

아버지는 사실 그 방면으로는 별생각이 없는 사람이었습니다. 정치니 경제니, 좌니 우니 하는 걸 모르고 살아온 떠돌이였으니까요. 권력 같은 걸 가져본 적도 없고 그런 것에 휘둘려본 적도 없는 분이었어요. 그저 내 몸 안에서 나오는 여러 목소리들로 사람들을 즐겁게 할 줄 안다, 그뿐이었지요.

그런 아버지가 그 시절의 그 음울한 도시에서는 우울증에 걸린 듯 음침한 시간을 보냈습니다. 제가 말하지 않았던가요? 복화술사는 그가 있는 곳의 대기에 민감하다고 말입니다. 복화술은 배로 소리를 내는 것이 아니에요. 그를 둘러싼 세상의 공기를 몸 깊은 곳에 모아 소리를 내는 것입니다. 공기가 무거우면 목소리가 무거워집니다. 공기가 가벼우면 목소리가 가벼워집니다. 그런데 복화술사를 둘러싼 대기 전체에 음울하고 어두운 그림자가 드리워져 있는 곳이라면? 글쎄요.

충장로우체국 앞에서 거리공연을 할 때였습니다. 아버지는 여느 때처럼 인형을 손에 들고 전래동화를 구연하고 있었습니다. 이 금도끼가 네 금도끼냐? 이 은도끼가 네 은도끼냐? 산신령 목소리로 이런 대사를 하는 중이었죠. 웃음이 터져야 할 대목이었어요.

분명히 웃기는 대목이었는데……

아버지는 갑자기 울음을 터뜨렸습니다. 아니, 처음에는 웃기 시작했는데, 웃음이 깊어지다가, 깊어지다가, 어느 결에 울음이 되어버린 것입니다. 이 금도끼가…… 네 금도끼냐? 이 은도끼가…… 네 은도끼냐?

그토록 슬픈 말이 있을까요? 이 금도끼가…… 이 은도끼가…… 아버지를 바라보던 어린 나도 덩달아 울음을 터뜨렸습니다. 둘러서서 구경을 하던 행인들까지 영문을 모르고 하나둘씩 눈물을 흘리기 시작했어요. 마치 전염이라도 된 듯이 말이죠. 그 추운 겨울 거리에 둘러선 행인들이 일제히 울음을 터뜨렸습니다. 무슨 일이 난 줄 알고 우체국장이 뛰쳐나왔을 때는 그 울음바다를 아무도 멈출 수 없었습니다.

소설을 쓴다고 하셨던가요? 저보다 잘 아실 테니 물어보고 싶습니다. 어떻게 생각하십니까? 복화술사가 비극을 공연할 수 있을까요? 희극이 아니라 비극을 공연하는 복화술사라는 것이 가능할까요? 캐릭터 인형을 손에 끼우고 인형의 커다란 입을 쫙쫙 벌리면서? 비극을? 복화술사가?

그래요. 내 아버지라면 가능하다고 생각합니다. 아버지의 공연은 희극과 비극을 넘나들며 점점 깊어졌습니다. 인형만 있다면, 인형만 손에 끼우고 있다면, 아버지는 자신을 잊고 관객들의 마음

깊은 곳까지 도달할 수 있었습니다. 사람들을 웃기고 울리며 영혼까지 사로잡곤 했으니까요.

하지만 사람들이 아버지의 이름을 기억하게 된 것은 다른 이유에서였습니다. 당시에 국풍 81이라는 대규모 국가 행사가 있었어요. 그게 어떤 행사였냐고요? 실례지만 나이가 어떻게 되시는지? 이십대라고요? 아, 보기보다 많이 젊으시구나. 그래요. 나이 따위가 뭐 중요하겠습니까. 젊거나 늙거나 인간은 거기서 거기지요. 젊어서는 냉소 아니면 혈기방장이고, 늙어서는 타협 아니면 꼰대가 돼버리니 말입니다. 다 그런 건 아니라구요? 뭐 그거야 아무래도 좋습니다만.

국풍 81이라는 건 말 그대로 국가에 바람을 일으키자, 문화의 바람을 일으키자, 그런 취지라고 하더군요. 이름만 들어도 어쩐지 민망하고 오그라들지 않습니까? 여의도에 수많은 천막이 들어서고 온갖 민속 공연들이 열렸습니다. 태극기가 휘날리고 애드벌룬이 떠다니고 축제 분위기의 광장을 돌아다니며 기자들이 취재를 하고…… 그런 행사가 1981년 5월에 열렸다는 것 자체가 치욕이었지요. 광주의 비극으로부터 정확히 일 년이 지난 때였으니까요. 왜 하필이면 그때 열렸는지 안 봐도 빤한 일 아닙니까?

어쨌든 그런 대규모 행사에 아버지가 빠질 수 없었지요. 아버지도 여의도 한복판에서 판을 벌였습니다. 광장을 오가는 관람객들 앞에서 즉석공연을 했어요. 아무런 홍보도 무대도 없이 광장 여기

저기를 돌아다니며 공연을 벌인 것이죠. 여느 때처럼 아버지는 관람객들을 들었다 놓았다 웃겼다 울렸다 했습니다. 주위의 대규모 공연들이 빛을 잃을 정도였지요. 아버지는 가는 곳마다 사람들을 몰고 다녔습니다.

그러다가 텔레비전 출연까지 하게 됐어요. 전국의 재주꾼들을 모아 경연을 하는 프로그램이 있었거든요. 그것도 생방송으로 말입니다. 아, 그런 데는 나가지 말았어야 했는데. 지금이야 이런 생각을 합니다만 그때는 마냥 들떴을 뿐이라서…… 테레비래, 테레비! 우리 아빠가 테레비에 나간다! 어린 나는 신이 나서 자랑을 하고 다녔죠.

사실 아버지는 인형이 없으면 아무것도 아닌 사람입니다. 생각도 없고 의욕도 없고 계획 같은 것도 없습니다. 바람 빠진 풍선처럼 쭈글쭈글하다가도 인형만 손에 끼우면 언제 그랬느냐는 듯이 활기가 도는 것이죠. 공연이요? 대본도 없이 즉흥적으로 했어요. 미리 뭘 짜놓으면 인형이 답답해한다더군요.

물론 레퍼토리는 있었어요. 오늘은 흥부 놀부를 해볼까. 도깨비 방망이를 해볼까. 아, 장화홍련은 어떠냐. 그런 식이었습니다. 결정도 즉석에서 했어요. 텔레비전 생방송까지 그랬으니 말 다 했죠. 그날 선택된 것은 해와 달이 된 오누이 이야기였습니다. 왜 그 옛날이야기 있지 않습니까. 떡 하나 주면 안 잡아먹지 하는 호랑이가 나오는.

호랑이가 할머니를 잡아먹은 뒤에 할머니로 변장해서 오누이를 노립니다. 오누이는 호랑이를 피해 동아줄을 타고 하늘로 올라가게 되죠. 아래서는 호랑이가 쫓아오고요. 오누이는 도망치면서 하늘에 빌고 신령님한테 빌고 결국…… 동아줄이 썩어서 호랑이만 떨어져 죽어버립니다. 아버지는 왼손에 호랑이를, 오른손에 오누이 인형을 끼우고 이야기를 이어갔습니다. 한 손에 두 개의 캐릭터를 끼우고 자유자재로 다룰 수 있는 것도 아버지의 특기였죠.

동화에서 오누이는 달과 해가 됩니다만, 그날 아버지의 공연에서는 엔딩이 달랐어요. 아무래도 즉흥적이었기 때문일까요. 동아줄을 잡고 하늘로 올라가는 시늉을 하던 오빠 인형이 갑자기 호랑이 인형을 내려다보면서 이렇게 말한 것입니다. 속삭이듯이, 부드러운 음성으로, 들릴 듯 말 듯 아주 작은 목소리로.

독, 재, 타, 도.

아무도 알아듣지 못했습니다. 방송을 하던 스태프들도, 현장에서 관람하던 관객들도, 텔레비전으로 생방송을 지켜보던 시청자들도, 지금 저 인형이 뭐라고 말한 것인지 이해하지 못했습니다. 저만이, 오로지 저만이, 아버지가 당황해하고 있는 것을 눈치챘습니다.

이번에는 누이 인형의 입에서 목소리가 흘러나왔습니다. 정확하게는 오른손에 끼운 여자아이 인형이 왼손에 끼운 호랑이 인형을 향해 말한 것입니다만.

독. 재. 타. 도.

아버지의 움직이지 않는 입에서, 아니, 작게 벌어진 누이 인형의 입에서, 다시 그 단어가 흘러나왔습니다. 여전히 억제된 목소리였습니다. 그때까지도 공개홀의 관객들이나 시청자들이나 그저 어리둥절한 표정을 지을 뿐이었어요. PD를 비롯한 제작진 역시 마찬가지였죠. 동아줄을 타고 하늘로 올라가던 아이들이 갑자기 호랑이를 정면으로 바라보며 그런 이상한 말을 하다니, 대체 누가 상상이나 할 수 있었겠습니까.

아버지 자신을 비롯해서 모두들 멍한 표정이 되었을 때였습니다. 오른손에 끼운 오빠 인형 누이 인형이 동시에 입을 벌리며 외쳤습니다. 쩍쩍 벌리며 외쳤습니다. 이번에는 선명하고 명확하여 공개홀이 쩌렁쩌렁 울리는 목소리였습니다.

독! 재! 타! 도!

당황한 카메라맨이 카메라를 다른 곳으로 돌렸습니다. 사회자와 심사위원들의 입이 벌어졌습니다. 방송은 중단되었습니다. 임시 화면이 나오기 시작했습니다. 그때 나는 관객석에 앉아 있었어요. 무대에 선 채 일그러진 표정을 짓고 있던 아버지의 얼굴을 똑똑히 기억합니다. 어떤 알 수 없는 힘에 완전히 압도된 사람의 표정이었어요.

PD가 아버지를 향해 달려들며 외쳤습니다.

지금 뭐하는 거야, 당신!

아버지는 이제 뭘 어떻게 해야 될지 모르겠다는 얼굴로 멍하니 서 있을 뿐이었습니다. 하지만 아버지의 오른손에 끼워져 있던 오누이 인형은 멈추지 않았습니다. 이번에는 PD를 향해서였어요.

독! 재! 타! 도!

거기서 끝이었을까요? 오누이 인형이 이번에는, 아이들이라고는 믿을 수 없이 낮고 굵은 목소리로, 아버지를 향해서, 아버지 자신을 향해서, 또박또박 말했던 것입니다. 인형이, 자신의 주인을 향해서, 이렇게 말입니다. 너도 마찬가지야, 이 새끼야.

나는 그제야 할아버지가 겪었다는 일을 떠올렸습니다. 아버지가 생방송에서 겪은 일은 할아버지의 이야기를 반복한 것이었으니까요. 할아버지 역시 일제 때 관청에 가서 공연을 한 적이 있다더군요. 아사달 아사녀 이야기를 우스꽝스럽게 각색해서 연기하던 중이었어요. 일본 고위 관리들 앞에서 갑자기 대한 독립 만세를 외치는 인형의 입을 막은 건, 물론 할아버지 자신이었다고 했습니다. 그 사건 이후 할아버지는 실종자로 처리되었다죠. 말하자면 그 아버지에…… 그 아들이라고 해야 할까요.

아버지는 모처에서 돌아온 뒤 점점 말이 없어졌습니다. 말이 없어진 게 아니라 말을 할 능력을 잃었다고 하는 게 맞겠군요. 인형을 손에 끼워야 겨우 몇 마디를 하곤 했으니까요. 자신은 이미 죽어버렸고 인형만이 살아 있다는 듯이 말입니다. 인형이 입을 벌려야 얼굴에 희미하게 생기가 돌고 대화가 가능해졌어요. 나는 화가 나기도 하고 복받치기도 해서 아버지에게 말했습니다. 감정을 제어할 수 없었어요.

아버지! 아버지는 두 개의 목소리를 동시에 낼 수 있지 않느냐! 오누이의 목소리를 동시에! 두 개의 목소리로 한꺼번에 외칠 수 있지 않느냐! 그 놀라운 기술을 왜 나에게는 전수해주지 않았느냐!

엉뚱하다고요? 뭐가 말입니까? 생방송 현장에서 내가 놀란 건 사실 그 때문이었어요. 살짝 열린 아버지의 입에서 두 개의 목소리가 동시에 터져나왔으니까요. 움직이지 않는 하나의 입술 사이로 두 개의 목소리가 말입니다. 여자아이와 남자아이의 목소리가 동시에 말입니다. 아아, 나는 그런 기술이 가능하다는 것이 놀랍기만 했습니다. 아버지는 대체 무슨 말이냐는 눈으로 나를 멍하니 바라볼 뿐이었습니다만.

저요? 저는 그때 겨우 열세 살이었습니다. 아버지가 시름시름 앓다가 세상을 떴을 때 말입니다. 당시에 나는 아버지가 좀 바보 같다고 생각했어요. 할아버지도 마찬가지였고요. 겨우 인형의 목소리를 막지 못해서 그런 사달을 일으킨 셈이니까요. 상황도 맥락도 없이 터져나오는 인형 목소리 때문에 비극적인 운명을 맞은 셈이니까요. 인형 목소리, 겨우 인형 목소리 때문에 말입니다.

지금은? 지금은 물론 그렇게 생각하지 않습니다. 아버지나 할아버지는 바보라기보다는…… 멍청이라고 생각하니까요. 말 그대로 멍해져서 텅 비어버린 사람 말입니다. 멍해지고 텅 비어버렸으니, 그게 멍청이가 아니면 뭐겠습니까. 아버지가 왜 말이 없어졌는지, 어째서 인형을 손에 끼우지 않으면 아무 말도 못하게 되었는지, 나는 이제 충분히 납득합니다.

아버지가 세상을 뜬 후 내가 어떻게 살았냐구요? 멍청이 같은 질문이네. 아니, 내 말은, 좋은 질문이라는 뜻입니다.

내 선택은 아주 간단명료했어요. 복화술이라는 것을 그냥 포기했으니까. 아무런 미련도 없이 말입니다. 혼자 사는 건 생각보다 어렵지 않았어요. 가족이 있는 것도 아니고 인생에 별다른 욕심이 있는 것도 아니었으니까요. 보육원 신세를 좀 지다가 중국집 배달원이 되어 독립했고 이후에는 숙식이 해결되는 일이라면 닥치는 대로 했습니다. 그 와중에 검정고시까지 봤고요. 또래들보다는 좀 늦었지만 상업고등학교를 다니기도 했습니다. 부기와 주산처럼 실용적인 걸 배우고 싶었거든요. 평범한 인생이란 게 뭔지 궁금하기도 했고.

그래요. 나는 혼자였지만, 혼자라는 사실이 좋았습니다. 복화술은 근처에도 가지 않았어요. 어려운 일은 아니었습니다. 말을 하지 않으면 되었으니까요. 내가 한때는 복화술사였다는 걸 잊을 정도였지요. 학창시절에 장기자랑 같은 걸 해도 나서지 않았습니다. 솔직히 말하면, 입을 열면 다른 목소리가 튀어나올까 두려웠거든요. 나는 한마디도 말을 하지 않고 하루를 보내는 데 익숙했습니다.

딱 한 번, 나도 모르게 목소리가 튀어나온 적이 있기는 했습니다. 고1 때였으니 1987년인가, 88년인가 그랬을 겁니다. 버스를 타고 학교에 가는 길이었지요.

나는 버스를 싫어했습니다. 사람이 많고 공기가 좋지 않고 특히 사람들의 입냄새를 견딜 수 없었거든요. 버스에서 담배를 피우는 아저씨가 있거나, 차창 밖 거리에서 최루탄이라도 터지면 최악이었지요.

그날도 승객들이 꽤 많았습니다. 승객들 틈에서 이상한 것을 본 것은 버스가 연신내쯤을 지날 때였습니다. 사내 하나가 나이 지긋한 중년 여자 뒤에 서 있었는데, 사내의 검지와 중지 사이에서 반짝, 하고 빛나는 게 있었습니다. 나는 그게 면도칼이라는 걸 직감으로 깨달았습니다. 사내의 손이 기민하게 움직였습니다. 여자의 손가방에서 지갑을 빼내는 데 십 초가 걸리지 않더군요. 사내는 몸이 크고 조폭처럼 생겼는데도 손동작은 믿을 수 없을 정도로 날랬어요. 신묘한 기술이었지요. 지금은 사람들이 현금 같은 걸 갖고 다니지 않으니 소매치기가 많이 없어졌지만, 그때는 그런 일이 비일비재했어요.

그 장면을 목격한 것은 나뿐이었습니다. 승객들은 서로를 등진 채 창 쪽을 향해 있고, 통로 중간에 서 있는 건 나뿐이었거든요.

나는 가만히 숨을 죽이고 있었습니다. 개입하고 싶지 않았어요. 나는 작고 왜소한 고등학생이었으니까. 하지만 사내의 손에서 눈을 뗄 수는 없었습니다. 왜냐구요?

손기술이 하도 신기해서였지요. 솔직히 말하면, 좀 감동을 했달까, 나도 좀 배워볼까 하는 생각이 들 정도였어요. 내 시선을 눈치챈 소매치기와 정면으로 눈이 마주치기 전까지는 말입니다. 사내가 나를 노려보며 눈을 부라렸습니다. 검지를 들어 자기 코앞에 갖다댔습니다. 조용히 있으라는 뜻이었죠. 나는 내 신발 쪽으로 시선을 돌림으로써 그의 메시지를 받아들였습니다. 신발…… 신발 쪽으로 말입니다.

그런데 신발이란 것은 좀 이상하지 않습니까? 자기 신발을 오랫동안 물끄러미 바라보고 있으면, 이상한 느낌이 듭니다. 뭔가 치밀어오르는 게 있달까요. 알 수 없는 슬픔이라든가, 분노라든가, 그리움 같은…… 그런 것 말입니다.

그 순간이었어요. 머리 위 어딘가에서 낯선 목소리가 들려온 것은. 굵고, 낮고, 위엄 있는 목소리였습니다.

이봐, 그런 짓은 그만두는 게 어떻겠나?

그 목소리가 제 귀에만 들린 건 아니었던 모양입니다. 사내는 자기 머리 위를 올려다보았습니다. 그리고 주위를 둘러보았습니다. 다른 승객들도 이거 뭐야? 누가 이렇게 떠드는 거야? 하는 표정으로 천장을 올려다보고 주위를 두리번거리더군요. 하지만 버스 천장에 뭐가 있겠습니까? 모두들 어리둥절한 얼굴이 되었죠.

원거리 복화술이라는 것이 있습니다. 일반적인 복화술이 인형을 손에 끼우고 근접한 거리에서 하는 반면에, 원거리 복화술은 목소리가 먼 데서 들리는 것 같은 착각을 유발합니다. 이쪽에서 말을 해도 저기 먼 데서 하는 말처럼 들리는 것이죠. 온몸의 울림을 공명 기관처럼 이용해야 가능한, 복화술의 고급 경지입니다.

목소리만으로 사람을 압도할 수 있다고 하면 믿으시겠습니까? 복화술의 목소리는 보통 고음역에서 만들어집니다만, 일정한 수준에 이르면 저음역까지 커버할 수 있습니다. 낮고 굵은 목소리지요. 게다가 목소리가 머리 위에서 들린다면? 마치 징벌하는 신의 목소리처럼?

소매치기는 나를 의심하지 않았습니다. 신의 목소리는 머리 위에서 울렸고, 나는 그냥 내 신발을 바라보고 있었으니까요. 게다가 얌전하게 입을 다물고 있었죠. 물론 약간 벌어져 있기는 했겠습니다만.

목소리는 다시 울려퍼졌습니다. 모든 승객들의 머리 위에서, 낮고 굵은 목소리로.

이봐, 남의 물건에 손대는 짓은 그만둬!

사내의 얼굴이 붉어졌습니다. 목소리가 자신에게 말을 하고 있다는 것을 깨달은 것이죠. 그는 얼굴을 일그러뜨리고 고개를 바짝 쳐들었습니다. 그리고 어떤 새끼가 떠드느냐고 일갈했습니다. 형체 없는 목소리를 향해서 말입니다. 기다렸다는 듯 저음의 목소리가 다시 울려퍼졌습니다.

신사 숙녀 여러분, 이 사내가 지금 소매치기를 했다! 어떤 새끼가 떠드느냐고 말한 바로 이 새끼가!

그래요. 그게 신의 목소리는 아니었겠군요. 신이라면 그렇게 상스럽게 말하지는 않았을 테니까. 사내는 당황했습니다. 누가 말하는 것인지 알 수 없는 목소리가 버스 전체를 울림통 삼아서 점점 커졌습니다. 그것도 사내 자신을 지목하면서 말입니다. 승객들은 사내 쪽을 바라보았습니다. 사내의 얼굴이 굳어졌습니다. 그 순간 사내 앞에 서 있던 중년 여자가 외마디 소리를 질렀습니다. 그리고 버스 앞쪽으로 빠르게 걸어가며 외쳤어요.

소매치기다! 내 손가방이 찢어져 있어요! 저 사람이에요! 저 사람이 내 지갑을 훔쳐갔어요!

여자가 사내를 가리켰습니다. 사내는 말문이 막혀 얼굴이 벌게졌죠. 승객들이 웅성거렸습니다. 자리에서 엉거주춤 일어나는 사람도 있었고, 사내 쪽을 향해 돌아서는 사람도 있었습니다. 대학생으로 보이는 젊은 남자 서넛이 사내에게 다가갔죠. 소매치기는 다급히 하차 벨을 눌렀습니다만, 어디선가 울리는 목소리가 다시 그를 압도했습니다.

이봐, 어딜 도망가려는가? 기사 아저씨! 경찰서로 가주세요. 문을 열면 안 됩니다! 너 이 새끼, 거기 가만히 있지 못하겠나!

마침 파출소 앞을 지나던 버스가 급정거를 하고, 승객 하나가 뛰어나가서 경찰을 불러오고, 대학생들이 소매치기 사내를 둘러싸고, 경찰이 버스에 올라와서 사내를 끌고 가고…… 그런 소동을 뒤로한 채 나는 그 자리를 떴습니다.

우스꽝스러운가요? 버스에서 일어난 이 희비극적인 사건이? 하지만 웃지 마라. 웃는 것도 때를 가려서 해야지.

그래요. 웃을 일이 아니었습니다. 나는 그때 필사적이었습니다. 내 입에서 나오는 다른 목소리를 막기 위해서 말이죠. 내 의도와 관계없이 튀어나오는 그것, 스스로 발생하고 스스로 움직이는 그것, 그 목소리를 나는 견딜 수 없었던 것입니다.

상고를 졸업한 뒤에는 정말 평범한 사람이 되려고 노력했습니다. 그리 어렵지 않았어요. 보증금 없는 반지하 원룸을 얻고, 단순계산을 하는 회계원으로 취직해서, 별다른 의욕도 생각도 없이 살아가면 되었으니까요. 마침 세상은 문민정부가 들어섰다느니 어쩌느니 하는 알쏭달쏭한 말들로 들떠 있었습니다만.

회계원이라는 직업은 나에게 잘 맞았습니다. 숫자들은 말이 없지 않습니까. 그 점이 무엇보다도 마음에 들었습니다. 회계장부라든가 복식부기는 아름다운 세계입니다. 아름답기 때문에 아무런 생각이 들지 않는 세계입니다. 아니, 아무런 생각도 들지 않기 때문에 아름다운지도 모르지. 그래요. 아름답거나 귀여운 것들을 잘

보세요. 생각이 없습니다. 작정이 없습니다. 계획도 없고 선악도 없습니다. 대신 아주 단순한 몰두만 있기 때문에…… 그렇기 때문에 귀엽고 아름다운 게 아닌가.

숫자들이 귀엽고 아름답다고 하면 좀 이상하게 들리겠지만, 그게 사실인 걸 어쩌겠습니까. 그 시절에 나는 숫자들과만 대화를 하려고 했습니다. 세상이 어떻게 돌아가든 상관하지 않았어요. 대통령이 군인이든 민간인이든, 남북관계가 살얼음판이든 아니든, 소련이 하루아침에 무너지든 말든, 그런 것들이 나와 무슨 상관이겠습니까. 나는 내 삶에 별다른 불만이 없었습니다. 그래도 착각은 하지 마. 불만이 없다고 해서 모든 게 다 좋았다는 뜻은 아니니까.

어느 날 사장이 바뀌었습니다. 원래 사장이 회장으로 물러앉고 아들이 이어받은 것이죠. 가공식품을 만드는 작은 회사였습니다. 공장을 몇 군데 운영하면서 음식점, 노점 등에 납품을 했어요. 그 무렵 여기저기 생기기 시작하던 편의점에도 물건을 댔고 이름 있는 기업의 위탁도 받았죠. 어묵도 만들고 꼬치도 만들고 순대도 만들었습니다. 김밥부터 민물새우깡까지, 인간이 이토록 다양한 것들을 먹고 사는구나, 그런 것을 깨닫게 되는 곳입니다.

당연한 얘기지만, 공장은 온갖 냄새로 가득했어요. 팔레트의 색깔들을 다 합치면 검은색이 되지 않습니까? 냄새들을 다 합쳐도 비슷한 일이 일어납니다. 온갖 냄새가 뒤섞여 무슨 냄새인지 구분할 수 없게 됩니다. 캄캄한 냄새라고나 할까. 코의 감각이 서서히 마비되는 듯한 느낌이랄까.

식료품을 취급하기 때문에, 유통기한이 짧기 때문에, 공장에는 들어오고 나가는 것들이 많았습니다. 원재료들은 물론이고 온갖 소스, 양념에서 포장지까지, 그것들을 정확하게 체크하는 일이 무엇보다 중요하죠. 들어오는 물품과 나가는 물품 리스트를 생산 라인별로 하루 두 번씩 취합합니다. 좌변 우변에 수량과 단가를 기록하고 세로로 총액을 계산하고 일별, 주별, 월별로 결산하는 일을 끝도 없이 합니다. 눈코 뜰 새가 없었죠. 사소한 것 같지만 회사의 명운이 내 손에 달려 있었어요. 나는 그것이 좋았습니다.

어느 날 사장이 바뀐 뒤 모든 것이 달라졌습니다. 공장을 물려받은 사장은 직원들을 거칠게 몰아붙였습니다. 야근 특근을 밥먹듯이 시키면서 신입은 뽑지 않고 매출은 늘어나는데도 월급은 쥐꼬리만큼 올리더군요. 공장을 확장하고 증설하느라 자금이 달린다는 얘기였습니다. 사장은 목소리를 높였습니다.

우선 공장이 돌아가고 회사가 성장을 해야 고용도 하고 임금도 올려주는 거지. 안 그런가? 그게 납득이 안 되면 그만두라구. 앞으로는 동남아 애들 쓰면 되니까.

회사는 급성장했습니다. 직원들을 몰아붙인 효과도 있었습니다만, 무엇보다 때를 잘 만난 덕분이었습니다. 즉석 가공식품 시장이 급격하게 확대되던 시절이었으니까요.

그즈음 나는 회사를 그만두었습니다. 회사가 성장하는데 왜 그만두었느냐고요? 일이 그렇게 힘들었느냐고요? 뭐 꼭 그렇지는 않습니다만, 또 그렇지 않다고도 할 수 없는 게……

사장은 틈만 나면 나를 조졌습니다. 오류가 있다면서 검수와 결산을 다시 하라고 요구했습니다. 반입 원재료가와 완제품 재고물량을 정확하게 체크하고 계산해서 다시 올리라고 요구했습니다. 이상하게도 내 계산은 번번이 아다리가 맞지 않았습니다. 아다리가 안 맞는다고 해도 겨우 몇만원 차이일 뿐인데……

사장은 언성을 높이고 급기야는 손찌검을 하기까지 했습니다. 계산도 제대로 못하면서 대답을 제때제때 안 한다고 말입니다. 그 후 무슨 일이 일어났는지는 예상 가능하시겠지요? 그래요. 나도 모르게 다른 목소리가 튀어나왔습니다. 이번에는 저 스스로도 굳이 자제하지 않았습니다만.

그만둬.

예의 그 굵고 낮은 음성이었습니다. 머리 위에서 목소리가 들리자 사장은 천장을 바라보며 움찔했습니다. 그곳은 버스가 아니라 사무실이었고, 사무실에는 그와 나밖에 없었습니다. 한번 입이 터진 나는 마구 지껄였습니다. 그간 연습한 기술을 선보였습니다. 동시에 여러 목소리를 내는 고난도 기술을 말입니다. 진정한 의미의 복화술, 여러 목소리가 한꺼번에 울려퍼지는 복화술, 복화술의 최고 경지라는 바로 그것을 시도했던 것입니다. 벽에 반사된 수많은 목소리들이 사무실을 쩌렁쩌렁 울렸습니다. 수십 명이 한꺼번에 외치는 듯한 목소리가 울려퍼졌습니다. 상상이 되십니까?

사장은 공포에 질려 방을 뛰쳐나갔습니다. 이상한 일은 그후에 일어났어요. 사장은 조금 순해진 듯했습니다. 더이상 직원들을 닦달하지 않았습니다. 나에게도 마치 아무 일도 없었던 것처럼 대하더군요. 환청을 들었다고 생각한 것일까? 이명증이 있다고 했으니 불가능한 얘기는 아닙니다. 신의 목소리라고 생각했을까? 교회에 거액의 십일조를 내는 사람이었으니 역시 가능한 얘기죠. 당시 파업중이던 직원들의 시위로 생각한 것일까? 그래요. 그럴 겁니다. 여러 사람의 목소리가 한꺼번에 울려퍼지는 느낌이었으니까.

내가 회사를 그만둔 이유는 다른 데 있었어요. 새로 들어온 임시직 직원이 있었습니다. 활기차고 사교적인데다 입바른 말을 잘했습니다만, 일은 영 마음에 들지 않게 하는 녀석이었죠. 꾀가 많고 핑계도 많았기 때문에 나로서는 좋아할 수가 없었어요. 툭하면 연차를 쓴다는 둥 법정근로시간이 어떻다는 둥…… 내가 사수였는데도 사수 대접을 안 하더라고.

가장 중요한 건, 회계원이라는 직책이 얼마나 중요한지 이 친구가 잘 모른다는 점이었습니다. 숫자는 중요한 것이다. 하다못해 가계부 숫자도 잘못되면 가정경제가 엉망이 되는데, 회계원이 0 자 하나를 더 넣거나 빼먹으면 회사가 어떻게 되겠나? 숫자를 잘못 다뤄서 국가도 망하는 게 아닌가? IMF가 그런 것 아닌가? 네? 그게 아니라구요? 뭐, 아니라면 할 수 없습니다만.

어쨌든 신입은 실수가 많았습니다. 부서별로 리스트를 받아 결산하는 일은 그리 어려운 일이 아닌데도 오류가 많았습니다. 윗사람들이 알기 전에 잘 타이르고 싶었죠. 사람은 실수를 할 수도 있다. 하지만 그게 반복되는 것은 다른 문제다. 정신을 차리고 집중해야 한다. 좌변과 우변의 계산에 오류가 있어서는 안 된다. 왜냐하면 그것이 좌변과 우변이기 때문에……

나는 그렇게 말하고 싶었습니다. 그런데 내가 입을 열어 타이르기도 전에, 다른 목소리가 나와버리더군요.

너, 옷차림만 보면 여기가 클럽인 것 같다? 머리 색깔은 또 그게 뭐야? 나이도 어린 새끼가 꼬박꼬박 말대꾸를 하면, 회사가 돌아가, 안 돌아가? 한번 당해봐야 정신 차릴래?

거기까지 말하고 나는 내 입을 막았습니다. 방금 튀어나온 말은 내 말이 아니라고 말해야 했습니다. 하지만 늦었죠. 이미 신입의 표정이 굳은 뒤였어요. 붙임성 좋던 녀석은 그길로 사무실을 나가버렸습니다. 나는 내 입을 막은 채 바닥에 주저앉아버렸습니다.

나는 알고 있었습니다. 그 신입이 사장의 조카라는 것을. 직책은 '사원'이었지만 조만간 관리직에 배치되리라는 것을. 바닥부터 배우기 위해 임시로 내 밑에서 일하는 중이었다는 것을.

회사에서는 금방 내 사표를 수리했습니다. 아무도 만류하지 않았어요.

그후 나는 온갖 임시직을 전전했습니다. 이삿짐센터에서도 일하고 마트 배달원으로도 일하고 공항 물류센터에서 상하차 일을 하기도 했습니다. 말로 하는 일이 아니라면 무엇이든 했습니다. 하지만 오래가지 못했어요. 어쨌든 임시직이었으니까요.

그중 가장 오래했던 건…… 화장터 일이었습니다. 요즘은 화장터라고 하지 않고 승화원이나 추모공원이라고 하더군요. 좋은 표현이에요. 내가 하는 일 역시 승화나 추모에 걸맞은 일이었으니까.

단정하게 정복을 입고 시신을 인계받아 화로에 넣는다. 일정 시간이 지난 뒤 화로에서 고인의 유골을 수습한다. 수습한 유골을 희고 정갈한 종이 위에 뿌리고 이물질들을 솎아낸다. 남은 뼈들을 모아 분쇄기에 넣어 가루로 만든다. 그렇게 모든 과정이 끝나면 지정된 유골함에 고인을 모시고 정중하게 구십 도로 몸을 굽혀서 인사를 한다. 고인을 향해서, 그리고 통유리 저편에서 이 과정을 바라보며 침통한 표정을 짓고 있는 유족들을 향해서.

그래요. 말은 필요 없습니다. 삶과 죽음에 대한 겸허하고 정중한 자세, 프로페셔널한 직업인으로서 맡은 바 직무에 대한 숙지, 이런 것만 필요하니까요. 나는 그 일을 사랑했습니다. 가능하다면 평생 그 일만을 하고 싶을 정도로.

어느 오후, 그날의 마지막 유골을 수습한 뒤에 예를 올릴 때였습니다. 통유리 저편에는 유족들이 침통한 표정으로 서 있었죠. 그들은 내가 유골함에 고인을 모시는 광경을 바라보고 있었습니다. 그때쯤이면 이미 통곡과 눈물의 시간이 지난 뒤라 더 나올 눈물도 없는 듯 지쳐 보이게 마련이죠. 나는 흰 장갑을 끼고 고운 가루를 그러모아 도자기 함에 넣고 있었습니다.

그때였습니다. 어디선가 웃음소리가 들려온 것은.

호탕하고 쾌활하고 거친 음색의 웃음소리였어요. 나는 머리털이 쭈뼛 섰습니다. 머리털이 쭈뼛 섰다니, 이런 진부하고 상투적인 표현을 용서해주십시오. 사실 그대로를 말한 것뿐이니까요. 전기가 통한 듯이, 정말 머리털이 일제히 곤두섰으니까요.

그렇습니다. 그것은 내 입에서 나오는 웃음소리였습니다. 기이하게 높은 옥타브의 웃음소리였습니다. 호탕한 웃음소리, 통쾌한 웃음소리, 세상의 모든 것이 뒤집어지는 웃음소리, 삶과 죽음이 우스꽝스러워지는 웃음소리……

유족들은 경악했습니다. 유골함을 바라보던 시선들이 일제히 나에게 모여들었습니다. 눈물을 흘리거나 손수건으로 얼굴을 가리고 있던 이들 역시 통유리 너머의 나를 바라보았습니다. 멍한 표정들이었습니다.

그때 내가 스스로 내 입을 막지 않았더라면 어땠을까요. 차라리 그랬더라면 유족들은 이 해괴한 웃음소리가 어디서 나는지 알지 못했을지도 모릅니다. 하지만 나는 내 입을 막음으로써 웃음소리의 기원이 나라는 것을 스스로 까발려버렸습니다. 미안합니다, 죄송합니다, 내가 이런 인간입니다……라고 죄를 시인하듯이 말입니다. 죽음 앞에서 침통한 표정을 짓고 있는 유족들 앞에서 말입니다.

그래서 어떻게 됐냐고? 그걸 질문이라고 하나? 응?

잘렸지. 유골을 수습하면서 웃음을 터뜨리는 직원을 당신 같으면 쓰겠나? 폭행을 당해도 싸고 소송을 당해도 할말이 없는데?

물론…… 물론 나로서도 할말이 아예 없는 건 아닙니다. 나는 생각했습니다. 아무리 생각해도 그 웃음소리는 내 것이 아니다. 그건 산 사람이 아니라 죽은 사람의 웃음소리 같았다. 삶이 아니라 죽음 쪽에서 들려오는 웃음소리가 틀림없었다. 그렇다면…… 그것이 내 웃음소리가 아니라면…… 대체 누구의 웃음소리였다는 말인가?

그렇습니다. 나는 루이 발루아와 내 어머니를 한꺼번에 이해하게 되었던 것입니다.

그만둡시다. 이제 와서 그런 걸 따져 뭘 어떻게 하겠습니까. 자기 입을 스스로 막았던 자가 말입니다.

해고된 날 밤 나는 단골 술집에서 혼자 술을 마셨습니다. 퇴근 뒤에 자주 들러 맥주 한잔씩 하던 곳이죠. 자주……라기보다는 거의 매일이라고 하는 편이 맞겠습니다. 대개 그것으로 저녁식사를 대신했으니까요.

어느 동네에나 있는 흔한 호프집입니다. 너무 평범하다는 것이 단점이자 장점인 곳이죠. 누구나 부담 없이 들어와 생맥주 한 두 잔을 하고 나가면 되는 곳, 특이한 안주도 없고 텔레비전에 소개된 적도 없고 매출 대부분이 생맥과 치킨과 마른안주인 곳 말입니다. 가게 바깥에 차양을 쳐놓고 동그란 테이블과 빨간 플라스틱 의자를 두어 개 가져다놓은.

나는 그 집을 좋아했습니다. 그곳에 있으면 나 자신이 일반인이 된 것 같았으니까요. 복화술이라니, 대체 그따위가 뭐란 말입니까. 나는 매일이다시피 그 술집에서 생맥주와 치킨 반 마리를 놓고 술을 마셨습니다. 그리고 나는 상의했습니다. 뭘 어떻게 하면서 살아야 하느냐. 어디서 어떻게 벌어먹고 살아야 하느냐.

누구와 상의했느냐고요? 내가 그 이야기를 안 했던가요?

내가 복화술을 완전히 버린 건 아니었습니다. 생각해봐. 그걸 어떻게 버리겠나? 버리고 싶다고 마음대로 버려지나? 어렸을 때부터 몸에 밴 그것이?

술을 마시면 기분이 좋아지고 기분이 좋아지면 이런저런 목소리들이 스멀스멀 기어나오지 않습니까. 나도 그랬을 뿐입니다. 예전과 달리, 내 입에서 나오는 다른 목소리들이 반가울 때조차 있었어요. 아무래도 외로웠으니까.

나는 대화를 나누어보기로 했습니다. 호프집 구석에 앉아 홀로 술을 마시면서 말입니다. 주인이나 다른 손님들에게 등을 보인 채로 말입니다. 뭐라고요? 취해서 혼자 중얼거리며 주정을 부린 게 아니냐고요? 아니, 이 사람이 사람을 뭘로 보고……

뭐 아무렇게나 생각하십시오. 모든 게 다 핑계일는지도 모르죠. 핑계일는지도. 대화는 무슨. 그저 술을 마시면 헛소리를 하는 습관이 있을 뿐인지도 모릅니다. 목소리들을 풀어놓고 스트레스나 푸는 것인지도. 그런데 평소에는 말이 없다가 술이 들어가면 고삐가 풀리는 건 누구나 마찬가지잖아. 안 그래?

어쨌든 호프집에서 나의 대화는…… 우리의 대화는…… 아니, 그들의 대화라고 해도 좋겠군요. 어느 것이 내 목소리인지 헷갈릴 때도 있었으니까요. 상상해보십시오. 어떤 목소리가 인생을 긍정하면 다른 목소리가 죽음 쪽에 서서 이야기를 시작합니다. 어떤 목소리가 누군가를 욕하면 다른 목소리가 그러는 너는 다르냐고 대꾸합니다. 한쪽에서는 뭐 대충 이렇게 살다 가면 되지 않나 중얼거리는 순간, 바로 너 같은 인간이 문제야! 라고 비난하는 목소리가 튀어나옵니다. 그들이 마주앉아서 웃고 울고 다투는 것이죠.

그럴 때면 고개를 갸우뚱하는 손님들이 있었습니다. 당연한 일입니다. 구석 테이블에 웬 허름한 남자 하나가 앉아 있는데 거기서 두 사람 세 사람의 목소리가 들리니까요. 어떨 때는 여자 목소리까지 섞여 있고요. 여자 목소리는 예전부터 자주 나오긴 했습니다만, 그래서 뭐 어쩌라고. 내가 나 자신과 사랑을 할 수는 없지 않겠습니까?

술집 주인은 부지런하고 눈치가 빠른 사람이었습니다. 그는 이제 머리가 허옇게 세어가는 중년이었어요. 중소기업을 다니다가 조기퇴직을 하고 퇴직금에 대출금을 보태 치킨집을 열었다고 하더군요. IMF를 겪은 중년들의 표준 코스라며 웃었습니다.

그는 내가 복화술을 하는 것을 알고 재미있어했어요. 대단한 재주를 가지셨다고 놀라워했죠. 처음에는 서비스 안주를 갖다주면서 시범을 보여달라고 조르기도 하고, 자기도 해보겠다며 입술을 씰룩거리고 코맹맹이 소리를 내기도 하더군요. 다 늙은 남자가 귀엽기도 하지.

하지만 얼마간 시간이 지난 뒤에는 상황이 바뀌었습니다. 왜냐고요? 당연하잖아. 손님들이 이상하게 본다는 거죠. 사람이 혼자 앉아 있는데 여러 사람 목소리가 들리니 오싹하기도 하고. 생각하기에 따라서는 크리피…… 그래요, 크리피……한 기분이 되기도 하고. 주인한테 조용히 항의를 하는 손님이 생기더니, 그만 떠들고 술이나 마시라고 시비조로 소리치는 이들까지 있었으니까요.

어느 날 술집 주인은 이제 오지 말아달라고 요구했습니다. 영업에 방해가 된다는 것이죠. 나중에는 거의 울 듯한 표정으로, 제발 다른 곳에 가서 드시라고 애원을 하더군요.

나는 고개를 끄덕였습니다. 충분히 이해한다고 말했습니다. 그런데 너, 이렇게 손님을 내쫓아도 되는 거니? 손님이 왕인데 왕을 이렇게 박대해도 되는 거야? ……라고 말한 것은 물론 내가 아닙니다만.

술집 주인은 나를 물끄러미 바라보았습니다. 그는 화를 내지는 않았습니다. 뭐랄까, 연민의 표정 같은 것이 그의 얼굴을 지나간 듯했습니다. 그리고 약간의 침묵이 지난 뒤에, 입술을 움직이지 않고, 하이 톤의 목소리로, 또박또박하게, 이렇게 말하더군요.

꺼. 져. 버. 려.

말은 그렇게 했지만 술집 주인의 눈초리는 한없이 슬프게 보였습니다. 슬픈 그 눈빛 때문이었을 겁니다. 내가 아무린 대꾸도 없이 그 술집을 뛰쳐나온 것은.

나는 주인장이 복화술을 연습한 것이라고는 생각하지 않습니다. 내가 하는 모습을 보고 따라 한 것이라고도 생각하지 않습니다. 그 역시 애초부터 내공이 센 복화술사는 아니었을까. 그렇지 않고서야 그토록 선명하게, 그토록 슬픈 하이 톤의 목소리로, 꺼. 져. 버. 려. 라고 말할 수는 없을 테니까요. 일반인이 입술을 움직이지 않고 그렇게 '버' 발음을 할 수는 없을 테니까요.

나는 다시는 그 술집에 가지 않았습니다. 주인장이 오지 말라고 했기 때문이냐고요? 아니면 그가 복화술을 하는 동업자였기 때문에? 아니요. 그런 건 아무런 상관이 없습니다. 그저 내 목소리들이 점점 제어가 되지 않아서였습니다. 서로 다른 목소리들이 점점 목청을 높였기 때문이었어요. 혼자 밥을 먹다가도, 길을 가다가도, 편의점에서 돈을 치르다가도 다른 목소리들이 튀어나왔으니까요.

언제부터인가는 잠꼬대조차 복화술로 하더군요. 잠을 자면서 여러 목소리를 내는 것이죠. 잠든 사람이 어떻게 자기 목소리를 듣느냐고요? 혼자 사는 사람이 자기가 잠꼬대를 한다는 걸 어떻게 알았느냐고요? 간단합니다. 아랫집 사람이 올라와서 말해주었거든요.

아랫집 남자는 초인종을 누르고는 이렇게 얘기했습니다. 험악한 표정이었고 잠옷을 입은 채였어요. 아니, 이런 야심한 밤에 자꾸 사람들을 들이면 어떻게 합니까? 우리도 잠을 좀 자야 하는 것 아닙니까? 이 새벽에 대체 몇 명이 모여서 떠드는 겁니까?

시계를 보니 새벽 세시더군요. 나는 혼자 잠을 자고 있었을 뿐인데…… 이젠 잠도 자지 말라는 것이냐……라고는 되묻지 못했습니다. 복화술이 어떻고 다른 목소리가 어떻고 그런 설명을 할 수는 없었으니까요. 나는 안간힘을 다해서, 정중하게, 겨우 이렇게 대답했을 뿐입니다.

죄, 죄송합니다. 모두에게 조용히 해달라고 하겠습니다. 그런데 선생님, 또 소리가 나면…… 또 소리가 나면 말입니다…… 우리 집에서 사람들이 떠들기 시작하면 말입니다…… 선생님 귀를 틀어막아다오. 손으로 틀어막아다오. 솜으로 틀어막아다오. 사람 사는 데 소리도 나고 소음도 있는 거지, 왜 그렇게 까다롭게 굴어. 안 그래?

아랫집 남자는 내 얼굴을 보더니 주춤주춤 뒤로 물러났습니다.

그러고는 황급히 계단을 내려가버렸습니다. 현관문을 닫고 들어와 거울을 보니, 가관이더군요. 얼굴이 기이하게 일그러져 있었어요. 웃는 것도 같고 우는 것도 같았습니다. 무슨 피카소 그림 속의 얼굴이랄까요. 얼굴 부분 부분이 각각 따로 노는 것 같았습니다. 오른쪽 눈은 웃고 있는데 왼쪽 눈은 울고 있고, 입꼬리는 올라가 있는데 볼은 씰룩거리고…… 누가 이런 얼굴을 하고 있다면 저라도 인상을 찌푸리면서 멀리할 것 같더군요. 아무래도 그런 걸 사람의 표정이라고 할 수는 없을 테니까요.

나는 유명한 복화술사들을 찾아가보기로 했습니다. 복화술사들 중에는 나와 같은 경험을 한 사람이 있지 않을까. 있다면 뭔가 조언을 얻을 수 있지 않을까. 그런 기대를 갖고 말이죠.

내가 찾아간 복화술사들은 멋진 분들이었습니다. 탁월한 실력자이자 엔터테이너였고 무엇보다도 훌륭한 배우들이었어요. 복화술을 하는 것에 자부심이 있더군요. 인생의 경험도 저보다 다채로워 보였습니다.

하지만 내 하소연을 주의깊게 들은 뒤에 그분들은 대동소이한 반응을 보였습니다. 차분한 어조로 이렇게 말했던 것입니다. 자신은 그런 일을 겪지 않았다고. 당신이 겪은 이야기들은 복화술과는 아무런 관련이 없다고. 그러니 이렇게 복화술사들을 찾아다닐 게 아니라…… 미안한 얘기지만…… 정신과를 가보는 게 어떻겠느냐고.

나는 절망했습니다. 나는 그저 이 혼란을 어떻게 받아들여야 하는지, 이것이 저주인지 축복인지, 아니면 단지 수긍해야 할 운명인지, 앞으로 대체 어떻게 살아가야 하는지 알고 싶었을 뿐입니다. 나보다 뛰어난 분들의 조언을 듣고 싶었을 뿐입니다. 그런데 정신과라니요.

내 표정이 일그러지는 것을 본 어떤 분은, 안쓰러워서였을까요, 위로하는 목소리로 이렇게 덧붙이기도 했습니다. 이봐요, 도움이 될지는 모르겠는데, SNS를 해보면 어때요? 트위터나 페이스북 같은 것 말입니다. 나는 열심히 합니다. 그런 데서 친구도 만나고, 좋아요도 누르고 하다보면…… 그게 혹시 도움이 될지도……

나는 자리를 박차고 나왔습니다. 복화술은 집어치우고 SNS로 대리만족이나 하라는 얘기로 들렸으니까요. 하지만 화를 내지는 않았습니다. 실은…… 나는 이미 여러 개의 계정을 갖고 있었거든요. 댓글을 달고 사진도 올리고 리트윗도 하고 좋아요도 눌렀습니다. 논란이 되는 사안에는 적극적으로 뛰어들어 글을 올리기도 하고요. 지금은 그런 것도 시들해져서 그만두었습니다만.

내 이야기를 들은 복화술사들 중에 좀 색다른 반응을 보인 분도 있었습니다. 그분은 복화술계의 원로로, 은퇴한 뒤에 작은 농원을 운영하며 홀로 살고 있었어요. 동물과 식물의 세계에서 침묵을 벗하며 사는 게 좋다고 하더군요. 이제 자신은 더이상 사람의 목소리에는 관심이 없다고 했습니다. 차를 마시고 땀흘려 일을 하고 먼산을 바라보는 것으로 족하다는 것이었습니다.

나는 고개를 갸우뚱했습니다. 무슨 도사처럼 흰머리를 하고 앉아서, 침묵을 벗한다느니, 사람의 목소리에는 관심이 없다느니, 먼산을 바라본다느니, 그런 얘기를 천연덕스럽게 하고 있으니까요. 나는 조금 화가 나기까지 했습니다.

동물과 식물의 세계에 대해 길게 말하던 그가…… 문득 이상한 얘기를 꺼낸 건 막 자리를 털고 일어나려 할 때였습니다. 실은 내가 말한 증세에 대해 들은 적이 있다는 얘기였습니다.

자네가 겪고 있는 걸…… 나뉠 분 자를 써서 분화술이라고 한다네. 분화술에 사로잡힌 복화술사들은 진정한 마스터가 되거나…… 자살해버리는 경우가 대부분이라더군.

마스터가 되거나 자살을 해버리는 경우라니. 내 표정이 일그러졌습니다. 기분이 좋지 않았습니다. 다소 공격적인 어조로 나는 되물었습니다.

그런데 마스터가 된 분화술사와…… 자살한 분화술사는…… 혹시 동일인이 아닙니까?

그는 그게 무슨 말인가 하는 표정으로 고개를 비스듬하게 기울이고는 나를 바라보았습니다. 그리고 뭔가 생각하는 듯하더니 이렇게 대꾸했습니다. 아주 느린 어조였어요.

이보게, 분화술은…… 병이 아니라네. 그건…… 능력이야.

그렇게 말하고 그는 입을 다물었습니다. 나도 입을 다물었습니다. 창밖으로 숲이 바람에 일렁이고 있었습니다. 먼 곳에 산이 서 있었습니다. 우리는 더이상 대화할 것이 남아 있지 않다고 느낀 사람들처럼 오래 침묵을 지켰습니다.

아니, 그런데 당신은 왜 그런 표정을 짓고 있습니까? 얼굴이 일그러져 있군요. 내 얘기가 그렇게 재미없습니까? 뭐 불만이라도 있습니까? 아니라고요? 원래 표정이 그렇다고요? 그럼 원래 표정을 지금 갑자기 되찾았다는 말입니까? 아니면 표정이 그렇게 여럿이에요?

뭐, 아무래도 좋습니다. 당신, 소설가라고 했지요? 지금 내가 한 얘기가 소설이 될까요? 된다구요? 뭐라고 쓸 건데? 복화술로 무책임하게 욕이나 하는 놈이라고 쓰는 건 아니겠지? 정신없이 이 말 저 말 왔다갔다하는 게 복화술이라고 쓰는 건 아니겠지?

다시 말하지만, 복화술은 기술이 아닙니다. 그저 여러 목소리를 내는 재주가 아니에요. 복화술은 영혼의 문제입니다. 생명의 문제입니다. 세상의 다른 곳에서, 당신의 깊은 곳에서, 무언가를 불러오는 능력입니다. 의심스러우신가요? 의심스럽다고? 야 이 새끼야, 그렇다면 그런 줄 알아.

크리스마스 캐럴

우리는 누구나 다른 존재가 되고 싶다. 공무원이 드러머가 되고 싶고, 은행원이 이종격투기 선수가 되고 싶고, 모범생이 일진처럼 존나 욕을 해대고 싶은 것이다.

충분히 이해할 만한 일이다. 그런데 반대쪽은 어떨까? 드러머는, 이종격투기 선수는, 일진 멤버는, 뭔가 다른 것이 되고 싶을까? 그럴 것이다. 그들 역시 때로는 자기 삶에서 벗어나고 싶을 테니까. 리듬에서, 주먹다짐에서, 욕설에서 벗어나고 싶을 때가 있을 테니까.

뭔가 다른 존재가 되고 싶다는 것, 그건 사람이라면 누구에게나 조금씩 있는 마음속의 구멍과 비슷하다. 구멍으로 바람은 들게 마련이고, 그런 바람이라도 좀 들어야 숨을 쉴 수 있는 법이니까.

그런데 이 친구, 밤늦게 전화를 걸어온 이 젊은 친구는 좀 특이했다. 그는 내가 되고 싶다고 말했던 것이다. 정확히는 내 와이프가 잠든 침대에서 내 와이프의 남편이 되어 잠들고 싶다는 것이다. 그게 자정이 다 된 시간에 휴대폰으로 전화를 걸어온 낯모를 청년이 다짜고짜 내뱉은 말이라니, 믿어지는가?

나는 얼마 전에 새로 구입한 벤틀리를 주차장에 세워놓고 막 엘리베이터를 탄 참이었다. 얼결에 몇 마디를 들은 뒤 나는 웬 미친 놈인가 싶어 전화를 끊으려 했다. 당연한 일이다. 그러자 상대는 다급한 목소리로 이렇게 말했다.

"아, 자, 잠깐만. 나는 댁의 아내, 선우의 전 남친입니다."

그제야 자기소개를 한 셈이었다. 그 순간 아하, 나는 대략 사태 파악이 되었다. 예의 없는 친구로군. 나는 엘리베이터에서 내리면서 생각했다. 나를 자극한 것은 그가 내 아내의 엑스라고 자신을 소개했기 때문이 아니었다. 자정이 다 된 시간에 전화를 걸었기 때문도 아니었다.

댁이라…… 나를 댁이라고 불렀겠다.

나를 그렇게 부를 수 있는 인간은 세상에 단 하나, 치매를 앓는 내 부친뿐이다. 나는 얼굴을 찌푸리는 대신 엷은 웃음을 흘렸다. 이럴 때 흥분하는 것은 하수들이 하는 짓이다. "아, 그래요. 잠시만 기다려요"라고 상대에게 양해를 구한 뒤에, 나는 한 손에 휴대폰과 서류가방을 들고 다른 한 손으로 도어 록의 비밀번호를 눌러 집안으로 들어갔다.

아내는 없었다. 이 야심한 시간에 또 강변에 나간 건가? 작업실에서 글을 쓰고 있는 건가? 그녀는 올빼미에 잠이 없는 사람이라서 나와는 라이프 스타일이 맞지 않았다. 취침시간도 기상시간도 달랐지만 나는 그런 것에 연연하는 스타일이 아니다. 아내가 쓰는 글은 무슨 소설 같은 것이라고 했지만, 나는 아내의 취미생활에까지 관여할 만큼 여유가 있는 사람이 아니다.

나는 등뒤로 조용히 현관문을 닫았다. 철컥, 육중하면서도 부드러운 소리와 함께 센서 등이 스르르 켜졌다. 고요한 공간이 눈에 들어왔다. 꽤 널찍하고 중후한 느낌을 주는 거실이다. 얼마 전 이 아파트로 이사올 때 마음에 들었던 건 칠십사 평이라는 크기만은 아니었다. 내 마음을 움직인 건 창밖의 풍경과 거실의 적절한 매칭이었다. 쓸데없이 화려하다거나 들뜬 느낌 같은 게 없었다. 부분적으로 리모델링을 하면서 거실만은 내 취향대로 꾸몄다. 블랙과 화이트 컬러를 베이스로 절제된 분위기를 연출하자 거실의 차분함은 더 내 마음에 들었다. 창밖에 탁 트인 한강 뷰와 잘 어울렸다.

게다가 오늘은 크리스마스이브가 아닌가. 자, 창밖으로는 우편엽서 속처럼 눈이 내리고 있다. 소담스러운 눈송이가 검은 하늘을 배경으로 천천히 떨어져내린다. 허공으로 루돌프가 끄는 썰매가 지나가도 이상하지 않을 듯한 분위기랄까? 나는 교회를 다니지만 신을 믿지 않는다. 와이프는 교회를 다니지 않지만 신을 믿는다.

하지만 그게 뭐 대수인가? 잠시 이런 식으로 분위기를 즐기는 건 어떨까요? 경쾌한 캐럴을 들으며 잠시 숨구멍을 틔우는 것도 좋지 않겠어요? 라고 사회가 권하는 것이다.

나는 소파에 앉았다. 휴대폰을 귀에 대려다가, 리모컨을 들어 새로 들인 오디오에 파워를 넣었다. 바흐의 평균율이 낮고 절제된 볼륨으로 흘러나왔다. 모든 음악은 결국 평균율로 돌아간다. 음과 음 사이의 간격이 규칙적인 것. 이미 완성되어 있는 것. 제자리를 지키는 것. 적정 기준으로서의 평상심. 그런 것은 내 생활신조이기도 하다. 그런데 지금은? 뭔가 어긋난 느낌이었다. 밤하늘의 별자리들이 잠깐 궤도에서 이탈한 기분이라고 할까. 밤늦게 걸려온 이상한 전화를 받아야 하니 당연한 일이다. 나는 가볍게 한숨을 내쉬고 휴대폰을 귀에 댔다.

"오래 기다리게 해서 미안합니다. 이제 통화 가능해요."

대꾸는 없었다. 대신 거친 숨소리가 들려왔다. 꽤 흥분한 상태. 알코올 기운이 느껴졌다. 눈 내리는 자정의 창밖에 시선을 두고 있자니 조금씩 감이 왔다. 내 전화번호를 어떻게 알았는가 하는 것은 별로 중요하지 않다. 와이프의 엑스라지 않은가. 전화번호쯤이야 어디서든 손쉽게 알아낼 수 있다. 알려고 들면 주민번호에 계좌번호까지 다 빼가는 세상이다. 화를 낼 필요도 없고 흥분할 이유도 없다. 단지 약간의 피로감이 느껴졌을 뿐이다. 열일곱 살 연하의 와이프를 얻는 데 이 정도의 비용은 치를 가치가 있다고 나는 생각하는 편이다. 다행히 내게는 그럴 만한 능력도 있다.

게다가 이 젊은 친구는 그녀의 엑스라지 않은가. 그녀를 사랑한다지 않는가. 그녀를 도저히 못 잊겠다고 투정을 부린다면 심야의 무례한 전화 정도는 참아줄 수 있다. 그건 취한 청춘의 만용 같은 것이기도 하고, 생각하기에 따라서는 귀엽고 흥미로운 일이기도 하니까. 그런데 문제가 그보다는 심각했다. "여보세요, 말씀하시죠"라고 내가 사무적인 어조로 말하자마자 이 친구, 엉뚱한 말을 내뱉었던 것이다.

"나, 나는 지금 자, 자살할지도 모릅니다."

이런. 나는 나도 모르게 눈살을 찌푸렸다. 말까지 더듬는 것으로 보아 전화를 걸기 전에 꽤 오랫동안 연습을 한 모양이었다. 최대한 자연스럽게 이 말을 하겠노라는 굳은 결심이 그의 혀를 부자연스럽게 만들었을 것이다. 내가 대답이 없자 전화를 끊으려는 것으로 판단했는지 상대의 목소리가 다급해졌다.

"잠깐만요. 정말 자, 자살할지도 모른다니까요."

같은 말을 반복하는 사람을 나는 별로 좋아하지 않는다. 게다가 정말 자살할 사람의 말투도 아니었다. 죽기로 결심한 사람이 잘 알지도 못하는 상대에게 이렇게 매달리지는 않을 것이다. 죽을 때는 누구나 완전한 혼자가 되니까. 무언가를 놓아버린 상태가 되니까. 완전히 혼자인데다 모든 것을 놓아버린 사람이 이렇게 매달릴 이유는 없을 테니까.

하마터면 나는 아, 네, 그러시군요, 와이프는 지금 취침중이니 내일 다시 전화를……이라고 말할 뻔했다. 하지만 나는 그렇게 매정한 사람이 아니다. 대신 적절하고 예의바른 대답을 해주었다.

"자살 같은 건 안 하는 게 좋을 것 같군요. 크리스마스이브에 어울리는 행동도 아니고."

상대는 침묵했다. 유머를 모르는 친구로군. 나는 생각했다. 휴대폰 저편에서 후우, 작은 한숨 소리가 들렸다. 한숨 소리에 대답이라도 하듯 내가 덧붙여 말했다.

"자살을 하거나 하지 않는 것은 물론 그쪽의 선택이고, 내가 관여할 문제는 아닙니다만."

나는 가급적 정중하고 형식적인 어조를 유지했다. 경멸의 뉘앙스가 드러나지 않도록 특히 유의했다. 그런데 이 친구, 조금은 침착해진 어조로 이렇게 말하는 게 아닌가.

"과, 과연, 그럴까요? 관여할 문제가 아닐까요? 내가 정말 자살을 해버린다면, 당신은 어떻게 될까요?"

응? 이건 뭘 하자는 건가? 쯧쯧. 나는 나도 모르게 혀를 찼다. 휴대폰 저편까지 소리가 전해질 정도였다. 떠난 연인을 못 잊어 자살한 사람의 사연이라면 세상에 차고 넘친다. 그건 그저 동정이 필요한 가십일 뿐이다. 신문의 단신조차 되지 않는다. 그런데 떠난 연인도 아니고 그 남편이 대체 무슨 상관이란 말인가? 베르테르가 아니라 폭풍의 언덕이라도 찍겠다는 것인가? 나약한 자신을 탓할 일이지 대체 누구를 연루시키겠다는 말인가?

하긴 아예 무관할 수야 없을지도 모른다. 내 이름이 호사가들의 입방아에 오르내리긴 할 것이다. 경제신문이나 옐로 페이퍼 한 귀퉁이에 단신으로 처리될지도 모른다. '신흥 투자자문업체 캐피털 컨설팅의 오너, 자살 사건에 연루' 또는 '투자자문업계의 떠오르는 별, 삼각관계에 휘말리다' 뭐 이런 식으로.

그런데 그게 뭐 어쨌다는 건가?

"글쎄, 이런 장난전화는 크리스마스이브가 아니라 만우절에 하는 게……"

내 목소리의 톤이 다소 높아졌다. 냉소의 뉘앙스를 감출 수 없었다. 하지만 이번에는 상대가 내 말을 잘랐다. 유머는 물론이고 예의도 없는 친구였다. 단호한 어조로 그가 내뱉은 말은 이런 것이었다.

"아니, 오늘이 크리스마스이브이기 때문에, 나는 당신을 당장 만나야 합니다."

만나? 만나자고? 크리스마스이브 자정에? 대한민국 컨설팅업계의 총아가 사랑 때문에 자살하려는 찌질한 청년을? 이건 꽤 우스꽝스러운 상황이 아닌가.

내 입꼬리가 꿈틀거렸다. 그런데 뜻밖에도 그저 불쾌한 느낌만은 아니었다. 창밖에 내리는 포근한 눈송이 때문이었을까? 다소 갑작스럽고 기이한 감정의 변화가 내게 일어났다고 해도 좋았다.

말하자면 흥미로운 기분이랄까. 더 엉뚱하게 말하자면, 크리스마스이브의 자정에 전화를 걸어온 이 젊은 친구를 어쩐지 다 이해할 수 있을 것 같은 너그러운 기분에 휩싸였던 것이다. 어쩐지 오랫동안 친숙했던 사람과 편안하게 대화하는 기분이 되어 나는 소파에 등을 기댔다. 휴대폰을 반대편 귀로 바꿔 들었다. 내 목소리는 더욱 여유로워졌다.

"글쎄. 내가 그쪽을 만나야 할 이유가 뭐지요? 지금은 자정에 가까운 시간이고, 게다가 크리스마스이브에 눈까지 내리고 있지 않습니까? 그리 적절한 만남은 아닌 것 같은데?"

나는 조금은 농담조로 물었다. 심지어 장난스러운 기분이 된 게 사실이었다. 유머 없는 친구가 역시 진지하기 이를 데 없는 목소리로 말했다.

"당신은 오늘, 주, 죽을지도 모릅니다. 믿어주십시오."

점입가경이군. 이건 요컨대 협박인가? 이왕 이렇게 된 거 협박이라도 해보자는 것일까? 아니, 그건 아닌 것 같다. 직감에 의지해 말하건대 이자는 협박 같은 걸 할 만한 위인이 못 된다. 어조 역시 위협이 아니라 간청에 가까웠다. 믿어달라지 않는가? 목소리까지 떨고 있지 않는가? 물론, 그래도 체크가 필요한 말이긴 했다.

"지금, 협박하는 겁니까?"

"아니, 아닙니다. 협박이 아닙니다. 나는 협박 같은 걸 할 만한 위인이 못 됩니다. 나는 간청을, 맞습니다, 간청을 하고 있을 뿐입니다. 기회를 주기 위해서."

응? 이것 봐라? 나는 그런 생각을 하며 되물었다.

"기회? 기회라고 했습니까?"

"그렇습니다. 기회."

젊은 친구는 그렇게 말하더니, 다짜고짜 P대학교 앞의 주점에서 기다리겠다는 말을 남기고 전화를 끊었다. 지금 당장 나와주세요, 부탁입니다. 그게 마지막 멘트였다.

나는 소파에 몸을 묻은 채 통화가 끊어진 휴대폰 화면을 바라보았다. 아직 옷도 벗지 못한 채였다. 어이없는 웃음이 내 얼굴에서 흘러내렸다. 흘러내리는 웃음을 만져볼 수도 있을 것 같은 느낌이었다. 나는 두 팔을 들고 크게 기지개를 켰다. 자아, 오늘은 크리스마스이브다. 크리스마스이브의 자정에 학교 앞 주점에서 나를 기다리겠다는 청년이 있다. 사랑스러운 와이프의 옛 남친이라는 것이다. 이만하면 기억에 남을 만한 크리스마스가 아닌가? 나는 소리를 내지 않고 크게 웃음을 터뜨렸다. 넓디넓은 거실이 더 깊고 고요해졌다.

와이프에게 남친이 있었다는 건 물론 알고 있다. 자신의 모든 걸 바치겠다고 선언한 남친이라고 했다. 웃음이 나왔다. 그런 애절하고 감동적인 사랑이 내게도 있었던가? 그랬던 것도 같다. 지금 생각해보면 우스꽝스럽기 짝이 없는 그런 사랑이. 참으로 순진무구하던 시절에.

작년에 우리가 결혼할 당시, 와이프는 대학을 갓 졸업한 상태였다. 외교관이던 부모가 해외 체류 중 태어났으며 한국에 돌아와 러시아 문학과 철학을 전공하고 미모 상당함. 말하자면 모든 면에서 상위 이 퍼센트 안에 속해 있는, '시장성'이 있는 여자였다. 남친은 당연히 있어야 하고, 그것도 한 트럭분은 되어야 했다. 그래서 내가 그녀를 와이프로 맞이한 것이라고 하면 너무 속물적으로 들릴까? 그렇다. 나는 속물이다. 그래서 뭐 어떻다는 말인가? 속물을 욕하면서 자기만족을 얻는 인간들은 널리고 널리지 않았나? 도덕적인 척 윤리적인 척은 다 하면서 뒷구멍으로 못된 짓들을 하는 게 그런 인간들 아닌가? 그런 인간들이 더 얄팍하고 이중적이라는 건 뻔한 얘기 아닌가?

나는 그녀가 나와 유사한 종류의 인간이기를 바랐다. 최신 트렌드에 민감하며 고급문화에 박학하되 자신의 욕망을 적절히 포장할 줄 아는 인간. 정치적으로는 중도파지만 정부의 복지정책을 지지하고 매달 일정액을 아프리카 구호단체에 납부하는 인간. 하지만 최저임금 인상이 경제에 미칠 부정적 영향이라든가, 한국 사회에 만연한 반기업 정서가 얼마나 해로운 것인지에 대해서라면 몇 시간이고 떠들 수 있는.

나는 내가 만든 사내 자선 모임의 부인회에서 그녀가 다정다감한 막내이자 숨은 권력자 역할을 수행하기를 바랐다. 나는 그녀가 친구들과 어울려 해외 쇼핑을 다녀도 거부감이 없고, 내 허락 없이 지인들을 초대해 미니바에 앉아 수다를 떨어도 용인할 의사가 있으며, 무엇보다 아우디와 호텔 피트니스 센터와 갤러리아 명품관으로 구성된 일상을 무한 제공할 충분한 재력이 있다. 재수없다고? 오케이. 타인들의 동의나 공감 여부는 내 관심사가 아니다.

진짜 문제는 내가 제공하려는 인생에 대해 와이프 자신이 별로 호응을 안 한다는 데 있다. 나의 관심사에는 철저히 무심한데다 부인회에도 나가지 않으면서 쇼핑이나 해외여행 또는 부동산 같은 것에도 관심이 없었다. 부자들을 경멸하면서 자기만족을 얻는 한국인의 종특을 갖췄다면 차라리 스테레오타입일 텐데, 그런 것도 아니다. 어딘지 다른 세상 사람 같은 눈으로 그녀가 나를 응시할 때는, 이봐요, 나는 그런 삶에는 관심이 없어요, 라고 말하는 듯한 느낌이랄까. 솔직히 말하면, 실은 바로 그 눈빛이야말로 내가 그녀에게 끌린 이유이기도 하지만.

그런 와이프의 옛 남친이라니, 나로서는 아무래도 호기심이 생길 수밖에. 게다가 이 친구의 목소리에는 묘하게 마음을 끄는 힘이 있었다. 여러모로 어리숙하고 횡설수설하는데도 왠지 모르게 어필하는 데가 있달까. 또는 허점투성이라는 바로 그 이유로 상대에게 친근감이 들게 하는 유형이랄까. 게다가 크리스마스이브의 자정에 이 친구가 나오라는 곳, 그곳은 내 모교 앞의 주점이었다. 놀랍게도 그 주점은 대학 시절 내가 단골로 다니던 바로 그 술집이었던 것이다.

"이 친구, 뒷조사를 꽤 철저히 한 모양이군."

소파에 앉은 채 나는 중얼거렸다. 하지만 무슨 속셈인 것일까? 그녀를 행복하게 해주지 않으면 가만두지 않겠다는 식의 로맨틱하고 귀여운 위협을 하려는 건 아니겠지? 그녀와 자신이 얼마나 자주 모텔을 돌아다녔는지, 그녀와의 섹스가 얼마나 훌륭했는지, 그런 것을 떠벌리고 싶은 유치한 복수심에 시달리는 건 아니겠지?

나는 그런 치기만만한 이야기를 듣는 데 시간을 허비할 만큼 한가한 사람이 아니다. 연인의 과거까지 독점하려는 미성숙한 남성호르몬에 지배되는 유형도 아니다. 술에 취하면 아무에게나 플러팅이나 스토킹을 해대면서, 정작 제 연인의 과거에 집착하는 질 낮은 부류들과 나는 종류가 다르다. 심지어 나는, 어떻게 하면 그녀와 훌륭한 섹스를 할 수 있는지에 대해 강의를 들을 수 있다면 강의료를 지불할 용의도 있는 사람이다. 그것도 꽤 두둑하게.

나? 물론 나에게도 과거가 있고 비밀이 있다. 없을 리가 있겠는가. 하지만 나는 그녀가 나의 과거나 비밀을 알게 되더라도 나를 떠나지 않을 거라는 걸 알고 있다. 여기에는 한 가지 전제가 있긴 하다. 내가 그녀에게 내 모든 걸 고백할 만큼 어리숙한 인간이 아니라는 점 말이다. 그건 그녀 역시 마찬가지일 것이다. 어리숙한 것을 솔직함이나 진실함으로 착각하는 부류가 아니라는 뜻이다.

그러니까 이보게, 지고지순한 과거 같은 건 자네가 가지게. 나는 현재와 미래만 필요하니까. 그렇게 말해주면 이 친구, 말귀를 알아먹을까?

하지만 그런 추상적인 말이 먹힐 것 같지는 않다. 이 친구는 이미 정상궤도를 벗어나 있으니까. 옛 애인의 남편에게 전화를 거는 친구가 아닌가? 이런 걸 정상적인 행위라고 할 수는 없지 않은가? 그것도 크리스마스이브의 자정에. 눈이 소담스럽게 내리는, 우편엽서 속처럼 흘러가는, 이 달콤하고 희귀한 시간에.

나는 집을 나왔다. 차를 몰고 갈까 하다가 택시를 택했다. 대학가의 주점으로 나오라지 않는가. 구질구질한 대학가 술집 대신 서초동의 단골 바로 오라고 하려다가 마음을 바꿔 먹은 데는 이유가 있다. 평소와는 다른 분위기에서 색다른 상대와 한잔하고 싶은 기분도 있었고, 입이 무거운 게 장점이었던 마담이 최근 나에 대해 이러쿵저러쿵 쓸데없는 얘기를 흘린다는 소문도 한몫했다. 이 바닥의 권력자들에게 서비스를 제공하는 것으로 먹고살면서, 자기가 권력을 가지고 있다고 착각하는 자들이 얼마나 많은가.

사실 내가 만나는 인간들은 대개 정형화되어 있다. 그들은 수단과 방법을 가리지 않고 이익을 취하는 데 도가 튼 인간들이지만, 그렇기 때문에 무해한 인간들이다. 그들은 상대에게 호감을 표시하는 데 익숙하며, 상대의 기분이 상하지 않도록 최선을 다하는 종류의 인간들이다. 물론 돌아서면 온갖 욕을 다 하고 갖은 음모와 계략을 꾸민다는 건 알고 있다. 상관없다. 돌아서서 하는 말은 중요하지 않다. 중요한 건 공개된 말과 태도다. 증명할 수 없는 진실이 아니라 오픈된 프로세스가 중요한 것이다. 나는 그게 인류 사회의 발전이라고 생각하는 사람이다.

주점은 여전했다. 학교 후문 쪽의 평범한 건물 이층. '해변의 태양'이라는 낭만적인 이름 역시 변하지 않았다. 계단을 올라가며 창밖을 바라보았다. 낯선 간판들이 몇 개 생긴 것 외에는 특별히 바뀐 게 없었다. 몇 년 만인가? 이 거리는 용케 그대로 남아 있군. 나는 중얼거렸다.

문을 열고 들어간 주점 내부도 마찬가지였다. 스무 평이 채 안 되는 실내는 카운터 쪽을 리모델링한 것을 제외하면 별반 달라진 게 없었다. 밥 딜런의 노래가 허공을 떠돌고 있었다. 크리스마스 이브에 밥 딜런이라니, 과연 '해변의 태양'답군. 나는 쓴웃음을 흘렸다. 아직도 턴테이블을 사용해서 음악을 틀고 있었지만, 낡고 오래된 것 특유의 평화롭고 안정된 느낌은 없었다. 어딘지 어수선한 분위기랄까. 촌스러운 인테리어 탓도 있었다. 호텔도 아닌 주제에 국제 시간을 가리키는 시계가 카운터 위쪽에 다섯 개나 매달려 있었다. 서울, 로스앤젤레스, 상파울루, 런던, 베이징의 시계들이 제각각 엉뚱한 시간을 가리키고 있었다. 물론 나에게는 향수를 자극하는 장식이기도 했다. 오래전 나는 이 주점의 단골이었으니까. 지금 생각하면 이해가 가지 않지만.

자정이 넘은 시각이었는데도 주점에는 손님들이 제법 있었다. 크리스마스이니 당연한 일인지도 모른다. 나는 잠시 문가에 서서 어색한 기분에 휩싸였다. 뭔가 미스매칭이라는 느낌이 들었다. 대기업 회장이 변두리의 허름한 막걸릿집에 혼자 들어설 때의 어색함이 이럴까. 하긴, 도심의 고급 요정에 들어서는 자취생의 어색함도 매일반이겠지.

젊은 친구는 먼저 와서 나를 기다리고 있었다. 나는 별 어려움 없이 그를 식별해냈다. 이런 주점에 혼자 앉아 있는 사람은 드문 법이니까. 젊은 치 역시 직감으로 나를 알아본 모양이었다. 자리에서 엉거주춤 일어서는 것으로 그는 자신의 위치를 알렸고, 나는 그를 향해 똑바로 걸어갔다. 부석부석한 머릿결에 아무렇게나 걸친 베이지색 파카, 왜소한 몸피와 평범한 얼굴을 빠르게 훑어보면서.

내 예상을 한 치도 벗어나지 않는 외모였지만, 아무리 그래도 너무 올드하지 않나 싶은 느낌이었다. 마치 90년대에서 튀어나온 것 같은 분위기랄까. 하긴, 이 술집 전체가 그렇기는 했지만.

색깔과 모양이 제각각인 플라스틱 의자들이 눈에 띄었다. 그는 창가 쪽에 자리를 잡고 있었다. 창밖으로는 여전히 크리스마스의 눈이 동화 속처럼 내리고 있었다. 대학 시절이라면 약간은 감상에 젖을 만한 풍경이었다. 와이프가 아니라 와이프의 옛 연인과 마주 앉아야 한다는 게 아무래도 이상하긴 했지만 말이다.

자리에 앉으면서 나는 그에게 손을 내밀었다. 악수나 하자는 뜻이었는데 이 친구, 내 손을 보지 못한 척, 몸을 가누지 못하는 척, 그냥 제자리에 주저앉는 것이 아닌가. 악수를 하고 싶지 않다는 뜻인 줄은 알겠으나, 이만한 형식을 갖출 여유도 없는 것일까? 나는 고개를 갸우뚱하면서 소리나지 않게 의자를 빼고 앉았다. 코트를 벗어 옆자리에 자연스럽게 올려두었다.

경력이든 신입이든, 사원을 뽑을 때 나는 외양을 중시한다. 적당한 긴장감, 섬세한 시선 처리, 말투의 고저장단 및 어미 활용, 노련하고 자연스러운 손동작, 그런 것들 말이다. 자기소개서의 정형화된 미사여구나 경력 과시보다 그런 것들이 훨씬 더 중요하다. 말의 내용보다는 유려한 말투나 뉘앙스가, 불필요한 피알이나 과도한 의욕보다 말꼬리의 적절한 높낮이가 중요한 것이다. 그런 것들은 연습한다고 쉽게 얻어지는 게 아니다. 단순한 형식이 아니라, 그 인간의 물질적인 기반을 보여주는 것이기 때문이다. 성장환경, 기질, 습성 같은 조건반사의 구조들 말이다. 서류가 말하지 않는 것, 직감만이 알아볼 수 있는 것, 그걸 발견해내는 게 오너의 능력이다.

면접을 보러 온 취업 지망생을 바라보듯이, 나는 그의 얼굴을 살폈다. 면접 때의 얼굴은 물론 가면일 뿐이다. 면접이 끝나고 문을 열고 나갈 때 스쳐가는 표정이 더 중요하다. 그리고 호프집에서 친구를 만나 회사를 씹을 때의 표정이 더 '진짜'에 가까울 것이다. 하지만 인생은 호프집에서 흘러가는 게 아니다. 친구와 시시덕거리며 보낼 수 있는 종류의 것도 아니다. 진짜 얼굴이 아니라 가면을 쓰고 살아가는 것. 그게 인생의 본질에 좀더 가깝다는 걸 알아야 한다.

가면을 벗고 살아가자고 떠드는 자들은 아직 인생을 이해하지 못한 애송이들일 뿐이다. 가면을 벗으면 거기 있는 것은 진실이나 진심 같은 게 아니라, 붉은 피로 물든 살갗이다. 피와 모세혈관과 꿈틀거리는 힘줄로 가득한 '진짜 얼굴' 말이다. 아무도 그런 얼굴로는 살아갈 수가 없다. 상상해보라. 이런 주점 같은 곳에서 서로 피가 뚝뚝 떨어지는 얼굴로 마주앉아 핏발 선 진실을 안주로 술을 마시는 꼬락서니를.

젊은 친구의 얼굴은 어디선가 본 듯했다. 처음 봤는데도 낯익은 얼굴, 흔하디흔한, 그런 얼굴. 눈썹은 꽤 짙은 편이었지만 부어오른 눈두덩과 뭉툭한 콧날이 인상을 흐리고 있었다. 피부는 대체로 어둡고 입술은 부르터 있었다. 그리고 예민한 턱선. 말수가 적은 편이지만, 한번 건드려주면 금방 자신을 누설하는 유형. 쌍꺼풀은 아마도 피곤 때문에 생긴 듯했다.

하긴, 얼마나 고민하다가 전화를 했을 것인가. 젊은 친구의 얼굴을 살피면서, 나는 컨설팅보다는 카운슬링 쪽으로 가닥을 잡았다. 카운슬링과 컨설팅은 비슷해 보이지만 돌고래와 상어처럼 종류가 다르다. 카운슬링은 듣는 일이고, 컨설팅은 말을 하는 일이다. 카운슬링은 상대가 이미 가진 답을 밖으로 끌어내는 일이고, 컨설팅은 답을 만들어주는 일이다. 카운슬링이 상대의 몸속에 숨어 있는 답안을 내장 꺼내듯이 끄집어내 보여주는 일이라면, 컨설팅은 다르다. 거기에는 책임이 따른다. 하다못해 인공장기라도 새로 추천해줘야 하는 것이다.

일을 의뢰받으면, 우선 나는 해야 하는 일이 카운슬링인지 컨설팅인지 판단한다. 그리고 거기에 맞게 태도와 가격을 정한다. 돌고래와 상어를 헷갈리는 일은 없다. 의뢰인이 자본주의에 대한 기초적 이해도 갖고 있지 않다면? 돌고래로는 안 된다. 상어를 택해야 한다. 체제의 메커니즘은 이해도 못하면서 욕심만 과도하거나 반대로 맹목적 적의를 가진 경우라면? 빨리 손 털고 일어서는 편이 낫다. 돌고래고 상어고 무의미할 확률이 높으니까.

그런데 이번에는? 좀 애매한 데가 있었다. 와이프의 옛 애인을 만났을 때는 돌고래가 필요한가, 상어가 필요한가? 위로를 해야 하는가, 논쟁을 해야 하는가? 헤드기어를 쓰고 아웃복싱을 해야 하는가, 맨몸으로 이종격투기를 해야 하는가? 답은 하나이면서 동시에 여럿이다. 상황과 상대에 따라 가변적일 수밖에 없다는 뜻이다.

젊은 친구의 얼굴을 보자마자, 나는 일단 카운슬링 쪽으로 진로를 잡았다. 요컨대 '상담'을 해주기로 마음먹은 셈인데, 그건 그의 나이가 어렸기 때문만은 아니었다. 우선 시선 처리가 형편없었다. 상대와 눈을 마주치지 못하는 유형이었다. 자신감이라고는 전혀 없는 스타일에, 노련하다거나 유려하다거나 하는 것과는 거리가 멀었다. 초식동물처럼 예민하고 순해 보이지만, 돌발적인 발언이나 극단적인 행동으로 상황을 망치는 것도 이런 친구들이다. 내가 채용을 기피하는 유형인 것이다.

이런 친구가 와이프의 옛 남자라니. 약간은 김이 새는 기분이었다. 뭔가 세련된 스타일에 자신만만할 거라고 기대한 건 아니었다. 그런 유형이 아니라는 것쯤은 전화 통화를 할 때 이미 간파했다. '자살' 같은 자극적인 어휘를 발음할 때의 미세한 떨림, 애원도 아니고 협박도 아닌 어정쩡한 어투, 스스로 무슨 말을 어떻게 해야 할지 갈피를 못 잡는 말솜씨. 뻔한 노릇이었다.

애송이.

그 이외의 다른 표현은 불필요했다.

문제는 이 친구가 벌써 꽤 취해 있다는 점이었다. 상대가 오기도 전에 혼자 취해버리는 유형. 또는 상대를 대하기 위해 스스로 취해야 하는 유형. 그건 자신감 없는 인간들의 특징이기도 하다. 이윽고 젊은 친구가 입을 열었다. 탁자 위에 시선을 둔 채였다.

"내 이름은……"

"알고 있어요. 아까 얘기했잖소."

"아까요?"

"아까 전화로."

"그랬나요? ……죄송합니다."

젊은 친구는 맥이 풀린 표정으로 시선을 떨궜다. 이미 기 싸움 같은 건 필요 없었다.

"아니, 죄송할 거 없어요. 어쩐지 흥미로운 것도 있고."

너그럽고 여유 있는 목소리가 내 입에서 흘러나왔다. 너그럽고 여유롭지 않을 이유가 없지 않은가.

물론 그렇다고 우회할 생각은 없었다. 직진하는 것이 편할 때가 있는 법이니까. 내가 덧붙였다.

"아, 뭐, 흥미라는 건, 그쪽이 내 와이프의 남친이었다니까. 게다가 크리스마스이브의 눈 내리는 밤에 전화를 걸어 나를 만나자고 한 분이니까."

애송이가 고개를 끄덕였다. 그러고는 풀죽은 표정으로 입을 열었는데, 뜻밖에도 선명한 목소리가 흘러나왔다.

"흥미로운 건 나도 마찬가집니다. 내가 사랑한 여자의 남편을 만나는 자리니까요."

흥미로운 건 마찬가지다? 마찬가지라고? 나는 살짝 눈가를 찌푸리며 그를 바라보았다. 그가 다시 입을 열었다.

"그런데 어쩐지 그쪽을 어디서 만난 것 같은 느낌이 듭니다. 그렇지 않습니까?"

이젠 말도 더듬지 않았는데, 내게 실례가 될 만한 호칭을 썼다는 것도 모르는 모양이었다. 방금까지만 해도 나를 '선생님'이라고 불러야 할지 '사장님'이라고 불러야 할지 모르겠다는 표정이었는데, 정작 입에서 튀어나온 건 '그쪽'이었다. '그쪽'이라…… 이것 봐라.

"뭐, 내 얼굴이 좀 흔해 보이기는 하지. 어디서 본 것 같다는 이야기를 많이 듣는 편이니까."

나는 눙치고 들어갔다. 젊은 치가 내 말을 무시하고 카운터 쪽을 바라보며 말했다.

"뭘, 드시겠습니까?"

제법 자연스러운 국면전환이었다. 나는 그의 앞에 놓여 있는 소주잔을 바라보았다. 이미 한 병을 비운 모양이었다. 역시 술의 힘을 빌린 것이다. 주위를 의식하지 않게 만드는 것. 그게 취기의 유일한 장점이자 치명적인 단점이 아니던가.

나는 대답 대신 카운터 쪽에 시선을 주었다. 카운터에는 꽁지머리를 한 청년이 커다란 헤드셋을 쓴 채 모니터를 들여다보고 있었다. 예전 내가 드나들던 시절의 주인을 닮은 걸 보니 아들쯤 되는 모양이었다. 턱이 튀어나온데다 머릿결은 곱슬이며 반쯤 감은 눈은 나른해 보였다. 태평하게 인생을 즐기는 타입이다. 내 직감은 그렇게 말했다. 하지만 의외로 내밀한 스트레스도 많은 유형이지. 경험이 그렇게 대답했다.

나와 눈이 마주친 꽁지머리는 헤드셋을 벗어두고 테이블로 다가왔다. 이런 대학가 분위기에는 물론 소주가 어울린다. 하지만 크리스마스가 아닌가. 여기가 '해변의 태양'이라고 해서, 마주앉은 상대가 소주를 마신다고 해서, 나까지 따라야 하는 건 아니다.

"위스키 있나? 얼마건 상관없으니까 제일 좋은 걸로 한 병. 그리고 맥주도."

꽁지머리가 나를 멀뚱히 바라보고 서 있더니, 뭐 그 정도쯤이야, 하는 표정으로 고개를 끄덕이고는 멀어져갔다. 장사고 뭐고 빨리 끝내고 애인한테라도 달려가고 싶어하는 듯한 뒷모습이었다.

"선우는…… 내 애인입니다."

젊은 친구가 입을 열었다. 상투적이고 신파적인 시작이었다. 게다가 이 친구, 시제를 헷갈리고 있지 않는가. 그는 현재형이 아니라 과거형으로 말했어야 했다. 선우는 제 애인이었습니다, 라고 말이다.

시작부터 이런 식이라면 전개가 뻔하다. 돈을 보고 당신과 결혼했지만 그녀의 마음만은 여전히 내 곁에 있다, 아직도 그녀와 나는 서로를 사랑한다, 뭐 그런 주말 드라마 대사 같은 문장이 이어질 게 빤하지 않은가. 상대를 김중배로 만들어서 자기가 이수일이 되려는 설정만큼 유치한 시대착오가 어디 있겠는가. 물론 자기만족을 위한 정신적 코스프레가 필요하다면 장단을 맞춰줄 용의가 없지는 않았다.

"맞아. 자네 애인이었고, 지금도 그럴지 모르지."

앞의 말은 사실이었고, 뒤의 말은 사실이 아니었다.

내가 아는 한, 와이프는 옛사랑을 그리워하는 유형의 인간이 아니다. 그녀의 세계는 명료하고 단순하다. 안개 속처럼 모든 것이 모호하지만 동시에 모든 것이 평등하다. 아름다웠던 과거라든가 유토피아적인 미래 같은 환상을 만들어서 과도한 의미를 부여한 뒤에 거기에 얽매이는 유형이 아닌 것이다. 와이프는 그렇게 어리석은 사람이 아니다.

당연하게도 나는 심플하게 직선적인 시간을 살아가는 자들을 선호한다. 과거에 붙들려 사는 자들, 배배 꼬여서 세상에 불평이나 해대는 자들, 미래의 모호한 위험을 부풀리는 자들, 낭만적 모델을 만들어두고 현실을 재단하며 자신을 혁명가라도 된 듯 포장하는 자들을 나는 신뢰하지 않는다.

꽁지머리가 글라스와 얼음통, 그리고 밸런타인 한 병을 탁자에 내려놓았다. 입으로는 여전히 뭐라 뭐라 흥얼거렸는데, 랩이라도 읊는 것처럼 보였다. 내 앞에 놓인 위스키 잔을 바라보며 이윽고 젊은 친구가 입을 열었다.

"맞습니다. 지금은 내 애인이 아니죠. 그건 나도 알고 있습니다."

뜻밖에 순순한 인정이었다. 잠시 뜸을 들였다가 그가 덧붙였다.

"……나도 주제 파악 정도는 하는 편이니까요."

"주제 파악이라…… 다행이군."

나는 그렇게 대꾸하고는 글라스에 얼음을 넣고 술을 3분의 1가량 부었다. 잔을 들어 단번에 들이켰다. 차가운 액체가 타는 듯한 느낌으로 바뀌어 식도를 내려갔다.

주제 파악.

그건 내가 좋아하는 단어이기도 하다. 얼마 전 내가 속한 MBA 동문회—매 분기마다 극장 하나를 통째로 빌려 영화도 보고 토론도 하고 강의도 듣는 소모임은 내가 운영하고 있다—의 인문학 강의에서도 그런 얘기를 들었다. 그리스비극은 언제나 인간의 '운명'에 대해 말하죠. '운명'을 다른 말로 하면 '주제 파악'이거든. 주제 파악을 하고 주어진 운명에 순응해야 사회가 유지된다는 뜻이에요. 최근 정부에서도 창조, 창조 하는데, 창조란 것도 사실 주제 파악 속에서만 가능한 거거든. 정부에서도 그걸 잘 알지요. 헤헤.

나는 그 강의가 마음에 들었다. 헤헤거리는 웃음소리만 빼고.

나는 엉뚱한 곳을, 그러나 아주 기본적인 곳을 찔러보기로 했다.

"그런데…… 와이프보다 꽤 어려 보이시는데?"

"아니, 동갑입니다. 우리는 심지어 생일까지 같죠. 그래서……"

예상대로 젊은 친구는 자신을 순순히 누설하기 시작했다. 표정은 심각했고, 어조는 달떠 있었으며, 밤은 깊어가고 있었다. 나로서는 자못 로맨틱한 밤이라고 할밖에.

간간이 고개를 돌려보니 창밖의 눈은 폭설로 변해가고 있었다. 모든 게 자욱한 느낌이었다. 거리에는 인적이 드물었다. 실내에는 이제 김광석의 노래가 흐르고 있었다. 캐럴은 들리지 않고 죽은 가수의 노래만이 허공을 맴돌았다. 역시 비현실적인 밤이로군. 나는 속으로 뇌까렸다.

나는 이따금 짧은 질문을 던지면서 그의 말을 끌어냈다. 그렇군, 어떻게? 그런가? 등등. 약간의 추임새를 넣어주는 것만으로도 그는 예민하게 반응을 보였다. 제 얘기를 구구절절 털어놓았다는 뜻이다.

물론 그게 모두 의미 있는 정보는 아니다. 핵심은 취하고 쓸데없는 정보는 버린다. 불필요한 정보를 폐기하는 것이야말로 핵심으로 다가가는 지름길이다. 불필요한 잉여를 제거하지 않고는 인생도 사회도 업그레이드되지 않는다. 그게 자본주의의 냉정함이자 힘이다.

몇 개의 유도질문만으로 나는 다음과 같은 핵심 정보를 추출해냈다. 나이는 이십오 세, 철학과 4학년. 하지만 흔해빠진 어학연수조차 가본 적 없음. 동아리방에서 숙식을 해결하며 게임에 빠져 있는 잉여. 취업은 거의 포기 상태. 생활비가 떨어지면 아르바이트를 전전하다 다시 잉여로 돌아가는 패턴. 운동권은 아니지만 좌파 신문 애독자에 문학청년. 모친은 다소 이른 나이에 병사. 부친은 지방 소도시에서 회사원 생활을 하다가 명예퇴직을 하고 혼자 늙어가는 중.

듣지 않아도 훤히 알 것 같은 유형이었다. 어디에나 널려 있는 허름한 청춘의 스테레오타입이랄까. 만일 그가 원한다면 나는 그의 하루와 그의 과거와 그의 미래까지 다 묘사해줄 수 있다. 어쩌면 그 자신보다도 더 정확하고 더 상세하게 말이다. 이제 본론으로 들어갈 때가 되었다고 생각하는 순간, 젊은 친구가 선수를 쳤다.

"나한테 유일한 희망은 그 친구였어요. 그쪽이 와이프라고 부르는 그 친구."

목소리에 잔뜩 취기가 밴 어조였다. 그런데 어떻게 그런 정보를 알아낸 것일까? 어린 아내를 지칭할 때 내가 꼬박꼬박 와이프라는 단어를 쓴다는 것 말이다. 내 마음을 읽기라도 한 듯 그가 덧붙였다.

"아까 그쪽이 와이프라고 부르지 않았습니까?"

"응? 아까? 그랬던가?"

"그래요. 와이프의 남친이라는 둥, 와이프보다 어려 보인다는 둥."

"아아, 그랬었지."

나는 가벼운 탄식을 내뱉은 뒤 조금 앞질러나가기로 했다. 주제를 선점하는 것은 대화의 기본이다.

"그래서, 섹스는 어땠나?"

말을 뱉고 보니 불필요한 오버처럼 느껴졌다. 진도가 맞지 않는달까. 나 역시 제어장치가 조금은 풀어진 탓이었다. 생각보다 빠르게 취해가고 있었던 것이다. 아니, 그뿐만은 아니었는지도 모른다. 사실을 말하자면, 나는 어쩐지 이 대화를 즐기고 있다는 느낌마저 들었다. 카운슬링에서 컨설팅으로 옮겨가야 하는 타이밍인데, 내 기분은 다른 쪽으로 움직이고 있었다. 카운슬링이고 컨설팅이고 다 집어치우고, 그저 세상모르는 이 순진한 청춘과 좀 놀아보자는 쪽으로. 꽤나 뜻밖의 감정이었다.

"섹스요?"

"그래, 섹스."

젊은 친구는 위스키가 섞인 맥주잔을 들어 단숨에 비웠다. 내가 권한 것이었다.

"그쪽은,"

상대가 입을 열었다. 나 역시 스트레이트 잔을 들어 단번에 마셨다. 시선은 젊은 치를 향한 채였다.

"오늘 죽을지도 모릅니다."

"응? 내가?"

"네, 그쪽이."

"자네가 아니고 내가?"

흐흐. 나는 웃음을 흘렸다. 젊은 친구는 그런 나를 말없이 바라보았다. 나도 웃음을 멈추고 그를 바라보았다. 우리의 눈이 마주쳤다. 그 순간 이상한 느낌이 나를 스쳐갔다. 그의 눈에서 어딘지 슬픔이라고 할 만한 감정이 전해졌던 것이다.

슬픔? 슬픔이라니. 그런 감정이 세상에 남아 있었던가? 나는 이 순진한 친구의 연인이 아니라, 그 연인의 공식적인 남편이 아닌가. 그런 내 앞에서 슬픔이 깃든 눈빛을? 역시 로맨틱한 친구로군.

신선해. 마음에 들어.

하지만 언제나 중요한 것은 감정이 아니라 팩트다. 팩트에 의거하지 않으면 감정 따위는 헛것에 불과하다. 감정에 휩쓸리는 예술가 따위를 공적 영역에서 추방해야 한다고 말한 플라톤은 백번 옳았다. 나는 중요한 사실을 환기시켰다.

"죽는다고 한 건 내가 아니라 자네 아닌가? 아마 잊었나본데."

명백한 팩트 앞에서 상대는 말이 없었다.

"다시 말하지만, 자살 운운한 건 내가 아니라 자네라는 말이야. 아닌가?"

나는 반복해서 말했다. 내 목소리가 약간 높아진 듯했다. 젊은 친구가 고개를 숙였다가 천천히 들면서 입을 열었다.

"그렇습니다. 자살은 내가 하는 것이죠. 그쪽은 그런 데는 관심이 없을 테니까."

당연한 말이었다. 나는 자살 같은 것에 관심이 없다. 서른이 되면 죽을 거라는 둥, 예수보다 오래 살 필요는 없다는 둥, 그런 치기 어린 대화만큼 식상한 것은 없다. 나는 당연한 말을 하는 자들을 좋아하지 않는다. 에너지 낭비일 뿐이니까. 나는 대꾸 없이 그의 다음 말을 기다렸다.

잠시 주저하는 듯 술잔을 비우더니 그가 천천히 입을 열었다. 슬픔에 젖은 듯 축축한 목소리였다. 우울증 환자의 표정에 우울증 환자의 목소리. 내가 가장 혐오하는 유형.

"그래요. 난 자살 충동을 느낍니다. 자살 말입니다. 그래서 나는 그쪽을 만나야 했습니다. 내가 죽으면…… 그쪽 역시 죽게 된다는 말을 해야 하기 때문에……"

점입가경이었다. 횡설수설도 정도가 지나쳤다. 혹시 이 친구는 지금 너 죽고 나 죽자는 말을 이런 횡설수설로 전하고 싶은 것일까? 자신이 나를 살해할지도 모르니 대비라도 해달라는 말인가?

"아니, 그게 아닙니다. 내 말은…… 내가 자살하기 전에 그쪽을 죽이겠다거나, 살해하고 싶다거나, 그런 게 아닙니다. 너 죽고 나 죽자는 얘기가 결코 아닙니다."

"아니면?"

나는 일그러진 미소를 띤 채 반문했다. 웃음이 터져나오기 직전이었다. 우리의 대화는 점점 코미디에 가까워지고 있었다. 가슴 저미는 비극을 기대하며 관람하고 있었는데, 알고 보니 희극인 셈이랄까. 아니면 부조리극의 우스꽝스러운 클라이맥스를 감상하고 있는지도 몰랐다.

취기가 천천히 몸속에서 피어올랐다. 자, 창밖에는 크리스마스의 폭설이 내리고 있다. 말 그대로 폭력적으로 쏟아지는 눈발이다. 시야가 꽉 막힌 이런 날에도 어디선가 노인들은 죽어가고 아기들은 태어나고 있을 것이다. 캐럴도 사라지고 구원도 사라진 세상에 신기한 일이 아닐 수 없다.

그리고 컨설팅업계의 무서운 신예로 향후 대한민국 재계를 주름잡을 혈기왕성한 사내는, 지리멸렬한 인생을 보내고 있는 애송이 청년과 마주앉아 죽음을 논하고 있는 것이다. 정치도 아니고, 경제도 아니고, 겨우 죽음 따위를 말이다. 어떤가, 이만하면 크리스마스 코미디로 손색이 없지 않은가? 이오네스코에게 맡겨도 이런 부조리극을 쓰지는 못할 것 같은데?

"그래, 자네나 나나 어차피 죽게 되겠지. 하지만 자네는 자네의 죽음을 선택할 권리가 있고, 나에게는 나의 죽음을 선택할 권리가 있다네. 게다가 나는 건강관리를 잘하고 있기 때문에……"

내가 거기까지 말했을 때, 상대의 시선이 나를 벗어나 옆쪽으로 향했다. 노인 하나가 바로 옆 테이블에 와 앉았기 때문이었다. 나도 얼결에 입을 닫고 노인 쪽을 바라보았다. 여든은 넘어 보이는 노인이었는데, 베이지색 점퍼에 중절모를 쓰고 있었다. 점퍼에 중절모라고는 했지만 몹시 낡고 너저분한 차림이어서 보기에 따라서는 노숙자로 보일 지경이었다.

노인은 모자를 벗어 테이블 위에 올려놓았다. 아주 느린 동작이었기 때문에 주점의 시간이 갑자기 속도를 늦춘 기분이었다. 주위는 미친 듯한 속도로 돌아가고 있는데 문득 슬로비디오 속으로 들어온 것 같은 느낌이랄까. 크리스마스의 대학가 주점에 혼자 자리를 차지하고 앉은 팔십 노인이라니, 이건 또 뭔가? 자정이 넘은 시간이니 누굴 기다리는 것도 아닐 테고.

나는 미간을 찌푸리며 노인 쪽을 바라보았다. 희극배우가 하나

더 나타난 것 같은 기분이었다. 젊은 치 역시 노인을 바라보고 있었지만 표정에는 변화가 없었다. 오히려 눈빛이 더 그윽해져 있었다. 시선은 노인 쪽에 둔 채 젊은 친구가 입을 열었다. 마치 내가 아니라 노인에게 말을 걸기라도 하는 듯했다.

"우리는 모두…… 언젠가는…… 죽습니다."

나는 혀를 찼다.

"신선한 말은 아니군. 게다가 어르신을 옆 테이블에 두고 할 말도 아니고. 원래 그렇게 상투적이고 예의 없는 말을 선호하나?"

내가 쏘아붙였다. 상대는 대꾸가 없었다. 혈관을 빠르게 흐르는 알코올이 느껴졌다. 정신이 몽롱해져가고 있었다. 젊은 치가 위스키에 뭔가를 탄 것이 아닌가 하는 의심마저 들 정도였다. 나는 고개를 흔들었다.

화장실을 다녀오겠다는 표시로 손짓을 하고 자리에서 몸을 일으켰다. 중심을 잡지 못해 비틀거렸다. 젊은 치는 아무래도 상관없다는 듯 표정에 변화가 없었다. 혼자 앉아 있는 노인은 몸을 웅크린 채 고개만 옆으로 돌려 우리 쪽을 바라보고 있었다. 얼결에 보니 눈이 검고 깊었다. 저 눈구멍 속에 눈알은 들어 있을까. 그런 엉뚱한 생각을 하며 나는 비척비척 몸을 움직여 화장실로 향했다.

화장실은 불결했다. 오줌을 누면서 보니 작은 거울에 얼굴이 비쳤다. 눈에 쌍꺼풀이 져 있었다. 피곤해 보이시는군요. 젊은 치가 그렇게 말했던가, 아닌가. 짙은 눈썹 아래로 눈두덩이 부어 있었다. 입술은 부르터 있었다. 몸을 추스르면서 나는 거울 속의 사내를 노려보았다. 확실히 잘생긴 얼굴은 아니다. 하지만 문제는 잘생기고 못생기고가 아니다. 독특함이 부족해. 그게 더 불만이었다. 젊은 치는 그 점을 지적했다. 어디서 많이 본 얼굴이라는 식으로. 흔한 인간이라는 뉘앙스로. 후후. 나는 의미를 알 수 없는 웃음을 흘렸다.

자리로 돌아왔을 때는 뜻밖에 작은 소동이 일어나 있었다. 꽁지머리가 노인과 실랑이를 하고 있는 모양이었다. 그는 노인을 억지로 일으켜세우려 하고 있었다.

"할아버지, 여기서 이러시면 안 된다니까. 안 사요, 안 사."

노인은 울상인 표정으로 꽁지머리에게 팔을 잡혀 있었다.

"아니, 난 뭘 팔려는 게 아니라…… 술을 마시려는 거라니까."

"아, 저번에도 와서 껌 파셨잖아. 껌만 팔았나? 구걸하느라 손님 다 내쫓고 말야."

"아닐세. 잘못 본 거야. 난 그런 사람이 아닐세."

노인은 기어들어가는 목소리로 항변했지만, 꽁지머리는 예의 없이 노인을 끌어내려 하고 있었다. 노인이 다시 힘겹게 덧붙였다.

"이보게, 내가 젊었을 때 여기 단골이었어. 내가 이 학교 출신이라니까."

노인을 윽박지르던 꽁지머리가 노인의 얼굴을 주의깊게 들여다보는가 싶더니, 빙글거리며 대꾸했다.

"아, 그러고 보니 어디서 많이 본 분이네. 낯이 익어요, 낯이. 근데 우리 학교는 개교한 지 오십 년도 안 됐거든?"

이젠 농담으로 노인에게 모욕을 주려는 모양이었다. 더 두고 볼 수가 없었다. 이번에는 내가 꽁지머리를 제지했다.

"이봐, 이분이 술을 마시러 들어왔다고 하잖나."

꽁지머리가 내 쪽을 바라보았다. 이건 뭔데 끼어들어? 그런 표정이었다. 꽁지머리의 험악한 표정을 보자 갑자기 전의가 불타올랐다. 몸속의 알코올이 정수리로 몰려드는 느낌이었다.

"뭘 노려봐? 내가 누군지 알아? 이분 술값 내가 낼 테니, 얼른 술 갖다드려!"

내 목소리가 커지자 주위 손님들의 시선이 내 쪽으로 몰려들었다. 순식간에 그들은 소동의 전말이 궁금한 관객들로 변해 있었다.

내 고성을 들은 꽁지머리의 눈에서 붉은빛이 돌았다. 꽁지머리가 몸을 돌려 완연히 내 쪽을 향했다. 이젠 노인이 문제가 아니라는 투였다. 꽁지머리의 손에 아직 따지도 않은 소주병이 들려 있는 게 힐끗 보였다. 정말 휘두르기라도 할 태세였다. 꽁지머리의 입에서 불손한 말이 튀어나왔다.

"아니, 아저씨, 돈이면 다 되는 줄 알아? 어디서 졸부 흉내야, 흉내가?"

요즘 세상에 이렇게 막 나가는 알바가 있다니. 아니, 알바가 아니라 주인인가? 주인의 아들인가? 그런 멍청한 생각이 내 머리를 스쳤다. 나는 몸속의 알코올이 시키는 대로 주먹을 불끈 쥐었다.

그 순간 잠자코 사태의 추이를 지켜보던 젊은 친구가 천천히 자리에서 몸을 일으켰다. 그리고 조용하고 낮은 목소리로 꽁지머리를 향해 말했다.

"아아, 형. 이러지 마세요. 이분, 내 손님이야."

젊은 친구의 한마디는 뜻밖에도 효력을 발휘했다. 꽁지머리의 표정이 어이없이 풀려버린 것이다.

"응? 그래? 그럼 진작에 그렇게 말을 했어야지."

꽁지머리의 말에 젊은 친구가 덧붙였다.

"이분, 오늘 특별히 모신 거라구. 내가 자살을 할까 생각중인데, 이런 소식은 알려드려야 할 것 같아서."

꽁지머리와 내가 동시에, 멍청한 표정으로, 젊은 치 쪽을 바라보았다. 또 그 헛소리를 하고 싶은 모양이군. 아니, 자살은 자기가 하는데 내가 대체 무슨 상관이라는 말인가? 나는 얼굴이 일그러지는 것을 느꼈다. 입을 열어 뭔가 말하려는데 꽁지머리가 선수를 쳤다.

"하하, 이거 죄송합니다. 제가 실례를 했구만요. 너그럽게 이해해주십쇼."

꽁지머리의 말투는 이미 조금 전의 그 험악한 어조가 아니었다. 표정도 간신배처럼 완연히 바뀌어 있었다. 내 입에서 욕설이 튀어나오기 직전, 다시 자리를 잡고 앉은 노인이 나지막한 목소리로 뇌까렸다. 나를 향해서였다.

"자네도 참으시게. 자네 말마따나 오늘은 크리스마스가 아닌가."

나는 뭔가 말하려고 했지만 노인의 말은 이상한 힘으로 내 입을 틀어막았다. 온몸에서 맥이 빠지는 기분이었다. 동시에 취기가 다 빠져나가는 느낌이었다. 나는 자리에 털썩 주저앉았다. 그렇다. 오늘은 크리스마스인 것이다. 이런 기괴한 소동을 겪어야 하는 크리스마스인 것이다. 한 치 앞이 안 보일 정도의 폭설이 창밖을 점령한, 이상한 크리스마스인 것이다.

꽁지머리가 아무 일도 없었다는 듯 카운터로 돌아갔다. 젊은 치도 제자리에 앉았다. 옆 테이블의 노인은 물끄러미 나를 바라보고 있었다. 마음에 들지 않는 시선이었다. 나도 노인을 노려보았다.

뭐? 뭐? 뭐가 더 필요한 거요?

내 시선은 노인을 향해 그렇게 말하고 있었다. 이 소동의 원인을 제공한 당사자가 아닌가? 용서를 빌어도 시원찮을 판에 뭘 빤히 쳐다보는가?

그래도 노인은 시선을 돌리지 않았다. 검은 눈구멍은 여전히 캄캄하고 깊었지만, 표정은 딱 인자한 할아버지의 그것이었다. 모든 걸 다 이해한다는 듯한 표정. 사람을 애 취급하는 표정. 그 표정이 무슨 동아줄이라도 된 것처럼 나를 결박했다. 나는 얼굴을 일그러뜨린 채 노인을 노려보았다. 노인이 조용히 입을 움직였다.

어쨌든, 고마우이.

노인의 입은 그렇게 말한 것이 틀림없었다. 뭐가? 왜 고맙다는 말인가? 그러자 내 마음을 읽기라도 한 듯 노인의 입이 열렸다. 슬로비디오 속인 것처럼 천천히 목소리가 흘러나왔다.

자네가 술값까지 내준다고 하지 않았나. 감동일세그려.

노인은 지그시 나를 바라보다가 덧붙였다.

내게는 술값이 없으니, 줄 것이 껌밖에 없구먼. 아주 오래오래 씹으시게.

노인은 점퍼 주머니에 손을 넣더니 정말 노란색 껌 한 통을 꺼냈다. 아주 오래전부터 그 호주머니에 들어 있었을 게 틀림없는, 유통기한이 지나도 한참 지났을 게 확실한, 아무리 질겅질겅 씹어도 단물이 나오지 않을 것 같은, 포장지에 '쥬시후레쉬'라고 적힌 껌이었다.

나는 얼굴을 찌푸린 채 그 노란 껌을 바라보고 있다가, 주섬주섬 뒷주머니에 손을 넣어 지갑을 꺼냈다. 그래, 돈이 필요하다면 주면 되는 것이다. 매년 자선단체에 기부하는 돈만 해도 얼마인데, 노인 하나 돕는 거야 말 그대로 껌이 아닌가. 그 정도야…… 나는 지갑에서 오만원짜리를 꺼내 검지와 중지 사이에 끼워 노인에게 내밀었다.

자, 받으시오. 이게 필요한 거지? 거지같은 노인 양반.

나는 속으로 그렇게 말했다. 속으로 말했을 뿐인데, 노인이 고개를 끄덕였다. 그리고 손을 내밀어 순순히 돈을 받았다. 하긴, 자존심 같은 걸 챙길 계제가 아니겠지. 그렇게 생각하는데, 노인이 다시 입을 열었다. 말을 하는 건지 마는 건지 알 수 없을 만큼 웅얼거리는 목소리였다.

그건 그렇고…… 자네는 이 젊은 양반 얘기를 잘 들으시게.

이건 또 뭔가? 또 무슨 헛소리를 하려는 것인가? 노인이 다시 중얼거리듯 말했다.

헛소리가 아니라니까. 실은 난 오늘 일어날 일을 구경하러 온 거라네. 아니, 구경만 할 건 아니지. 이 친구가 스스로 못하면 내가 이 친구를 대신해서 일을 치러줄 수도 있으니까. 히히.

히히? 나는 깨달았다. 아아, 이건 미친 노인이었구나. 꽁지머리를 말리지 말았어야 했는데. 이런 노인이니까 내쫓으려고 한 거겠지.

나는 내 경솔함을 후회했다. 젊은 친구는 이제 할말을 다 했다는 표정으로 창밖만 바라보고 있었다. 세상의 모든 것을 다 덮을 것처럼 쏟아지는 폭설과, 그 폭설에 묻혀가는 도시 쪽에 시선을 둔 채, 노인과 나에게는 관심을 보이지 않고 있었다.

나는 몸속의 알코올이 시킨 것처럼 몸을 일으켰다. 불쾌감이 나를 사로잡았다. 더이상 앉아 있을 이유가 없었다. 지폐 몇 장을 탁자 위에 내려놓고 코트를 낚아채듯이 집어들고는 휘적휘적 문 쪽으로 걸어갔다. 아무도 나를 잡지 않았다. 문고리를 잡은 채 멈춰서서 뒤를 돌아보았다. 꽁지머리는 아무 일도 없었다는 표정으로 모니터에 신경을 쏟고 있었다. 젊은 친구는 시선을 창밖에 둔 채 여전히 움직이지 않았다. 노인만이 내가 휘적휘적 걸어나가는 모습을 멀거니 바라보고 있었다.

음흉하고 기괴한 노인이군. 게다가 그놈의 히히. 히히라니. 크리스마스에 내가 왜 그런 미친 웃음소리를 들어야 한단 말인가?

문을 열고 비틀거리며 계단을 내려갔다. 주점을 나오자 눈으로 뒤덮인 세상이었다.

이런 분위기도 오랜만이군.

나는 비척비척 눈길을 걷기 시작했다. 걷다가, 잠시 멈추어서 주위를 둘러보다가, 다시 걸었다. 폭설 때문인지 행인도 거의 보이지 않았고 오가는 차량도 드물었다. 택시를 잡아야 하는데. 택시가 없네. 택시를 잡아야 하는데. 택시가 없네. 택시를 잡아야 하는데……

그렇게 생각하면서 몸을 돌렸는데, 어디선가 나타난 주황색 택시가 미끄러지듯 내 앞에 정차했다. 이런 날씨에도 운행을 하다니, 대단하군. 하긴 크리스마스니까 대목이긴 하겠지. 나는 택시에 몸을 실으면서 큰 목소리로 도곡동! 을 외쳤다. 속이 부글거렸다. 크리스마스에 와이프의 전 남친이라는 자와 아무짝에도 쓸모없는 대화를 나누고, 기분 나쁜 노인 때문에 쓸데없이 에너지를 낭비하다니. 이런 미친……

운전기사가 룸 미러를 바라보았다. 내가 뭔가 중얼거린 모양이었다. 하긴 꽤 마시긴 했지. 당신한테 한 말이 아니라는 뜻으로 나는 손을 휘휘 내저었다. 늙은 운전기사는 주름이 가득한 얼굴을 다시 전방으로 돌렸지만 호기심이 동한 듯 룸 미러를 힐끗거렸다.

앞이 거의 보이지 않는 눈발을 뚫고 택시는 미친듯이 달려갔다. 폭설 속이라고는 도저히 믿을 수 없을 만큼 빠른 속도로.

아파트에 도착한 뒤 휴대폰을 꺼내 시간을 확인했다. 새벽 여섯시에 가까워져 있었다. 주점에 머문 건 한 시간도 채 되지 않은 듯한데, 어째서 벌써 여섯시라는 말인가? 나는 어이없는 웃음을 흘렸다. 눈 녹은 물처럼 얼굴이 흘러내릴 것 같았다.

엘리베이터를 타고 오층을 눌렀다. 아아, 이래서 내가 알코올과 마약을 좋아하지 않는다니까. 인간을 어디로 튈지 모르도록 만드는 게 그것들이니까. 도대체 합리성이라고는 몽땅 개에게 줘버린 꼴이 되는 거지. 그러고 보니 오늘은 정말 개같은 날이군……

현관문을 열고 들어서자 집안에서 음악 소리가 들렸다. 평균율이었다. 아까 끄지 않고 나간 모양이었다. 빌어먹을. 나는 구두를 벗어던지고 무너지듯 가죽소파에 몸을 묻었다. 결국 아무 일도 일어나지 않은 것이다. 한심한 청춘과 멍청한 노인네한테 시간을 뺏

기고 돌아온 것뿐이다. 소파에 누운 채 바라본 창밖으로 세상을 다 덮을 것처럼 눈이 쏟아지고 있었다. 아니, 저건 세상이 이미 다 사라진 뒤에 내리는 폭설 같군.

그렇게 중얼거리는 순간, 오디오에서 평균율이 끝나고 다른 곡이 흘러나오기 시작했다. 캐럴이었다.

창밖을 보라 창밖을 보라
흰 눈이 내린다
창밖을 보라 창밖을 보라
찬 겨울이 왔다
썰매를 타는 어린애들은
해 가는 줄도 모르고
눈길 위에다 썰매를 깔고
즐겁게 달린다
긴긴 해가 다 가고 어둠이 오면
오색 빛이 찬란한 거리거리에 성탄 빛!
추운 겨울이 다 가기 전에
마음껏 즐기라
맑고 흰 눈이 새봄빛 속에
사라지기 전에

왜 이런 노래가 흘러나오지? 와이프가 틀어두었나? 도우미 아줌마가? 크리스마스를 기념해서? 아무려나. 어쨌든 지금 창밖에 쏟아지는 저 폭설과 크리스마스 캐럴은 어울리지 않는다.

나는 소파에서 힘겹게 몸을 일으켰다. 오디오로 다가가 신경질적으로 파워 버튼을 눌렀다. 그리고 비틀거리며 안방 문을 열고 들어갔다. 이런 이상한 크리스마스라니. 알 수 없는 적의가 몸속에서 피어올랐다. 스위치를 거칠게 올렸지만 불은 들어오지 않았다. 탈칵, 탈칵, 탈칵. 스위치가 부서지도록 전원을 올렸지만 역시 실내등은 반응이 없었다. 나는 체중을 실어 침대가 흔들리도록 이불 위에 걸터앉았다. 내가 왜 이런 꼴을 당해야 하는가? 죽는다느니, 죽인다느니, 왜 그런 헛소리를 들어야 한다는 말인가? 이 모든 게 와이프 때문이다. 나는 그녀가 덮고 있는 이불을 홱 걷어치웠다. 모로 누워 있던 그녀가 끄응 소리를 내며 나를 향해 돌아누웠다. 창밖의 폭설 탓에 방안에 희끄무레한 빛이 스며들었다.

흐린 빛 속에 드러난 그녀의 얼굴을 바라보는 순간, 나는 인상을 찌푸렸다. 희미한 빛이 만든 그림자 탓인지 그녀의 얼굴이 낯설게 보였기 때문이다. 아니, 낯설게 보인 것이 아니라…… 그녀의 얼굴은…… 그녀의 얼굴이 아니었다. 와이프라고 할 수 없는 이상한 여자의 얼굴이 거기 있었다. 얼굴을 온통 뒤덮고 있는 잔주름들…… 검푸르게 죽어 침침한 피부색…… 퀭하게 살 속으로 파고들어간 눈…… 호물호물 늘어진 목덜미의 살갗……

대체 이건 누군가? 누군데 남의 침대에 누워 있는 건가? 나는 놀라서 벌떡 일어서지는 않았다. 얼굴을 찌푸리고 침대 위의 낯선 여자를 노려보았을 뿐 소리를 지르지도 않았다.

확실히 이것은 노파의 얼굴이다. 그런 생각이 들었다. 이것이 죽음이 아니라면 무엇이 죽음이란 말인가? 그렇게 외치는 듯한 얼굴이다. 하지만 동시에, 침대에 누워 있는 이 늙은 여자는 정확하게…… 내 와이프가 아닌가……

기이한 직감이었지만, 동시에 거부할 수 없는 직감이었다. 나는 얼어붙었다. 아아, 나의 와이프는 어디로 가버린 것인가? 매끄럽고 부드러우며 탄력이 넘치는 그녀의 얼굴은 어디로 사라진 것인가? 그녀는 어째서 이런 엉뚱한 존재가 돼버린 것인가? 나는 소리 나지 않게 비명을 질렀다.

몸안의 세포들이 하나하나 흐트러지는 느낌이었다. 영혼의 뼈마디들이 제각각 움직이려는 듯했다. 거의 해골에 가까운 그녀의 얼굴이 곧 내 얼굴인 것처럼 느껴졌다. 그때 채 닫히지 않은 방문 사이로 노랫소리가 들려왔다. 아주 느리고, 부드럽고, 아름다운, 늙은 아이의 목소리였다.

창밖을 보라
창밖을 보라
흰 눈이 내린다

창밖을 보라……

창밖을 보라……

찬 겨울이 왔다……

낙천성 연습

예전에 자살을 하겠다고 예고 문자를 보내온 위인이 있었다. 자살을 '암시'만 한 게 아니라 말 그대로 '통보'해온 것이다.

'나는 앞으로 삼십 분 후 자살할 예정이다. 잘살길 바란다.'

이게 전부였다. 그 문자를 받은 대부분의 사람들은 거의 동시에 이렇게 중얼거렸다.

—미친 새끼.

하마터면 나까지도 그렇게 외칠 뻔했으니, 말 다 했다. 사실 그는 자살 같은 건 애초에 생각이 없는 게 확실했다. 똑같은 문자만 한두 번이 아니었으니까. 이전에도 여러 차례 '자살 아닌 자살'을 시도한 경력이 있었다는 얘기다.

첫번째는 고전적인 방법이었다. 이 위인이 수면제를 삼킨 것이다. 그런데 양이 턱없이 부족했다. 문자를 받은 사람들이 그를 신속하게 병원으로 옮겼다. 위세척을 한 뒤 열아홉 시간 푹 재웠더니 멀쩡하게 깨어났다. 깨어난 위인은 대체 무슨 일이 있었는지 모르겠다는 표정으로 눈을 껌뻑거렸다. 침대 머리맡에 서 있는 나를 보고는, 너 거기서 뭐하냐? 라고 한마디한 게 다였다.

두번째는 손목을 칼로 그었다. 하지만 긋자마자 지혈을 열심히 하는 바람에 병원에 가서 간단한 처치를 받는 것으로 끝났다. 젊은 레지던트에게 손목을 맡긴 그는 전신마취를 요구했고, 레지던트는 고개를 외로 꼬고 이렇게 대꾸했다. 에, 무슨 전신마취를 해요. 상처도 얕구만. 그냥 안 아프게 해드릴게.

세번째는 한강 다리에서 뛰어내렸다. 하필이면 조기축구회 회원들이 축구를 하던 강변 운동장 옆이었다. 공을 향해 달려가던 장정 몇이 투신 장면을 보고는 내친김에 멋진 포즈로 다이빙을 했다. 일부는 다리 밑을 지나던 모터보트를 향해 열심히 소리를 질렀다. 투신한 위인은 곧 구조되었다. 하필이면 거기서 축구 시합이 있었다니……라는 것은 그가 한탄을 섞어 내뱉은 말이었지만, 솔직히 다람쥐 방귀 뀌는 소리로 들렸다. 그가 몸을 던진 것은 다리가 끝나는 강변 쪽이어서 높이가 얼마 되지 않았다. 게다가 축구공이 사이드라인을 벗어나 강변으로 굴러오는 순간이었다. 운동장의 선수들이 일제히 강물 쪽을 바라보는 순간 때맞춰 물로 뛰어든 게 틀림없었다. 마침 모터보트가 다리 아래를 지나고 있던 것은 물론이다. 절묘한 타이밍이라고 할 만했으니, 그가 살아난 것은 하필이 아니라 필연이었다.

이게 끝이 아니다. 달리는 버스에 뛰어든 적도 있었다. 날씨도 좋고 미세먼지도 적어 시야가 탁 트인 날이었다. 손님도 몇 없는 오후여서 시내버스 기사는 편안한 마음으로 운행중이었다. 남산 근처 버티고개 인근을 지나고 있을 때 이 위인이 도로로 뛰어들었다. 기사는 급브레이크를 밟았다. 굽잇길이라 속도를 줄인 참이어서 뛰어든 사람과 부딪치지는 않았다. 위인이 지레 넘어지면서 실신해버렸을 뿐이다. 처음에는 보험금을 노린 자해 사기극이 아닌가 의심했는데, 나중에 자살 시도라는 것을 알고는 기사가 말했다. 어이없어하는 표정이었다. 아니, 그런 걸 하시는 데 보통 버스를 이용하지는 않잖아요? 위치도 좀 그래요. 버티고개는 차선도 좁고 오르막에 굽잇길이라 원래 속도가 안 나는 곳인데……

네번째로 살아난 뒤에는 아무도 그에게 호의를 보이지 않았다. 병원 침대에 누워 있는 위인 앞에서 나는 노골적으로 탄식하며 이렇게 뇌까렸다.

—아, 쪽팔려.

병상의 그가 인상을 찌푸리며 입을 열었다.

—그게…… 애비 앞에서 할 말이냐.

부친이 자살 중독증인 건 아니다. 자살 같은 것을 할 만한 위인도 아니지만, 그럴 이유도 없었다. 그는 번듯한 대학 출신에 시력 문제로 병역을 면제받은 신의 아들이었으며 심지어 전직 공무원이었다. 퇴직 후에는 사회교육원에서 각종 인문학 강좌를 성실하게 수강했고 작은 문예지에서 수필가로 등단하기까지 했다. 그런 인간이 뭐하려고 자살 같은 걸 한다는 말인가? 하려면 나 같은 인간이 해야지.

나? 나로 말하자면 그런 데가 있나 싶은 대학을 나온 실업자로서 토익 최고점이 입에 담기 민망한 수준에 빡빡 기는 최전방 맹렬부대 병장 출신이다. 몇 군데 중소기업에서 저임금 계약직으로 일했지만 오래갈 리 없었다. 보수가 최저임금에도 못 미치는데다 일할 의욕을 쥐꼬리만큼도 주지 못하는 자리들이었으니까.

작년부터는 부친에게 붙어 기생하는 처지였고 집구석에 틀어박혀 게임이나 하는 게 생활의 전부였다. 가끔 취직한 친구들을 불러내 거나하게 한잔 걸치기도 했지만 시간이 갈수록 대화 주제가 사라졌다. 친구들은 회사 얘기에 애새끼들 얘기를 주구장창 늘어놨고, 나는 퇴화하는 기생충이 되어 소주잔이나 기울여야 했으니까.

콤플렉스가 심하겠다고? 그렇지는 않다. 나는 뭐, 그냥 살아간다. 즐거우면 즐거운 대로, 배고프면 배고픈 대로. 어차피 다 모래로 돌아가는 인생, 고민할 거 뭐 있나? 그게 내 인생관이니까.

하지만 언젠가 부친이 이렇게 말한 것은 지금도 똑똑히 기억하고 있다. 처음에는 무슨 강아지 풀 뜯는 소리인가 싶은 얘기였다.

—퇴화하는 것이야말로 진정한 진화다.

돌아보니 부친이 방문에 기대서서 나를 바라보고 있었다. 새로 나온 RPG 게임에 열중해 있었기 때문에 나는 한참 뒤에야 부친이 거기 있다는 것을 알았다. 나는 그가 한 말의 뜻을 서서히 이해했다. 아, 이런 식으로 갈구는 것인가? 아무리 내가 기생충이라고 해도 당신이 이런 식으로 말하면 안 되는 것 아닌가? 나는 부친을 노려보며 입을 앙다물었다. 그래, 나야말로 인류가 퇴화하고 있다는 증표다. 그래서 뭐? 내가 뭘 어쨌다는 말인가? 어쩌라는 말인가? 내 게으른 뇌세포들이 대체 어디서 나온 것인가? 바로 당신에게서 나온 게 아닌가? 꼭 이런 식으로 자식을 비꼬아야겠는가?

그렇게 울분을 터뜨리긴 했지만, 사실 부친의 뇌는 나와는 모든 면에서 정반대였다. 비유하자면, 나는 느리고 게으르고 비만한 뇌의 소유자였고, 부친은 예민하고 집요하며 깡마른 뇌를 지녔다는 얘기다. 게임에 중독된 나의 뇌도 그렇지만 부친의 뇌 역시 정상이라고는 할 수 없었다. 사람들은 그런 것을 만성 신경과민이라고 부른다.

우선 부친은 잔소리가 심했다. 잔소리치고는 어딘지 좀 기묘했는데, 잔소리라기에는 뭣한 데가 있었다는 뜻이다. 차 조심해서 다니고 술 담배 하지 말고 공부 열심히 하거라 따위의 전통적인 잔소리와는 달랐다.

잔소리란 무엇인가. 우리의 귓등을 간질이며 스쳐가는 바람 같은 것이 아닌가. 잔소리는 너무 상식적이기 때문에 귀에 들어오지 않고, 벌써 다 알고 있는 하나마나 한 얘기이기 때문에 흘려듣게 된다. 하지만 잔소리에는 누구에게나 도움이 되는 훌륭한 지혜가 담겨 있다. 때로는 위대한 진실까지도 말이다. 그 지혜와 진실이 얼마나 소중한지를 깨달았을 때는…… 대개 너무 늦은 뒤지만.

내 경우가 그랬다. 거리에서 호기를 부리다 교통사고를 당한 게 여러 차례였고, 술 담배 등등에 중독돼 이십대 때부터 만성질환을 달고 살았으며, 공부 따위는 고리타분한 범생이들이나 하는 짓이라며 호언했다가…… 아아, 그만두자. 자기혐오야말로 혐오스러운 감정이 아닌가. 자기혐오는 자기 연민을 불러오게 마련이고 자기 연민이란 기껏해야 심리적 자위행위에 불과하지 않은가.

어쨌든 부친의 잔소리에는 상식적이며 일반적인 진실 같은 것은 눈을 씻고 찾아도 없었다. 보통 잔소리와는 뭔가 코드가 달랐던 것이다. 그의 뇌에서 일어나는 일은 백악관의 각료회의나 은하계 저편에서 일어나는 입자 분열처럼 불가사의해서, 나처럼 평범한 조선인으로서는 상상하기가 쉽지 않았다. 신경과민 환자답게 그의 말은 집요하고 치열하고 논리정연했으며, 무엇보다도 어이가 없었다. 이런 것이었다.

—너는 알고 있느냐? 확인되지 않은 수많은 전제 위에서 우리가 일생을 보낸다는 것을? 신호를 무시한 트럭이 돌진해오지 않으

리라는 근거 없는 믿음 위에서 우리는 횡단보도를 건너는 것이다. 주방장이 음식에 독을 타지 않으리라는 무신경한 신뢰 속에서 우리는 식사 주문을 하는 것이다. 엘리베이터 케이블이 끊어져 무서운 속도로 추락하지 않으리라는 밑도 끝도 없는 신념과 함께 우리는 아파트를 오르락내리락하는 것이다. 테러범이 없으리라는 근거 없는 추정과 함께 공항에도 가고 비행기도 타고 콘서트장에도 가는 것이다. 그러니 우리는 하루에도 수십 명, 수백 명에게 목숨을 맡긴 채 살아가는 것이 아니냐.

부친은 그런 이상한 이야기를 하면서 슬픔에 빠지곤 했다. 신경과민도 그런 신경과민이 없었다. 그는 이발을 하다가 면도칼에 목을 베이고, 커피포트의 끓는 물을 얼굴에 뒤집어쓰고, 배관을 타고 침입한 강도에게 살해당하고, 가스가 폭발해서 집과 함께 온몸이 산산조각나는…… 그런 상상을 하며 인생을 살아가는 것 같았다. 밖에 나갈 때면 아무리 더운 날이라도 마스크를 하고 다녔으며, 공공장소는 전염병의 위험이 있다는 이유로 회피했으며, 발코니나 옥상 같은 데는 추락의 유혹에 사로잡힌다는 이유로 올라가지 않았다. 그뿐인가. 테러의 희생양이 되고 싶지 않다며 비행기를 이용하지 않았고, 교통사고의 위험을 무릅쓰고 승용차를 타고 다니는 사람들을 비난했으며, 안전 점검을 재촉하느라 겨우 삼 년 된 아파트의 관리사무소를 들락날락했다. 그러니 내가 이 위인의 뇌에서 일어나는 복잡다단한 알고리즘을 굳이 이해하려 하지 않는 건 당연한 일이 아닌가?

한번은 시내버스 운전기사가 되어볼까 한다고 이 위인에게 말한 적이 있다. 버스 기사 쪽은 구인난이 있어서 취업이 쉬울 거라는 얘기를 듣고서였다. 아니나 다를까, 내 말을 들은 위인 왈,

—너는 버스라는 기계가 어떻게 움직이는지 알고 있느냐? 버스는 운전기사가 인도를 향해 핸들을 홱 돌리지 않는다는 전제하에 운행되는 거대한 살인 병기다. 놀라운 일이 아니냐? 인간이라는 나약한 존재에게 갑자기 그런 충동이 일어나지 않는다고 어떻게 보장한다는 말인가? 그런 근거 없는 과신이 현대 교통체계의 출발점이라니 놀랍지 않으냐?

물론 어이가 없는 건 나였다. 그런 말을 듣고 있으면 누구라도 짓고 있을 표정, 즉 얼빠진 표정을 하고 있는 나를 향해 부친은 다음과 같이 외쳤다. 장엄한 어조였다.

—쇼펜하우어를 기억하라. 그는 이발사의 면도날에 목을 베이지 않을까 우려하여 목만은 면도하기를 거부했다. 기나라 사람의 걱정을 기우라고 비아냥거리지 말아라. 하늘이 무너질까 두려워했던 그분이야말로 현자가 아니었으랴.

운운. 이윽고 그는 오후의 거리를 내려다보며 이렇게 덧붙이는 것이었다. 낯설고 신비로운 것을 바라보는 사람처럼 눈을 게슴츠레하게 뜬 채였다.

—아아, 인간이란 얼마나 놀라운 존재이냐. 저것은 맹목적으로

서로를 믿고 신뢰하는 기이한 종족이 아니냐. 인간들의 저 놀라운 무신경과 상호 신뢰란 대체…… 얼마나 기이한 것이냐.

나도 부친의 시선을 따라 창밖을 바라보았다. 보이는 것은 미세먼지로 가득한 거리와 횡단보도와 행인들이 있는 풍경뿐이었다. 서로를 믿고 신뢰하는 사람은 단 한 사람도 보이지 않았다.

부친의 그런 신경과민에도 변화가 찾아왔다. 불행히도 더 나쁜 쪽으로.

그것은 치명적인 사고 때문이었다. 나의 모친, 그러니까 그의 아내가 교통사고로 세상을 뜬 것이다. 성당 신도회에 끼어서 피정을 가셨는데, 버스 기사가 그만 졸음운전을 했다. 버스는 외곽 지역의 도로를 달리다가 난간을 들이받고 개천 쪽을 향해 돌진했다. 다행히 전복은 되지 않았다. 경미한 부상자들이 많은 가운데 유일한 사망자가 하필이면 열성 신도였던 모친이었다.

모친의 사고사 앞에서 부친이 단지 절망에 빠지기만 한 것은 아니다. 상황은 더 나빴다. 그는 자책을 하기 시작했다. 신경과민인 자신을 위해 기도하려고 성당에 나갔다가 변을 당했다는 것이다. 세계의 위험에 대해 그토록 예민했는데 아내조차 지키지 못하다니…… 아니, 세계의 위험에 그토록 예민했기 때문에, 바로 그랬기 때문에 아내를 잃다니…… 그는 망연자실했다. 이것은 당신의 책임이 아니며 당신이 자책할 문제가 아니라고 말해도 소용이 없었다. 조문객들조차 맞지 못할 정도로 부친은 고통스러워했다.

그후 그의 증세가 이상한 방향으로 흘러갈 것이라고는 예상하지 못했다. 보통 사람이라면 애도를 통해 사랑하는 이의 죽음을 조금씩 받아들이게 마련이다. 그렇게 하지 않으면 당장 내 앞의 삶을 유지할 수 없고 그이를 따라 인생을 버리고 싶은 유혹을 떨쳐낼 수 없을 테니까. 다행히도 인간은 애도를 할 줄 아는 동물이다. 감당하기 어려운 괴로움조차 언젠가는 담담한 슬픔이 되는 것이며, 회한과 그리움을 마음에 묻은 채 남은 생을 살아가게 되는 것이다. 그리고 또다른 누군가에게 애잔한 기억을 남긴 채 마침내 모래로 돌아가는…… 그런 것이 무릇 인생 아닌가.

부친에 관한 한, 나의 상식은 빗나갔다. 장례식을 마치고 돌아와 휑한 아파트에 부친과 나만 남았을 때였다. 부친이 뭔가 깨달은 표정으로 이렇게 중얼거렸다.

—신에게 드린 기도는 이루어지지 않는다. 왜? 신에게 기도를 드렸다는 바로 그 이유 때문에. 신을 모시는 이들이 신에 의해 죽임을 당한다. 왜? 그들이 신을 모신다는 바로 그 이유 때문에.

부친의 눈에서 광선이 나오는 것 같았다. 서늘한 광기였다.

그때까지도 나는 그의 뇌에서 무슨 일이 일어나고 있는 것인지 감지하지 못했다. 사실을 말하자면 나 역시 부친의 신성모독에 적극적으로 동조했기 때문이다. 모친은 신을 믿고 신에 의지하는 신실한 양이었을 뿐이다. 신을 모시기 위해 동료 신자들과 피정을 간 것뿐이며, 관광버스 앞자리에 설치돼 있는 정수기 물을 받기 위해 잠시 안전벨트를 풀고 일어섰을 뿐이다. 그런데 바로 그 순간에 운전기사의 뇌세포가 깜빡 마비 상태에 빠졌던 것이며, 전방의 회전 구간을 보지 못한 것이며, 도로를 벗어나 난간을 뚫고 돌진하는 버스를 멈추지 못했던 것이며, 모친은 균형을 잃은 채 넘어졌던 것이며, 그래서……

나는 침묵했다. 나로서는 부친의 주상에 하등 의문을 품을 이유가 없었다. 부친과 함께 나 역시 신을 저주했으니까. 모친이 마음에 사무칠수록 신에 대한 적의가 맹렬해졌으니까.

아, 물론 나는 애도의 과정에서 신을 저주하게 된 것뿐이다. 그 전까지만 해도 나는 신에게 별다른 감정이 없었다. 신을 사랑한 적도 없고 신을 증오한 적도 없으며 그런 존재가 있건 없건 내 알 바 아니라고 생각했다. 게임 개발자는 게임을 개발했을 뿐인데, 게임을 하면서 굳이 개발자를 사랑하거나 증오할 필요는 없지 않은가. 과도한 비용을 청구하지만 않는다면 말이다.

하지만 부친은 나와는 좀 달랐던 모양이다. 그걸 깨달은 건 시간이 더 지난 후였다. 부친의 신경과민 증세에 엉뚱한 변화가 일어나고 있었다. 그걸 이해하기 위해서는 몇 개의 에피소드가 더 필요하다.

어느 날 웬일로 부친과 함께 지하철을 탔을 때였다. 청량리역을 지날 때쯤인가, 기관사의 안내 방송이 나왔다. 피곤에 지친 듯 거칠고 빠른 목소리였다.

—승객 여러분께 안내 말씀 드립니다. 객실 내에서 휴대폰 통화시 주위 사람들에게 방해가 되지 않도록 조용히 해주시기 바랍니다.

지하철 기관사는 데시벨을 높여 반복적으로 멘트를 날렸다. 아마도 문자나 비상 통화 같은 것으로 소음에 대한 민원이 들어온 듯했다.

—다시 한번 말씀드립니다. 객실 내에서는 휴대폰 통화시 주위 사람들에게 방해가 되지 않도록 조용히 해주시기 바랍니다. 다시 한번……

안내 방송을 듣고 있던 부친은 심각한 표정을 짓더니, 내 쪽을 바라보며 이렇게 중얼거렸다.

—나는 저것을 견딜 수 없다.

나는 멀뚱한 표정으로 부친을 마주보았다.

—조용히 해달라는 저 멘트 때문에 지금 지하철이 조용하지 못하다. 조용히 해달라는 멘트 때문에 조용하지 못하다니, 저것은 자신의 존재를 부정하는 방식으로 존재하고 있지 않느냐. 바로 그 점을 나는 견딜 수 없다.

뭐 어련하시겠는가. 부친의 신경과민에는 이유 같은 것을 따질 필요가 없다. 그냥 내 손으로 내 이마나 한 번 때리고 잊으면 그만이다.

하지만 문제는 부친의 다음 행각이었다. 부친은 진지한 얼굴로 주위를 둘러보더니, 뭔가를 발견하고는 객실 끝으로 뚜벅뚜벅 걸어갔다. 나는 직감적으로 부친이 뭘 하려는지 깨달았다. 빨간 비상 통화 장치가 눈에 띄었던 것이다. 부친은 승무원에게 연락을 취할 것이다. 조용히 해달라는 바로 그 안내 방송 때문에 객실이 조용하지 않다는 점을 지적할 것이다. 카랑카랑하고 준엄한 어조일 것이다. 승무원과 언성을 높이다가 급기야 청원경찰들이 들이닥칠지도 모른다. 나는 다시 내 이마를 때린 뒤 이 위인을 뒤쫓아가서 팔을 붙잡았다. 마침 열차가 다음 역에 도착했으므로, 나는 거의 완력으로 이 어이없는 위인을 끌어내려야 했다.

거기서 끝일 리가 없었다. 부친의 과민증에는 모종의 일관성 같은 것이 있었다. 어느 날엔가 모친을 모신 안식원에 들렀다가 혼자 집으로 돌아오는 길이었다. 부친과 내가 사는 아파트 근처, 철거중인 단독주택들이 있는 골목을 지날 때였다.

석양이 깔리는 골목, 반쯤 무너진 담벼락 앞에 부친이 혼자 서 있는 게 보였다. 심각한 표정이었다. 뭘 보고 저러나 했더니 담벼락에 '낙서 금지'라고 쓰여 있는 게 눈에 띄었다. 큼지막한 글씨였다. 이 위인이 또 뭘 어쩌려는 것인가. 나는 심상찮은 기운을 느꼈다. 부친 곁에 물통과 세제가 보였다. 아니나 다를까, 부친은 이내 팔을 걷어붙이더니 담벼락에 물을 끼얹고는 '낙서 금지'라는 글자를 지우기 시작했다. 나는 눈을 질끈 감았다. 신이시여, 이건 뭡니까 또.

부친은 이렇게 말했다.

―낙서 금지라는 이 낙서를 보아라. 나는 이것을 견딜 수 없다.

낙서 금지 따위를 왜 견디고 말고 해야 한다는 말인가. 나는 헛웃음을 지었지만 그 순간, 직감적으로 그의 말을 이해해버렸다. 낙서 금지라는 낙서가 자신을 부정하고 있다는 얘기구나. 가련한 표정을 짓고 있는 내 앞에서 부친은 외쳤다. 단호한 목소리였다.

―저 낙서는 지금 자기 자신을 부정하고 있지 않느냐! 그것도 아주 극렬하게!

과연, 낙서는 빨간 스프레이로 쓰여 있어서 극렬하다는 부친의 주장을 뒷받침했다. 결정적으로 그것은 궁서체였다. 극렬한 궁서체라니, 어딘지 희극적이지 않은가. 나는 어이가 없어 웃음을 터뜨렸다. 철거 현장의 인부들이나 초딩 애들이 장난 좀 친 걸 갖고 자기부정이니 뭐니 흥분하는 위인 앞에서 뭘 어쩌겠는가. 부친의 외침은 광야를 헤매는 고고한 선지자의 절규에 가까웠으므로 더더욱 듣기가 민망했다.

―낙서를 금지하기 위해 낙서를 한 셈이니, 이 낙서는 자기 자신을 위배하고, 자기 자신을 배신하고, 자기 자신의 존재를 스스로 부정하고 있는 것이다!

나는 이마를 쳤다. 세게 쳤다. 아아, 이것이 바로 외상후스트레스장애라는 것이로구나. 모친을 잃은 뒤 공허감을 견디지 못하는 게 틀림없구나. 그렇다 해도 이건 지나치지 않은가. 신경과민을 넘어 히스테리나 강박증에 가깝지 않은가. 나는 희비극의 주인공이 되어 무릎을 꿇고 머리칼을 부여잡았다. 부친은 낙서 금지라는 낙서를 말 그대로 맹렬하게 지우고 있었다.

신경정신과에 가보라는 나의 조언이 먹힐 리 없었다. 나도 더이상 말하지 않았다. 나 자신이 자포자기 상태였다. 취직은 안 되고 게임 등급도 올라가지 않았다. 모든 게 지지부진이었다. 부친의 기행은 점점 가관이 되어가고 있었지만, 나는 냉소적인 마음으로 내버려두었다. 이젠 위인이 뭐라고 떠들어도 관심이 가지 않을 판이었다. 하긴 내가 뭘 어쩔 수 있었겠는가.

그래도 부친이 절에 다니기 시작했을 때는 반가운 마음이 들었다. 미우나 고우나 그는 나의 동거인이고 나를 부양하는 자였으니까. 서양의 신에게 절망했으니 동양 종교에라도 귀의하기를 나는 바랐다. 부친이 부처 앞에서 마음의 평화를 얻게 되기를 진심으로 바랐다. 적어도 희비극적인 헛소리는 하지 않게 되기를……

물론 모든 희망은 배반당하게 마련이다. 이 위인 식으로 말하자면, 희망은 그게 희망이기 때문에 이루어지지 않을 것이다. 언제나 무지개처럼 뒤로 물러나는 게 희망이라는 것이니까. 가도 가도 끝도 없이 멀어지는 게 희망이라는 놈이니까.

어느 날 절에 다녀온 부친의 얼굴이 붉게 상기되어 있었다. 또 무슨 두꺼비 같은 망언이 튀어나올까 저절로 몸이 움츠러들었다. 아니나 다를까, 부친의 입에서 튀어나온 두꺼비는 이런 것이었다.

—반야심경이야말로 궁극의 세계관이라고 나는 생각하였다. 세계관이라기보다는 차라리 세계 자체에 가깝다고 나는 생각하였다.

그런 요령부득의 헛소리를 내뱉더니 부친은 한동안 침묵을 지켰다. 반야심경이 뭔지 나는 모른다. 마하반야바라밀다심경 운운하며 목탁 치는 소리라는 것밖에는. 하지만 단박에 예측할 수 있었다. 반야심경을 부정하는 반야심경 어쩌고 하는 두꺼비가 이제 곧 부친의 입에서 튀어나오리라는 것을. 부친의 침묵은 오래가지 않았다.

—그러나 나는 색즉시공 공즉시색이라는 말의 허위를 견딜 수 없다.

그렇겠지. 이 위인이 뭐를 견딜 수 있겠는가? 사실 색즉시공 공즉시색이라는 문구의 뜻은 나도 제법 알고 있다. 술자리에서 친구들에게 이렇게 떠벌린 적도 있다. 색즉시공 공즉시색, 무릇 섹스는 허무하고 허무하므로, 우리는 허무하고 허무할 때마다 섹스를 해야 한다, 그런 뜻 아니냐. 그렇게 말했을 때 친구들이 나를 얼마나 차가운 눈으로 바라보았는지, 나는 잘 기억하고 있다.

부친이 그런 썰렁한 농담이라도 해주기를 나는 진심으로 바랐다. 하지만 부친은 역시 나와는 레벨이 달랐다. 절에서 스님의 강론을 들은 뒤에 스님을 따라가 이렇게 항의했다는 것이다.

—스님, 스님은 욕망하기를 멈추라고 말씀하시지 않았습니까.

스님이 인자한 표정으로 부친의 얼굴을 바라보았다. 부친의 표정에 팽팽한 긴장감이 흐르고 있었다. 이윽고 예의 그 두꺼비가 튀어나왔다.

—하지만 욕망하기를 멈추고 싶다고 생각하는 순간 저는 다시 번뇌에 빠지고 맙니다. 욕망을 멈추고 싶다는 바로 이 욕망은 어찌해야 합니까? 욕망을 멈추기를 맹렬히 욕망해야 하다니 이런 이율배반이 또 어디에 있겠습니까? 자기 자신에게 적용하지 못하는 도로 어찌 도를 깨닫겠습니까? 그러니 저는 지금 욕망을 멈출 수도 없고 멈추지 않을 수도 없는 번뇌에 빠져서……

운운. 이쯤 되면 쪽팔린 수준을 넘어서 짜증이 밀려오는 것이다. 저능아가 아닌 다음에야 이런 식으로 말장난을 해서 뭘 어쩌자는 것인가. 사는 건 일단 대충 사는 것이지 그렇게 골치 아프게 따져서 어찌 삶을 유지한다는 말인가. 과연, 스님 역시 나와 같은 기분이었는지 이렇게 답했다고 한다. 나와는 레벨이 달라서 온화한 미소를 지으면서였다.

—처사의 말씀이 옳습니다. 다만 모순으로 보이는 것을 하나로 느끼는 것이야말로 도의 경지라는 점을 혜량해주시지요. 색즉시공 공즉시색이라는 구절 앞에는 지혜롭게도 색불이공 공불이색이

라는 구절이 있습니다. 색은 공이 아니고 공은 색이 아니라는 뜻이지요. 색불이공과 색즉시공은 똑같이 중요한 것입니다.

스님은 숨을 고른 뒤 덧붙였다. 차분한 목소리였다.

—우리는 그저 불완전한 상태에서 살아가다가 부처님의 세계로 귀의할 뿐입니다. 그러니 그저 욕망을 버리기를 욕망하십시오. 그것만이 도에 이르는 길입니다……

스님이 뭐라고 한 건지 나로서는 이해하지 못하겠다. 이해해봐야 머리만 아플 듯하니 별로 이해하고 싶지도 않다. 부친 역시 전혀 이해하지 못한 듯했지만, 나와는 반응이 달랐다. 스님의 말을 듣고 부친은 이렇게 외쳤다고 한다. 아니, 꽥 소리를 질렀다는 것이다. 스님의 가사를 부여잡으면서.

—아니오! 그것은 도가 아니오! 도가 도 자신을 빼놓았는데 어찌 도를 따르라 하시오! 그것은 의미가 없지 않소!

아아, 뭐 이런 또라이가…… 하는 표정이 멱살 잡힌 스님의 얼굴에 떠올랐다. 스님은 슬금슬금 뒷걸음질을 쳤다. 멱살을 잡은 중생의 눈에 핏발이 어려 있었으니, 더이상 말이 통하지 않는다는 것을 깨달은 모양이었다. 모여든 신도들이 소동을 일으킨 위인을 사찰 밖으로 끌어낸 건 당연한 일이었다.

나는 위인의 어리석은 사고방식을 천천히 납득하기 시작했다. 그게 중딩 수준의 사고력만 있으면 피할 수 있는 오해로 가득하다는 점 역시 깨닫기 시작했다. 인터넷을 찾아보니, 이율배반이니

패러독스니 하는 것은 흔하디흔한 농담에 자주 쓰이는 것이었다.

아마도 이 위인은 '꼼짝 말고 손들어!'라고 외치는 강도를 만나면 웃음부터 터뜨릴 것이다. 성부와 성자가 하나라고 설파하는 신부님을 만나면 무턱대고 대들 것이다. 회의주의자나 상대주의자라는 이들을 보면 불같이 화를 낼지도 모른다. 꼼짝을 하지 않고 손드는 일의 불가능성에 대해 항의하다가 강도에게 칼을 맞을 것이며, 무한한 성부와 유한한 성자가 일체라는 모순이 기독교의 핵심임을 이해하지 못할 것이며, 회의주의를 회의하면 어떻게 되는가 하는 문제 때문에 잠을 이루지 못할 것이다. 급기야 상대주의 자체가 상대적이라면 상대주의가 성립하지 않는다며 말싸움을 걸지도 모른다. 맥락도 없고 현실도 없고 인생도 없는 위인. 그저 자기 논리에 사로잡힌 요령부득의 위인. 그게 나의 부친이었다.

부친의 증상은 점점 더 심해졌다. 사례를 수집하고 자료를 모으기 시작하더니 블로그와 페이스북에 글을 올려 공공연하게 자신의 주장을 설파하기 시작했다. 분야를 가리지 않았으나 특히 문화예술 분야가 많았다. 이 대목에서 부친이 한때 문학 지망생이었으며 정식으로 등단한 수필가라는 점을 상기할 필요가 있겠다.

어느 날 부친은 심각한 표정으로 신문을 보고 있었다. 문화면 칼럼에서 '시는 언어의 한계를 말하는 언어형식이다'라는 골치 아픈 내용을 접한 모양이었다. 내용인즉슨 이런 것이었다. 인간의 말은 한계가 명백하다, 그 한계를 예민하게 의식하는 사람이 시인이다, 시인은 언어의 끝까지 나아가서 절망하는 사람이다, 운운. 교과서에나 나올 만한 상투적인 내용이었지만, 부친은 그냥 넘어가지 않았다.

부친은 곧 행동에 들어갔다. 칼럼을 쓴 유명 시인의 주장을 반박하는 글을 써서 자신의 페이스북에 올리고, 그 시인의 페이스북을 찾아들어가 댓글난에 옮겨놓았으며, 시인의 칼럼이 실린 해당 신문사에 반론 글을 보내기까지 했다. 내용은 안 봐도 뻔한 것이었다. '언어의 한계를 말하는 언어라니 언어도단이 아닌가. 언어의 한계를 말하는 바로 그 언어의 한계는 어찌할 것인가. 시인이 언어의 한계를 진정으로 인식한다면 그가 취할 수 있는 유일하게 올바른 자세는 침묵, 침묵, 침묵뿐이다!'

어련하시겠는가. 나는 어이가 없어 속으로 욕을 내뱉었다. 부친의 말에 가득한 썰렁한 언어유희와 과유불급과 자가당착을 지적할 생각은 들지 않았다. 나뿐만 아니라 저쪽에서도 마찬가지였는지 부친의 글은 아무런 반향도 일으키지 못했다. 당연한 일이었다. 나는 그저 새로 나온 RPG 게임을 구입하지 못해서 속이 타들어갈 뿐이었고, 게임의 세계에는 자기모순도 이율배반도 없으니 행복하겠다는 생각이나 하고 있었다. 부친이 무슨 짓을 하건 무슨 말을 하건, 나 역시 관심을 끊기로 한 것이다.

실수라면 그게 실수였다. 내가 PC방에 죽치고 앉아 시간을 보내는 동안, 부친의 행각은 점점 예민하고 위험한 영역으로 확장되어갔다. 문화를 넘어 정치, 경제, 사회 등 분야를 가리지 않았다.

부친은 페북과 블로그에 글을 올리고 스팸 메일을 보내는 것으로도 모자라, 주류 신문사든 옐로 페이퍼든 지면을 가리지 않고 투고를 하기 시작했다. 내용은 천편일률에 논조는 극단적이었다. 그는 자동차를 타고 다니는 환경운동가들을 비난했으며, 동물보호운동을 하면서 채식을 하지 않는 이들을 공격했다. 재벌 기업을 비난하면서 재벌 기업 제품을 쓰는 사람들을 조롱했으며, 자본주의를 공공연하게 비판하면서 은행에 예금을 하고 주식 투자까지 하는 좌파 지식인들에게 분노했다. 어조는 과격하고 비약은 자의적이었으며 결론은 생뚱맞았지만, 주장은 명료하기 그지없었다.

거기서 멈췄더라면 좋았을 것이다. 언론사에서 게재 불가 통보만 받으면 되었으니까. 아주 드물게 인터넷 언론 같은 데 게재가 되더라도 '이게 무슨 개소리인지 모르겠다' '니나 잘해라' 식의 댓글만 몇 개 달리면 되었으니까.

거기서 더 나아가기 시작했다는 게 문제였다. 어느 날 부친은 손수 피켓과 패널 같은 것을 만들더니 흰 띠를 머리에 두르고 집을 나섰다. 피켓에는 "사람을 해고하면서 사람을 위한 경영을 한다는 게 말이 되는가!"라고 적혀 있었다.

나는 위인이 어디로 무엇을 하러 가는지를 직감했다. '사람을 위한 경영'은 현재 대규모 감원을 진행중인 모 대기업의 슬로건이었다. 정규직을 줄이고 비정규직을 늘려 경기침체에 대비하겠다는 내용의 뉴스를 본 적이 있었다. 부친은 그 회사 앞으로 일인시위를 하러 가는 게 틀림없었다.

나는 그를 막지 않았다. 여기까지는 뭐, 충분히 이해할 만한 일이니까. 나 같은 인간조차 '사람을 위한 경영'이라는 염치없는 슬로건에는 혀를 찰 수밖에 없었으니까.

하지만 부친의 생각은 나와는 차원이 다를 것이었다. 뭘 어떻게 하려는 건가 싶어 구경을 갔다. 부친은 작은 피켓을 왼손에 들고 커다란 패널을 오른손으로 잡은 채, 그 대기업의 본사 건너편 보도에 서 있었다. 패널에는 매직으로 깨알 같은 글씨가 적혀 있었다. 읽으라는 건지 말라는 건지 알 수 없을 정도로 빼곡해서, 지금 이 글자들은 자기 자신을 부정하고 있는 게 아니냐고 따지고 싶을 정도였다.

쭈그리고 앉아 한 글자 한 글자 짚으며 해독해보니 부친의 주장은 예상과는 다른 것이었다. '사람을 위한 경영을 광고하면서 무차별적인 해고를 단행하다니 자기모순 아닌가'……라는 게 아니었다. 순서가 반대였다. '대규모 해고를 단행하면서 사람을 위한 경영을 광고하다니 자기모순 아닌가.'

사태의 핵심을 확실하게 빗나가는 주장이었다. 부친은 당장 광고를 중단하라고 요구하고 있었다. 광고만 안 하면 아무런 문제가 없다는 투였다. 해고가 문제인가, 광고가 문제인가? 해고를 막는 게 중요한가, 광고를 막는 게 중요한가? 이 뻔한 문제를 두고 위인은 두꺼비 같은 생각에만 몰두했던 것이다.

나는 진심으로 화가 났다. 부친을 집으로 끌고 오는 대신, 나는 피켓을 빼앗아 길바닥에 내던지고 욕설을 퍼부었다. 행인들이 몰려들든 말든 상관하지 않았다. 부친은 그런 나를 두꺼비처럼 바라보고만 있었다. 내가 씩씩거리고 서 있자 말없이 피켓을 주워 들고는 시위를 계속할 뿐이었다. 나는 그길로 집으로 돌아와 이불을 뒤집어쓰고 누워버렸다. 부친이고 뭐고 신경을 끄지 않으면 내가 병이 날 판이었다.

그후 사태는 다소 의외의 방향으로 흘러갔다. 근방을 지나던 행인 몇몇이 부친과 나의 실랑이를 사진과 동영상으로 찍어 SNS에 올린 것이다. "웃기는 아버지와 아들" "일인시위에 아들이 행패네" 등 다양한 코멘트가 붙은 채였다. 그 와중에 부친의 피켓이 노출되었다. 광고 중단을 요구하는 일인시위라는 점이 부각된 것은 물론이었다.

그날 밤 한 연예인이 "광고는 광고일 뿐인데 이분, 지랄이시네요……"라는 코멘트와 함께 사진을 리트윗했다. 팔로어 수가 많기로 유명한 연예인이었다. 공개적으로 사귀던 연인과 헤어진 날이어서 그는 꽤 취한 상태였다. 다음 CF 계약이 무산된 것도 영향을 미친 듯했다. '지랄'이라는 단어는 그렇게 공표되었다. 당연하게도 부친의 사진은 무한 RT의 소용돌이로 빠져들어갔다.

그 연예인에 대한 사회적 비난이 쏟아지기 시작한 것은 불과 십여 분 뒤였다. 스타의 코멘트는 트위터와 페북을 도배하더니 기획사의 게시판이 다운되는 사태로 확대되었다. 비난은 비난을 낳고 공분은 증폭되었다. 하루도 채 지나지 않아 그는, '취해서 올린 글로 인해 우려와 심려를 끼쳐드려 죄송하다'는 내용의 사과문을 발표해야 했다.

부친의 에피소드는 급기야 한 일간지에 소개되기까지 했다. 대기업의 정리해고를 비판하는 선량한 시민의 일인시위에 대해 스타 연예인이 욕설 섞인 막말을 던졌다는 내용이었다. 경제면에 해설기사도 등장했다. 구조적 실업문제를 노동 부문의 희생으로 해결하는 것은 구시대적이다, 자의적 구조조정과 복지 축소는 소비 활성화에 찬물을 끼얹을 것이며, 이는 다시 기업 부문에 부메랑이 되어 돌아올 것이다, 기업들이 저임금 구조를 강화하는 것은 결국 반기업적 결과를 초래하는 이율배반적인 행태다, 라는 게 대략적인 내용이었다.

아무려나. 그런 골치 아픈 얘기는 내 알 바 아니다. 문제는 지금 나 자신이 실업자라는 점이며, 부친이 정상이 아니라는 점이니까.

정작 부친은 당신 자신 때문에 일어난 일련의 사회적 논란에는 관심이 없어 보였다. 그의 시선은 이미 다른 곳에 가 있었던 것이다. 텔레비전 뉴스를 바라보는 눈빛이 심상치 않았다. 시절이 시절인지라, 보수 여당에서는 민주주의를 지키기 위해 불가피하게 민주주의를 제한할 필요가 있다는 말들이 흘러나오고 있었다. 집회와 시위의 자유는 교통 흐름 및 공공질서에 반한다는 이유로 제한되었으며, 언론과 표현의 자유는 자유 민주 체제에 위협이 된다는 이유로 축소되었다. 여당은 이런저런 관련 법안들을 마구잡이로 상정하고 있었다. 민주주의를 지키기 위해서는 눈물을 머금고 민주주의를 제한할 필요가 있다는 성명을 발표한 뒤에, 여당 대표는 실제로 눈물을 흘리기까지 했다. 다음날 1면 사진으로 맞춤한 장면이었다.

아무려나. 그런 것 역시 내 알 바 아니다. 하지만 내 알 바 아닌 문제들이 돌고 돌아 다시 나의 멱살을 쥐어 잡는 데는 오랜 시간이 걸리지 않았다. 사태는 돌이킬 수 없는 것처럼 보였다. 적어도 부친에게는 말이다.

부친은 점점 편집광이 되어갔다. 도서관을 들락거리고 인터넷을 뒤졌다. 자료를 찾고 데이터베이스를 축적했다. 프린터가 온종일 직직거리며 돌아갔다. 대체 무슨 자료를 모으는 것인가 살펴봤더니, 내용이 가관이었다.

부친은 민주주의라는 이름으로 민주주의를 제한하는 반민주주의의 역사적 사례를 모으기 시작했으며, 자유를 지키기 위해 자유를 제한해야 한다고 주장하는 인사들에 대한 자료를 모으고 있었던 것이다. 그렇게 모은 자료들을 첨부하여 민주주의의 자가당착을 비판하는 글을 각종 매체에 투고한 것은 물론이다.

다행히 그 글들은 게재조차 되지 않았다. 게재가 안 되었으니 반응이 없는 것은 당연한 일이었다. 글이 길고 장황한데다 뭔가 초점이 안 맞았기 때문일 것이다. 하지만 고진감래라고 했던가. 그러기를 한 달여, 드디어 한 신문사에서 연락이 왔다. 뜻밖에도 상위권 판매 부수를 자랑하는 중앙일간지였다. 투고 원고를 살피던 한 신참 기자가 연예인의 막말 사건을 기억해낸 덕분이었다. "아, 그 일인시위를 하던 양반이군." 기자는 중얼거렸다. 글에 조리가 없고 어조는 불필요하게 강경했지만, 부친의 글에는 뭔가 흥미를 끄는 요소가 있었다.

글은 데스크의 승인을 거쳐 온라인판에 게재되었다. 민주주의를 위해 민주주의를 제한한다면 그것은 이미 민주주의가 아니다. 만일 지금 정부가 이런 이율배반의 행보를 계속한다면 나는 죽음으로써 자유를 증거할 것이다, 운운.

근거는 추상적이고 어조는 과격했다. 아무도 부친의 주장에 관심을 보이지 않았다. 그 글을 읽고 불길한 느낌을 받은 것은 나뿐이었다.

부친이 다섯번째로 자살 예고 문자를 보내온 것은 그 무렵이었다. 누군가는 이번에도 '미친 새끼'라고 뇌까렸을지 모르겠다. 양치기에게 속을 내가 아니지, 라며 코웃음을 쳤을지도 모른다.

나는 아니다. 그럴 수 없었다. 무언가 끝까지 가고 있다는 생각이 들었다. 자기모순에 빠지지 않기 위해, 자신의 말에서 자신을 배제하지 않기 위해, 죽음을 통해 삶을 증거하기 위해, 진화할수록 퇴화해가는 인류를 구원하기 위해, 부친이 정말 무언가를 저지를지도 모른다는 위기감이 들었다. 나는 경찰에 사건의 전말을 알리고 휴대전화 위치추적을 의뢰했다. 그리고 불행히도…… 나의 예감은 예감으로 끝나지 않았다.

부친이 수면제를 먹거나 손목을 그었던 것은 아니다. 버스에 뛰어들거나 한강에 투신하지도 않았다. 경찰이 간단하게 설명한 바에 따르면, 사건의 전말은 이러했다.

부친은 국회의사당이 보이는 육교에 홀로 올라갔다. 행인도 별로 없었고 몇몇 차량들만이 강변도로를 달리고 있었다. 휴일 저녁이었고, 황혼 무렵이었다. 바람이 조용히 불고 있었다.

육교에 오른 부친은 제 몸에 시너를 부었다. 망연히 국회의사당 쪽을 바라보다가, 그는 라이터를 쥔 엄지손가락에 힘을 주었다. 불꽃이 타올랐다. 삽시간에 불이 몸에 옮겨붙었다. 타오르는 부친의 몸은 주춤주춤 움직였다. 천천히 난간 쪽으로 이동했다. 그러다 문득 온몸이 무너졌다. 난간 아래로 추락했다.

마침 육교 밑으로 관광버스 한 대가 속도를 줄인 채 지나가고 있었다. 버스 안에는 술 취한 중년들이 일어서서 춤을 추고 있었다. 쿵쾅거리는 뽕짝 리듬이 버스 안에 가득했다. 음량을 맥시멈으로 올린 채였다.

부친의 몸은 버스 지붕에 떨어졌다. 환풍구에 걸려 요행히 도로로 추락하지는 않았다. 타오르는 몸을 실은 버스는 무슨 일이 일어났는지도 모른 채 계속 달렸다. 한참을 달렸다. 여의도를, 국회의사당을, 올림픽대로를, 63빌딩 앞을 달렸다. 황혼이 내리는 강변을…… 휴일 저녁의 도심을…… 부친의 타오르는 몸은 달렸다.

행인들이 119로 전화를 걸었다. 달리던 승용차들이 버스에 바짝 붙어 클랙슨을 울렸다. 타오르는 버스의 질주를 휴대전화로 찍어 SNS에 올린 이도 있었다. 택시와 승용차 몇 대가 앞을 가로막고 나서야, 버스는 정지했다. 버스 안의 음악이 멈추었다. 대체 무슨 일이야. 승객들이 웅성거리며 차창 밖을 바라보았다. 핏빛 황혼이 강변을 물들이고 있었다. 고요한 저녁 무렵이었다.

부친이 육교에 내건 현수막에는 "정부와 국회는 각성하라! 자기모순과 이율배반을 직시하라!"라는 구절이 적혀 있었다. 붉은 글씨에 궁서체였다. 많은 사람들은 첫번째 문장에 공감했지만, 두번째 문장은 제대로 이해하지 못했다. 뭔가 불투명하고 아리송하며 어리둥절한 느낌을 주었을 뿐이다. 하지만 사망한 사람이 '사람을 위한 경영'과 연예인 막말 사건의 바로 그이라는 게 알려진 뒤에는 상황이 달라졌다. 부친의 분신 소식은 시민들의 애도와 함께 퍼져나갔다. 정부와 국회의 '자기모순'과 '이율배반'이 무엇인지 분석하고 설명하는 글들이 SNS에서 퍼져갔다. 정부 여당에서는 사태의 확산을 막기 위한 대책 회의가 열리기까지 했다.

심상찮은 애도 분위기는 며칠 뒤에 반전되었다. 부친이 이미 수차례 자살 시도를 한 적이 있다는 증언이 나왔다. 원래 또라이처럼 엉뚱한 짓을 벌이길 좋아했다는 증언이 음성 변조와 모자이크로 처리되어 방송되었다. 애도는 하겠지만 부친의 의도와 방식은 이해할 수 없다는 식의 신문 칼럼이 나오고, 이 모든 행각은 개인의 일탈에 가깝다는 신경정신과 의사의 말이 인용되었다. 모든 일은 해프닝이 되어갔으며, 일부에서는 노인네 운운하는 혐오 발언의 대상이 되기까지 했다. 자기모순과 이율배반이 어쩌고 하는 현수막의 난해한 내용을 문제삼는 이도 있었다.

처음에는 우호적이던 야당 쪽에서도 더이상 이렇다 할 반응이 나오지 않았다. 야당의 진보적 인사들까지 공격했던 과거의 행적이 드러난 탓이었다. 부친은 부패 척결을 외치는 진보 정치인들 자신이 부패해 있는 게 가장 큰 문제라며 비판한 적도 있었고, 당에서 입안한 정책들을 하나하나 따져 사소한 이율배반들을 찾아내 SNS에 올린 적도 있었다. 불교와 가톨릭의 교리를 무차별적으로 공격한 적이 있다는 주장이 제기된 뒤 보수 여당 일각에서는 엉뚱하게 '종북'과 '배후'라는 단어까지 튀어나왔다.

나는 왜곡 추측 보도를 한 신문사에 항의 전화를 했으며, 페북에 글을 올려 악의적인 루머에 저항했다. 몇몇 일간지에는 독자의 목소리에 실어달라고 투고까지 했다. 나는 솔직하게 적었다. 나는 부친의 진심을 모른다고 적었다. 하지만 부친은 죽음과 싸우며 끝까지 삶을 지키고자 애썼다고 적었다. 자기모순과 이율배반에 고통받는 인간존재를 구원하고자 했다고 적었다. 그래서 자기모순과 이율배반 자체인지도 모를 자신의 생명을 버린 것이라고도 적었다. 나의 문장은 자기모순과 이율배반으로 가득했으나, 그랬기 때문에 나는 글을 멈출 수 없었다.

나를 위로한 것은 엉뚱하게도 관광버스운송사업조합이라는 곳이었다. 조합에서 나왔다는 직원들이 집까지 찾아와 정중하게 조의를 표했다. 그들은 진심어린 어조로 부친의 뜻을 기리며 애도했다. 어리둥절한 내게 나이가 지긋한 간부가 설명했다.

모친이 사고로 세상을 뜬 후, 유사한 교통사고를 막기 위해 부친이 혼신의 노력을 해왔다는 얘기였다. 교통안전 매뉴얼을 직접 제작해 무료로 배포했으며, "기사님들의 안전 운행을 기원합니다"라는 피켓을 들고 몸소 버스 회사를 순회했으며, 마지막에는 기사님들의 근무 환경 개선에 써달라며 평생 모은 돈을 조합에 기부했다고 했다.

나는 화가 났다. 나와는 상의도 없이 기부를 해서가 아니었다. 부친의 이율배반에 환멸을 느꼈기 때문이었다. 평생 자린고비 노릇을 하던 위인이 전 재산을 그렇게 손쉽게 기부해버리다니…… 평생 성실한 공무원으로 하루하루를 이어왔으면서 그렇게 갑작스레 세상을 떠버리다니…… 퇴화하는 나만 남겨놓고 혼자만 진화를 하겠다고 다른 세상으로 가버리다니…… 나는 뼛속 깊이 환멸을 느꼈다. 그리고 환멸은 마침내…… 나를 덮쳤다.

술집 밖으로 눈송이들이 떨어지고 있었다. 물고기처럼 혼자 취해버린 뒤였다. 친구 녀석들을 불렀지만 아무도 나와주지 않았다. 그래, 자기모순과 이율배반 따위가 대체 뭐라는 말인가. 어차피 세상은 모순투성이고 모순조차 없으면 스스로를 지탱하지 못하는 게 인생 아닌가. 나는 내가 무슨 말을 하고 있는지도 모른 채 홀로 소주잔을 기울였다.

자정 무렵, 나는 비틀거리며 버티고개를 걷고 있었다. 색불이공 공불이색, 색은 공이 아니고 공은 색이 아니다. 색즉시공 공즉시색, 색은 공이고 공은 색이다. 그런 알 수 없는 주문을 되뇌면서였다. 그런데 공이 아니었던 색이 어떻게 다시 공이 되고 색이 아니었던 공은 어떻게 다시 색이 된다는 말인가. 어떻게 그런 말도 안 되는 말이 가능하다는 말인가. 나는 점점 화가 나고 있었다.

인적 없는 길이었다. 멀리서 막차가 다가오고 있었다. 저 버스를 타고 버티고개를 넘어가면 한남대교가 나오고 올림픽대로도 나오고 여의도도 나오겠지. 나는 중얼거렸다. 63빌딩을 지나고 국회의사당을 지나고 달리고 더 달리면 언젠가는 바다에 닿겠지. 그 바다의 더 먼 바다에는 자기모순도 이율배반도 없겠지. 그냥 수평선이 있겠지. 그냥 파도가 일렁이겠지. 나는 취한 물고기처럼 중얼거렸다.

헤드라이트를 켠 버스가 내 쪽을 향해 다가오고 있었다. 나는 달려오는 두 개의 빛을 물끄러미 바라보았다. 눈송이들이 점점이 떨어지고 있었다. 애잔한 느낌이었다. 그래서였을까, 어리석은 짓에 몸을 맡긴 것은.

나는 비틀거리며 한길로 뛰쳐나가 버스를 향해 달려들었다.

버스는 쇳소리를 내며 급정거했다.

버스는 내 코앞에서 멈추었다.

눈이 내리고 있었고, 오르막길이었고, 버스는 속도를 내지 못하고 있었고, 버스 안에는 손님이 없었다.

나는 죽지 않았다.

죽으려고 했기 때문에 죽지 못하는구나. 이런 이율배반이 있나. 색즉시공 공즉시색…… 빌어먹을. 나는 버스 앞에 서서 취한 목소리로 중얼거렸다. 버스는 헤드라이트를 켠 채 움직이지 않았다. 클랙슨도 울리지 않았다. 나는 천천히 고개를 들어 버스를 바라보았다.

운전기사가 나를 내려다보고 있었다. 기사모를 쓰고 정복을 착용하고 있었다. 나는 흐리멍덩한 눈으로 그를 바라보았다. 우리의 눈이 마주쳤다. 어디선가 본 듯한, 낯익은 얼굴이라는 느낌이 들었다. 나는 고개를 외로 꼬았다.

아무래도 이 사람은…… 아버지가 아닌가.

나는 중얼거렸다. 버스 운전석에 앉은 채 물끄러미 나를 내려다보고 있는 사람은…… 확실히 부친이었다. 기사모를 쓰고 정복을 입은 부친은 이윽고 조용한 미소를 지어 보였다. 눈송이 몇 점이 부친의 얼굴 사이로 희미하게 떨어져내렸다.

그 얼굴이 부처의 얼굴을 닮았다고 생각하는데, 다시 보니 그것은 그냥 캄캄한 얼굴이었다. 어둡고 깊어서 아무것도 드러나지 않는 얼굴이었다. 내가 한 번도 알지 못했던 사람의 얼굴이었다.

나는 고개를 떨궜다.

나는 몸을 돌렸다.

자정의 버티고개를, 나는 휘적휘적 걷기 시작했다. 버스는 내 등뒤에 서서 헤드라이트를 내 쪽으로 비추어주고 있었다. 내내 그렇게 비추어주고 있었다.

최저임금의 결정

1

당신은 누구인가. 방금 무엇을 했는가. 워커홀릭인가. 불안한가. 사소한 일에 자꾸 화가 나는가. 당신은 어떤 종류의 뉴스를 즐겨 보는가. 야구광인가. 라면을 좋아하는가. 야구광이면서 라면도 좋아하는가. 당신은 당신의 삶이 유일하다고 생각하는가. 수많은 당신들이 이 도시에 바글거린다면 어떤가. 내가 당신을 살해한다면 그건 자살인가 타살인가. 이런 문장들을 읽으면 어지러운가.

물론 당신을 만나서 이런 대화를 나누려는 것은 아니다. 나는 3분의 1쯤은 이미 죽어 있다고 생각한다. 나머지 3분의 2쯤은 죽이고 싶다는 감정으로 충만해 있다. 하루가 더 지나면 그 감정은

10분의 9가 될지도 모르고 100분의 99가 될지도 모른다. 아주 빠르고 갑작스럽게 부풀어오를 것이다. 양은냄비에서 물이 화르륵 끓어오르는 것처럼. 가스가 차올라 어느 순간 맨홀 뚜껑을 날려버리는 것처럼.

나는 글록 26을 안주머니에 품고 당신을 찾아갈 것이다. 글록 26. 다부진 물건이다. 손아귀에 쏙 들어오는데다 방아쇠는 섬세한 조각품 같다. 진짜 총알은 아니지만 거의 그것에 가까운 쇠구슬을 사용한다. 그간 모은 돈을 다 날렸어도 후회는 없다. 이런 물건을 이렇게 쉽고 간단하게 구할 수 있다니. 웹에 올라 있는 주소로 메일을 보내고, 장소를 정하고, 만나서, 돈을 건넨다. 그리고 물건을 받으면 되는 것이다. 간단하다.

간단한 것은 그뿐만이 아니다. 나는 글록 26을 손에 쥐고 당신의 관자놀이를 겨눌 것이다. 총을 겨눈 채 당신과 다정한 대화를 나눌 것이다. 사소하고 일상적인 대화일수록 좋다. 엘지 트윈스의 타순을 화제로 삼아도 좋고, 추천할 만한 컵라면에 대한 얘기도 괜찮다. 기억에 남아 있는 가장 멋진 노을을 떠올려보거나, 겨우 두엇 정도 되는 친구들에 대해 떠드는 것도 좋겠지. 그리고 다시 엘지 트윈스의 라인업으로 돌아오는 것이다. 평화롭게 대화를 끝낸 뒤에, 방아쇠를 당긴다.

코끼리를 냉장고에 넣는 것처럼 간단하지 않은가? 냉장고 문을 열고, 코끼리를 넣고, 냉장고 문을 닫는다. 나는 심판자고, 당신은 죄인이다. 당신은 죗값을 치르는 사람이고, 나는 죗값을 치르게 하는 사람이다. 그뿐이다. 복잡한 것은 없다.

오해는 마시길. 나는 전쟁을 싫어하고 밀리터리 덕후도 아니며 아직 군대도 가지 않았으므로 탈영병이 아니다. 하지만 언제나 탈영병의 기분으로 살아가고 있다. 탈영병이 아닌데도 탈영병의 기분으로 살아간다는 것. 상상해보라. 온몸을 부들부들 떨며 총신을 붙잡고 있는 이등병의 모습을. 벙커처럼 어두운 방에서 바깥을 향해 언제든 총을 난사할 준비가 되어 있는 외로운 영혼을. 모든 게 끝났다고 느끼면서도 왜 이렇게 되었는지 알 수 없다고 생각하는 메마른 마음을. 자신에게 남은 것이 손에 쥔 총밖에 없다는 것을 깨닫고 드디어 쓴웃음을 짓는 인간을. 그는 잘 알고 있다. 결국에는 아무에게나 총을 난사한 뒤, 결국 자기 자신을 향해 방아쇠를 당기리라는 것을. 그리고 뉴스 속보에 나오겠지. 간단하다. 복잡한 것은 없다.

어제는 겨울비가 왔다. 나는 반지하방에서 이불을 뒤집어쓰고 누워 하루종일 일어나지 않았다. 추위는 이불 속까지 파고들었다. 비가 내리는 탓인가. 온기 없는 바닥 탓인가. 나는 텔레비전도 보지 않았고 게임도 하지 않았으며 인스타에도 블로그에도 들어가지 않았다. 열흘째였다. 열흘 동안 나는 같은 생각을 반복했다. 같은 상황을 떠올렸다. 같은 장면을 상상했다. 배가 고파지면 컵라면을 먹고 다시 이불 속으로 기어들어가 기계처럼 같은 생각을 시작했다. 같은 장면을 떠올렸다. 같은 상상을 반복했다. 흘깃 쪽창 쪽을 바라보면 어둠 속에 붉고 노란 빛이 보였다. 쪽창에는 불투명한 유리가 끼워져 있고 거기서 희미한 빛이 새어 들어왔다. 바깥에 해가 뜨고 있는 것인지 해가 지고 있는 것인지 알 수 없었다. 어슴푸레한 방에서 나는 또 같은 생각을 시작했다. 같은 상황을 떠올렸다. 같은 장면을 상상했다. 당신의 관자놀이에 총구를 겨누고 방아쇠를 당기는 장면을…… 쓰러진 당신을 향해 미친듯이 총을 쏘아대는 장면을…… 반복해서…… 집요하게……

창문에 부딪치는 빗방울들의 파열음. 겨울에 어울리지 않는 굵은 빗소리. 나는 누운 채 그 소리를 들었다. 엉뚱한 상상과 함께. 가령 이런 것. 창밖에 쏟아지는 빗방울들이 모두 총알이라면 어떨까. 지상을 향해 난사된 총알이라면 어떨까. 탕탕탕탕. 탕탕탕탕. 총소리는 끝나지 않겠지. 죽음도 끝나지 않겠지. 그런데 그건 누가 쏘는 것인가. 왜 쏘는 것인가. 무엇이 부서지고 무엇이 사라지는 것인가. 빗방울이 총알이라는 비유는 아무래도…… 식상하지 않은가.

하지만 식상한 총알도 살을 뚫는다. 상투적인 욕도 영혼을 훼손한다. 우연한 개죽음도 삶을 끝낸다. 가령 골목에서 뛰어나왔을 뿐인데 득달같이 달려든 마을버스에 치이는 일 같은 것. 흔하게 일어나는 것. 농담이 아닌 것. 죽는 것.

밤이 왔다. 나는 최대한 노인에 가까운 속도로 몸을 일으켰다. 야구모자를 쓰고 패딩점퍼를 껴입었다. 유행이 지난 검은색 패딩은 거의 침낭을 잘라놓은 것처럼 보인다. 어깨관절이 삐걱거렸다. 목이 아팠다. 너무 오래 누워 있었기 때문인가. 피노키오처럼 나무 몸으로 바뀐 것인가. 코는 어디까지 길어질까. 무슨 거짓말을 하면 좋을까. 패딩 안주머니에 글록 26을 넣었다. 가슴께가 묵직한 느낌이 나쁘지 않았다. 오늘은 어딘지 비현실적인 날씨. 초현실적인 어둠. 무엇이든 끝낼 수 있을 것 같은 기분.

열흘 동안 꼼짝 않고 누워 단 한 가지 생각만을 반복한 인간을 뭐라고 불러야 하나. 그러다 몸을 일으켜 반지하의 삐걱거리는 철제문을 밀고 나가는 인간을 뭐라고 불러야 하나. 아니, 그것은 인간이 아닌가. 동물인가. 기계인가. 좀비인가. 비가 그치고 구름 틈으로 깨끗한 밤하늘이 보였다. 겨울인데, 겨울밤인데, 비가 왔는데, 이상할 만큼 맑았다. 아니, 겨울이고, 겨울밤이고, 비가 왔기 때문에 맑은 것이겠지. 나에게는 복수심조차 사라지고 없다. 모든 것이 결정된 뒤의, 더이상 어떤 의심도 회의도 없는, 단순하고 맑은 정신만 남은, 그런 상태. 당신도 상상할 수 있겠지. 혼자 미친듯이 흥분한 뒤에, 소리를 빽빽 지른 뒤에, 알고 있는 욕설을 다 퍼부은 뒤에, 탈진하고 소진된 영혼으로, 반지하방에 누워 열흘 낮 열흘 밤을 보낸 자의 영혼을.

영혼의 평화란 그런 것이다. 당신도 그런 기분을 느껴본 적이 있나. 그런 적이 언젠가는 있었나. 그런데 당신이 죽는다면 그것은 자살인가 타살인가.

2

당신은 쉰다섯 살이고, 당신은 매일 바쁘다. 당신은 열심히 일하고, 자주 피로를 느끼고, 만성이니 어쩔 수 없다고 생각하고, 아주 가끔씩 사소한 즐거움을 느낄 뿐이다. 당신은 엘지가 역전승했을 때 잠깐 즐겁고, 엘지가 역전패했을 때 급격히 기분이 나빠진다. 포털의 정치면 사회면 기사들에 쉽게 열이 받고, 기사에 악플을 달면서 잠깐씩 통쾌해진다. 야구선수가, 연예인이, 국회의원이, 사회적으로 물의를 일으킨 재벌들이 당신의 제물이 된다. 당신은 당신의 욕설에 동의를 표하는 사람들이 많을수록 존재감을 느낀다. 추천수가 올라갈수록 승리감을 느낀다. 고개를 들면 당신은 어서오세요, 감사합니다, 안녕히 가세요를 본능적으로 반복하고 있는 편의점 점주다.

당신은 오늘 화가 나 있다. 아니, 실은 언제나 화가 나 있다. 당신은 정산 때 천칠백원의 차이가 생기는 것에 화가 나고, 그걸 채워넣지 않고 퇴근한 알바에게 화가 난다. 그 알바가 매장 안 시식대에 국물만 남은 컵라면을 방치한 것에 화가 나고, 잔소리 한 번

했다고 한 달도 안 돼 그만둔 것에 화가 난다. 최근 오 개월간 알바가 네 명이나 바뀌었구나 생각하면 화가 나고, 매출액이 계속 떨어지는 것에 화가 나고, 주위에 또 편의점이 생긴 것에 화가 나고, 본사에서 떠넘긴 특판 물량에 화가 나고…… 당신은…… 습관처럼 화가 난다.

당신의 기분은 중고로 구입한 승합차가 잔고장을 일으키는 것에 영향받는다. 깜빡이를 켜지 않고 끼어드는 택시에 미친듯이 클랙슨을 울리고, 막둥이의 성적이 점점 떨어지는 것에 짜증이 나고, 위층에서 나는 소음에 분을 못 참고, 돈 들어갈 곳이 점점 많아진다는 아내의 말에 급기야 폭발 직전이 된다. 당신은 자주 집을 박차고 나와버린다. 당신의 뇌는 누군가 건드리면 언제든 폭발할 준비가 되어 있다.

당신의 뇌라니. 매뉴얼에 따라 작동하는 뇌도 뇌인가. 기계적인 조건반사로 움직이는 뇌도 뇌인가. 정해진 알고리즘을 벗어날 수 없는 뇌도 뇌인가. 당신의 뇌는 스위치를 누르면 온 오프가 바뀔 것 같다. 탈칵 켜지고 탈칵 꺼질 것 같다. 뇌가 켜지면 일어나 세수를 하고, 밥을 먹고, 변기에 앉아 힘을 주고, 장롱에서 옷을 꺼내 입고, 승합차를 몰고 가게에 나간다. 재고를 체크하고, 발주를 넣고, 손님이 억지 교환을 요구해도 참아내고, 알바들의 트위터와 블로그를 몰래 들여다보고, 재무제표를 확인하고, 클랙슨을 울리며 퇴근하고, 스포츠 하이라이트를 보다가, 잠이 든다. 이윽고 당신은 오프 상태가 된다. 캄캄해진다. 당신의 뇌는 그것을 반복한다. 꿈속에서조차도.

3

나는 밤길을 걸어갔다. 골목이라기에는 넓고 도로라기에는 비좁은 길이다. 차도와 인도의 구분도 없다. 차량 두 대가 속도를 줄이고 간신히 스쳐갈 정도의 길. 주차된 차가 있으면 한 대밖에 지나갈 수 없는 길. 마을버스라도 지나가면 길가에 바짝 붙어서야 하는 길. 골목에서 갑자기 사람이 튀어나와 마을버스에 부딪힐지도 모르는 길. 하지만 지금은 밤. 그것도 새벽 네시. 그래서 드문드문 가로등만 켜져 있는 길.

몇 개의 모퉁이를 돌았다. 모퉁이를 돌아도 풍경은 바뀌지 않았다. 이 도시 어디서든 큰길에서 조금만 안쪽으로 들어가면 볼 수 있는 세계. 전봇대들이 서 있고 전선이 어지럽게 이어져 있는 밤하늘. 다닥다닥 붙어 있는 빌라와 다세대주택과 단독주택 들. 거주자우선주차 구역에 늘어서 있는 차량들. 덧댄 아스팔트 탓에 누더기처럼 보이는 길바닥. 불 꺼진 창문과 막 불이 꺼지는 창문과 깜빡이는 가로등으로 이루어진 밤.

당신의 편의점이 보였다. 아파트 상가건물 일층이었고 불이 밝혀져 있었다. 대형 프랜차이즈 업체의 체인점이다. 가맹비와 로열티 외에 각종 페널티까지 부과하는 것으로 악명이 높다고 했다. 최근 점주들이 집단소송을 내는 바람에 더 유명해졌다. 당신이 운영하는 매장은 열서너 평에 매출액은 그리 높은 편이 아니다. 인접한 아파트가 소규모인데다 인근에 비슷한 매장이 둘이나 있는 탓이다. 당신의 편의점에는 세계 어디서나 볼 수 있는 물건들이 동일한 방식으로 진열돼 있다. 비슷한 상품들, 비슷한 가격, 비슷한 인테리어. 그리고 비슷한 표정의 손님들, 취객들, 진상들. 편의점이 배경이라면 세상의 모든 영화와 소설이 똑같을지도 모른다. 인생도 사랑도 죽음까지도 그럴 것이다. 문학을 가르친다는 노회한 교수는 그래서 편의점 같은 것을 배경으로 소설을 쓰지 말라고 했다. 상투적이며 뻔한 공간이기 때문에, 현대사회의 획일성을 비판하는 진부하고 전형적인 메시지밖에 나오지 않기 때문에. 나의 대답은 이렇다. 그래, 너는 소설을 써라. 나는 총을 쏘겠다.

답사는 이미 끝냈다. 알바생은 몇시부터 몇시까지 나오는지, 당신이 혼자 일하는 시간은 몇시부터 몇시까지인지, CCTV는 어떤 각도로 배치돼 있는지, 비상벨은 어디에 붙어 있고 어떻게 작동하는지, 창고 위치는 어느 쪽인지…… 등등.

답사를 위해 처음으로 편의점에 들어갔을 때, 당신은 태블릿에 눈을 두고 있었다. 중키에 머리가 희끗희끗 세어 있고, 피로한 얼굴에 주름이 가득하고, 웃음을 지어본 지가 언제인지 모르겠다는 듯 굳은 표정이었다. 계산대 안쪽의 당신과 눈이 마주치는 짧은 순간, 나는 준비한 멘트를 날렸다.

“에쎄 주세요. 프라임으로.”

어느 편의점에서나 반복되는 대사. 기억할 수 없는 대사. 누구의 인생에도 남지 않을 대사. 그리고 자연스러운 동작으로 나는 현금 오천원을 내밀었다. 당신은 기계적으로 돈을 받고, 몸을 돌려 에쎄 프라임을 꺼내고, 바코드를 찍고, 입을 열었다.

“현금영수증 필요하세요?”

나는 고개를 저었다. 당신이 포스기를 두드리자 현금통이 딸랑, 소리를 내면서 열렸다. 고개를 숙이고 있는 당신의 정수리가 허옇게 드러나 있었다. 머리카락은 끊임없이 빠지는 중이겠지. 어깨는 좁은 편인데다 각도라 할 만한 것도 없다. 목은 무거운 머리를 매달고 있느라 조금 휘어져 있다. 당신은 내가 건넨 오천원을 지폐칸에 넣고, 오백원짜리 동전 하나를 내놓았다. 고개를 들지 않은 채 당신이 말했다.

“감사합니다. 안녕히 가세요.”

자동기계의 목소리. 하지만 미세하게 사투리 억양이 배어 있었다. 그것이 내 안의 무언가를 건드렸다. 당신은…… 당신은 누구인가. 당신은 고향이 나와 같은 쪽인가. 여기서 뭘 하고 있는가. 워커홀릭인가. 불안한가. 자꾸 화가 나는가. 야구광인가. 라면을 좋아하는가. 야구광이면서 라면도 좋아하는가.

4

당신은 동해안 소도시에서 태어났다. 부모 형제들로 복닥거리는 집을, 시내에서 한두 블록만 걸어도 아는 사람을 마주치는 고향을, 당신은 떠나고 싶었다. 당신은 서울을 동경했다. 엘지 트윈스의 팬이 된 것도 그 때문이었다. 다행히 당신은 서울의 사년제 대학에 합격했으며, 동아리 활동이니 엠티니 농활이니 하는 것에 관심을 두지 않았으며, 졸업 후에는 괜찮은 대기업 협력업체에 입사했다. 중매로 결혼을 했고, 아이를 낳았고, 집을 장만하기 위해 대출을 받았으며, 대출을 갚기 위해 열심히 일을 했다. 대리가 되고 과장이 되고 부장이 된 지 얼마 안 되어 일감을 주던 대기업이 흔들렸다. 오너 상속 과정에서 수많은 트러블이 발생했다. 흔들림은 연쇄적이어서 협력업체였던 회사는 당신에게 명예퇴직을 권유했다. 당신은 손상된 간과 높은 혈압 수치를 떠올리며 사직서를 썼다. 사직서를 쓴 뒤에 옥상에 올라가 담배를 피워 물었을 때 당신은 비장한 마음으로 결론을 내렸다. 인생 전반기는 그럭저럭 잘 버텨온 셈이라고. 이제 후반기의 출발점에 섰을 뿐이라고.

퇴직금으로 할 수 있는 일은 많지 않았다. 신중하게 검토한 끝에 당신은 편의점을 차리기로 결정했다. 아직 과포화설이 떠돌기 이전이었다. 근면성만 있으면 할 수 있을 것 같았고 입지조건이 받쳐준다면 안정적인 운영이 가능할 것 같았다. 당신은 창업을 위해 온라인을 뒤졌으며, 네이버에 직접 질문을 올렸으며, 무성의한 답변은 신고한다고 으름장을 놓았으며, 빠른 답변 완전 감사해요! 당신이 진정한 지식인……이라고 질문자 인사를 달았다. 당신은 여러 곳의 프랜차이즈 업체에 연락해 견적을 비교했고, 오래 망설인 끝에 다소 좋지 않은 조건에도 불구하고 대기업 계열사를 선택했다. 안정성이 중요하다는 것을 당신은 경험으로 알고 있었다.

당신은 알바생처럼 열심히 일했다. 아니, 당연하게도 알바생과는 비교할 수 없을 정도로 열심히 일했다. 갈 봄 여름 없이, 밤 낮 저녁 없이, 먹이를 찾아 헤매는 킬리만자로의 표범 같은 얼굴로, 당신은 일을 했다. 당신의 얼굴에는 점주 특유의 피로와 고독이 흔적을 남기기 시작했다. 이제는 씹을 상사도 없고 같이 씹을 동료도 없는 당신. 월급을 받다가 이제는 월급을 주게 된 당신. 당신은 계약기간 오 년을 채워야 한다는 생각에 시달리고, 시키지 않으면 절대 스스로 하지 않는 알바들에게 시달리고, 술 취한 진상 손님들에게 시달렸다. 확실히 당신은 예전에 비해 자꾸 화가 나고, 사소한 일에도 열이 받고, 참을성이 없어졌다. 소형차가 앞을 가로막으면 신경질적으로 경적을 울리고, 마을버스가 느리게 움직이면 거친 핸들링으로 추월하고, 외제 차가 끼어들면 욕설을 내뱉으면서도 어쩐지 경적은 누르지 않았다.

당신은 사람을 패고 돈을 주는 대기업 총수가 아니다. 지폐를 뿌리며 거들먹거리는 부동산 졸부가 아니다. 당신은 뇌물 가방을 받아 검은 승용차에 오르는 국회의원이 아니다. 나는 그것이 아쉽다. 못내 아쉽다. 당신이 사회적 지탄을 받는 정치가였으면 좋겠다. 회계 조작과 탈세로 손쉽게 거액을 벌어들이는 재벌이었으면 좋겠다. 이 나라의 최저임금을 결정할 만한 고위급이었으면 좋겠다. 적어도 그런 자들의 하수인이었으면 좋겠다……

그렇다면 부글부글 끓는 도시의 부글부글 끓는 인간들 가운데 나는 유일하게 내 존재를 긍정할 수 있을 텐데. 곧 뇌가 터질 것처럼 화가 나 있는 사람들 사이에서 유일하게 평화로울 수 있을 텐데. 왜냐하면 당신의 관자놀이에 글록 26을 겨눌 테니까. 정의의 이름으로 방아쇠를 당길 테니까. 쇠구슬이 날아가 당신의 살갗을 뚫고 들어가 머리뼈에 박힐 테니까.

5

두번째로 편의점을 답사했을 때 뜻밖에도 당신은 나를 기억해냈다. "에쎄 주세요. 프라임으로"라고 중얼거리며 오천원을 내밀자, 당신이 고개를 갸웃하고는 이렇게 말했던 것이다.

"음. 어디서 본 것 같은데…… 우리, 어디서 만난 적 있지 않나요?"

"네? 우리요? 우리가?"

나는 뭔 개소리냐는 표정으로 후드를 눌러썼다. 에쎄 프라임과 오백원짜리 동전을 받아 주머니에 넣었다.

"물론 아저씨, 봤죠. 여기 몇 번 왔으니까."

당신이 물끄러미 나를 바라보며 말했다.

"아닌데. 어디 다른 데서 본 적 있는데…… 혹시 엘지 오프 모임 같은 데서……"

나는 고개를 저으며 말을 끊었다.

"로또 세 게임 주세요. 자동으로."

당신은 고개를 갸웃거리며 "아닌가" 하고 중얼거렸다. 그게 얼마 전이었다.

물론 당신은 나를 본 적이 있다. 한두 번이 아닐 것이다. 나는 용의주도한 사람은 아니지만 그리 허술한 사람도 아니다. 나는 당신의 모든 것을 조사했다. 당신의 생활을 체크했다. 당신의 동선을 파악했다. 편의점의 일상 업무를 꼼꼼히 점검했다. 나는 유령처럼, 당신의 주변을 맴돌았다.

원래 당신은 낮에 가게를 보고 야간에는 알바를 썼다. 얼마 전 야간 알바가 그만둔 뒤에는 당신이 밤시간으로 옮겼다. 야간 수당을 절약할 수 있어서만은 아니었다. 밤에 일하는 것도 괜찮겠다는 생각이 들어서였다. 밤은 조용하고, 손님이 적고, 상대적으로 여유롭게 시간을 보낼 수 있으니까. 자정 이후 연이어 도착하는 물류를 받고, 재고 상품의 유통기한을 확인하고, 폐기할 삼각김밥과

샌드위치 등속을 골라내고, 새벽에 도착하는 조간신문들을 배치하고, 청소를 하고, 그리고 나머지 시간에는…… 휴대전화로 게임을 하는 것이다. 포털 뉴스에 악플을 다는 것이다. SNS에서 욕설을 남발하는 것이다. 밤은 그렇게…… 평화로운 시간이다.

당신처럼 나도 밤을 좋아한다. 특히 새벽 네시. 일찍 일어나는 사람이라도 그 시간에 일어나기는 쉽지 않고, 늦게 잠드는 사람이라도 그 시간까지 깨어 있는 경우는 많지 않다. 인기척이 희박한 시간. 인간의 시간이라고는 할 수 없는 시간. 고양이라든가 벌레라든가 나뭇잎들의 시간.

게다가 새벽 네시는 매일 온다. 하루도 거르지 않고 온다. 평등하게 온다. 당신에게도 똑같이. 그런 시간에 오는 것들과 함께. 가령 만취한 손님이라든가, 범죄 현장을 답사하러 온 청년이라든가.

나는 패딩점퍼를 매만졌다. 글록 26을 확인했다. 겨울의 권총답지 않게 총신이 뜨거웠다. 심장의 뜨거움 때문인지도 몰랐다. 이 모든 게 꿈은 아닐까 따위의 생각은 하지 않았다. 꿈이라고 해서 달라지는 것은 없을 테니까. 꿈이라면 더욱 단호해질 테니까. 꿈이든 아니든 변하는 것이 없다면, 꿈인지 아닌지를 고민해봐야 소용없는 것이다. 꿈속의 나와 꿈 밖의 내가 마주본다고 해서 달라지는 건 없다. 냉장고 문을 열고, 코끼리를 넣고, 냉장고 문을 닫으면 되는 것이다.

6

먼발치에서 당신의 편의점을 오래 바라보았다. 에드워드 호퍼의 그림 속인 듯 고독하게 불을 밝히고 있는 편의점을. 잠시 후에는 프랜시스 베이컨의 그림처럼 일그러질 편의점을. 이제 총소리가 울려퍼지고 피가 튈…… 새벽의 편의점을.

당신의 관자놀이에 총구를 대고 방아쇠를 당기는 것. 그 행위에 이름을 붙이고 싶다. 적절한 단어를 붙이고 싶다. 해탈, 해탈이라면 어떨까. 괴로움에서 벗어나는 것. 나를 사로잡고 있는 고통에서 자유로워지는 것. 나를 옥죄는 머릿속의 장면들에서 해방되는 것. 끊임없이 리플레이되는 이미지들에서 벗어나는 것. 과거에서 풀려나는 것. 열흘 전에서 탈출하는 것.

눈을 감으면 희수, 내 사랑 희수가 보인다. 그녀는 편의점에서 일하는 중이다. 새벽의 편의점. 멀리서 보면 망망대해의 집어등처럼 불을 밝히고 있는 편의점. 그녀는 선 채로 휴대전화를 보다가 잠시 고개를 든다. 편의점 밖은 가로등 불빛뿐이다. 바깥에서 보면 에드워드 호퍼의 그림 같을 거라고, 그녀는 생각한다.

딩동.

편의점 유리문이 열리고 당신이 들어온다. 당신은 이런 시간에 매장에 나온 적이 없다. 오후 네시까지가 당신의 업무 시간이었으니까. 당신은 이미 검수까지 마친 뒤 저녁 타임 알바에게 일을 맡기고 퇴근하지 않았던가? 그런데 왜 당신은 다시 편의점에 나온 것일까? 그녀가 혼자 일하고 있는 새벽의 망망대해에. 망망대해의 오징어 배 같은 편의점에.

아, 재고 파악 좀 하고 있을 테니까, 일해.

당신은 그녀에게 말한다. 그녀는 의아한 듯 조금 웃는다.

그리고 시급 말인데, 다음달부터 최저임금 맞춰줄게.

당신은 그렇게 말한다. 당신은 선심을 쓴다. 생색을 낸다. 동시에 그녀의 표정을 살핀다. 아, 네, 알겠습니다. 그녀는 대답한다. 그뿐이다. 감동하는 표정도 짓지 않고 감사의 마음도 표시하지 않는다. 당신은 실망한다. 최저임금에 맞춰준다는데 반응이 겨우 이건가. 정말요, 사장님? 감사합니다, 감사합니다! 정도는 되어야 하는 것 아닌가. 뭔가 부당한 일을 당한 사람처럼, 용납할 수 없는 일을 당한 사람처럼, 당신은 부아가 치민다.

물론 얼마 전에 자른 알바가 고용노동부에 신고하지 않았다면 이런 일은 없었을 것이다. 두꺼운 뿔테안경에 말수가 적고 모범생처럼 보여서 고용한 알바였다. 그런데 한 달 만에 녀석이 보낸 문자가 당돌하게도 이런 거였다. 사장님, 최저임금은 존재의 최저 수준, 즉 존재의 밑바닥입니다. 기본은 맞춰주셔야죠.

그 범생이 같은 새끼가 존재의 밑바닥 어쩌고저쩌고하는 통에, 당신은 즉석에서 문자를 보내 해고했다. 이유는 근무태만. 편의점에 손님이 안 든다고 그토록 얘기했는데도 이해를 못하다니. 이런 작은 편의점에 최저임금이라니. 주위에 더 큰 편의점이 몇 개인지 뻔히 알면서. 누가 철학과 아니랄까봐. 존재의…… 존재의 뭐라고? 머리에 피도 안 마른 새끼가.

저녁 타임 알바에게 편의점을 맡기고 퇴근하자마자 당신은 고용노동부에서 걸려온 한 통의 전화를 받았다. 신고가 들어왔으니 최저임금 및 주휴수당을 지급하는 게 좋겠다는 얘기였다. 아, 범생이가 신고를 했구나. 당신은 치밀어오르는 화를 겨우 참으며 정중하게 대응했다. 누락된 임금을 지급하고, 다른 알바들에게도 최저임금을 지급하겠다고 약속했다.

저녁식사를 마친 뒤 당신은 소파에 앉아 엘지 트윈스의 경기를 시청했다. 비가 점점이 내리고 있었고, 관중은 드물었으며, 불규칙 바운드가 빈발했다. 엘지는 실책에 볼넷을 남발하며 초반에 무너졌다.

당신은 서서히 끓어오르기 시작했다. 참을 수 없는 복수심이 마음 깊은 데서 고개를 들기 시작했다. 안타를 맞지 대체 왜 볼넷을…… 실책을 저렇게 남발하면서 이기기를 바라나…… 당신은 굳은 표정으로 옷을 챙겨 입었다. 그래, 당장 근무 기록을 뒤져보자. 재고가 마이너스 난 게 있을 것이다. CCTV도 샅샅이 뒤져볼 것이다. 녀석이 녹화된 부분 중에 음료수 한 병쯤은 마신 게 있을 테니까. 백원짜리 동전 하나라도 삥땅친 게 있을 테니까. 재고에 마이너스가 있으면 녀석에게 뒤집어씌우는 거다. 폐기 먹은 것까지 뒤집어씌우는 거다. 당신은 복수심에 불타올랐다. 범생이 같은 놈이…… 범생이 같은 놈이…… 반드시 경찰서 신세를 지게 해준다…… 반드시……

범생이를 자른 후에 고용한 희수는 달랐다. 튀지 않는 외모, 평범하지만 호감 가는 인상, 조용하면서도 성실해 보이는 말투. 모든 게 좋았다. 야간이라서 여학생은 좀……이라고 당신이 주저하자, 상관없어요! 할 수 있습니다! 라고 씩씩하게 의욕을 보이지 않았던가. 근처에 아파트 경비실도 있고 조금 더 가면 파출소도 있으니 별일은 없을 거라고, 유통기한 지난 건 가져다 먹어도 좋다고, 당신도 인심 좋게 말하지 않았던가. 그게 인심이라면 말이지만.

희수는 계산대에 서서 휴대전화를 보고 있다. 당신은 창고에 들어가 물량을 확인하고 계산대 안쪽으로 들어가 담배 판매대를 체크하고 CCTV를 확인한다. 그 범생이가 정말 모범생이었다는 게 밝혀지는 데는 오랜 시간이 걸리지 않았다. 재고 기록에는 하자가 없었다. CCTV 녹화 파일에도 건질 게 없었다. 당신은 화를 참지 못하고 욕설을 내뱉기 시작한다. 당신은 자신이 말을 하고 있는지도 모른 채 욕설을 내뱉는다. 당신의 욕설이 점점 커진다.

희수의 시선을 느낀 것은 당신이 계산대를 손으로 탕탕 치고 있을 때다. 희수는 주춤주춤 뒤로 물러서고 있다. 머리끝까지 화가 난 당신은 자신도 모르게 희수 쪽으로 홱, 몸을 돌린다. 놀란 그녀가 낮고 짧은 비명을 지른다. 당신은 당황한다. 당신은 본능적으로 소리를 지른다.

뭐? 왜? 뭐? 왜? 서 있지도 못해? 내가! 내 가게에서!

계산대 바깥으로 나간 그녀가 입구 쪽으로 물러선다. 당신은 민망함을 감추기 위해 다시 욕설을 내뱉는다. 얼굴이 일그러지고 마음이 구겨진다. 아니, 얘까지 나를 무시해? 내가 그렇게 잘해줬는데? 시급까지 올려준다는데? 최저 시급에 맞춰준다는데? 주휴수당은 주지 않겠지만…… 그래도 최저임금인데…… 그게 어딘데…… 당신의 머릿속으로 그런 말들이 흘러간다. 요즘 들어 당신은 점점 더 화를 참지 못한다. 화가 나면 뭘 어떻게 해야 할지 모르고, 양은냄비처럼 끓어오르고, 맨홀 뚜껑처럼 덜컹거린다. 당신은 자제력을 잃어버린다. 당신의 무서운 얼굴을 당신은 상상할 수 없다. 당신이 내뱉는 욕설이 당신에게는 들리지 않는다. 겁에 질린 그녀가 뒷걸음질친다.

왜! 뭐! 왜! 뭐!

당신이 소리를 지르며 그녀에게 다가가자, 그녀가 편의점을 박차고 뛰쳐나간다.

그렇지 않은가? 그런 순간에는 반드시 편의점 앞을 지나는 마을버스가 있지 않은가? 어쩌면 그런 순간이기 때문에 마을버스가 새벽의 이면도로를 달리는 것인지도 모른다. 기사는 아직 잠이 덜 깬 채로 새벽 첫차를 운행중이다. 어둡고 좁은 길. 차량 두 대가 속도를 줄이고 간신히 스쳐갈 정도의 길. 기사는 무언가가 버스를 향해 달려드는 것을 느낀다. 본능적으로 급브레이크를 밟는다.

더 말해야 할까? 이것은 무서운 영화의 장면인가, 비참한 영화의 장면인가? 무슨 가면극인가? 그리스비극인가? 아니면 지구상에서 하루에도 수없이 반복되는 우연한 희비극에 불과한가?

인간이 사라진 지구를 상상하는 것을 좋아한다. 세계는 단순하고 평등해질 것이다. 욕망이라든가 돈이라든가 사랑 같은 것이 남아 있지 않을 것이다. 신과 벌레가 구분되지 않을 것이다. 영혼과 물질이 나뉘지 않을 것이다. 부자와 빈자가, 흑인과 백인이, 여자와 남자가, 시간과 공간이, 분별되지 않을 것이다. 인간이 사라진 세계에는 아무런 구별이 없을 것이다. 그 단순함이 아름다울 것이다. 아름답다고 말하는 자들까지 사라진 뒤일 것이다. 그것이 좋다고 생각한다.

머릿속에 안개가 가득하다. 나는 지금 그렇게 느끼고 있다. 두개골을 열고 뇌를 뜯어내 와사비와 식초로 가득한 병에 담갔다가 꺼내고 싶다.

7

새벽. 새벽은 내 머릿속이 아니라 현실의 새벽. 상상이 아니라 실제의 새벽. 나는 편의점 유리문을 밀고 들어갔다. 손님이 없다는 것은 이미 확인했다. 새벽 세시 반에서 네시 반 사이, 당신의 편의점에는 십 분에 한 명 정도로 손님이 든다. 어떤 때는 일 분 만에 올 때도 있고, 어떤 때는 삼십 분이 지나도록 아무도 오지 않는다. 내가 당신의 관자놀이에 총알을 박아넣는 순간에 손님이 들까. 그건 우연이거나 운명이다. 어느 쪽이든 상관없다. 나는 주저하지 않을 것이다. 나는 적절한 시간에 끝낼 것이다. 모든 것을. 당신을. 나 자신까지.

딩동.

전자음이 울리고, 유리문이 내 등뒤에서 스르르 닫혔다. 나는 패딩 안주머니에서 글록 26을 꺼냈다. 당신은 창고 앞에서 태블릿을 들여다보며 뭔가 입력하고 있었다. 비상벨에서 꽤 먼 위치. 삶과 죽음을 결정짓는 위치.

나는 침착하게 당신의 뒤통수를 겨눴다. 천천히 다가갔다. 자백을 받은 뒤 쏘는 거다. 용서를 빌게 만든 뒤 쏘는 거다.

"어서 오세요."

당신은 기계적으로 입을 열었다. 태블릿에서 눈을 떼어 내 쪽으로 시선을 돌렸다. 우리의 눈이 마주쳤다.

그 순간, 나는 기묘한 느낌을 받았다. 당신은 이제 공포에 질려야 했다. 상황 파악이 안 된 듯 좀 멍한 표정이다가, 내 손에 들린 것이 권총이라는 것을 깨달은 뒤에, 자기도 모르게 두 손을 들어 올리며, 공포에 질려야 했다. 비상벨의 거리가 멀다는 것을 깨달아야 했다. 절망적인 표정을 지어야 했다. 그것이 합리적이다. 나는 그 표정의 변화를 수없이 상상했다.

하지만 당신의 표정은 내 상상과 달랐다. 내 손에 들린 것이 권총이라는 것을 확인하자, 당신은 의아한 듯 고개를 갸우뚱 기울였다. 아니, 이건 뭐, 은행도 아니고 겨우 편의점에…… 편의점이라면 야구방망이나 식칼 정도로도 충분할 텐데…… 권총이라니…… 무려 권총 강도라니…… 어딘지 비현실적이고 이국적이지 않은가…… 그런 표정.

권총을 든 남자가 복면도 없이, 얼굴도 가리지 않은 채, 겨우 야구모자 하나를 쓰고, 자신을 향해 다가오고 있다는 것…… 이건 뭔가 농담 같은 것인가. 본사에서 벌이는 이벤트 같은 것인가. 그런 의아한 표정.

나는 본능적으로 입을 열었다.

"뭐, 뭐야? 이, 이거 안 보여? 총이야 총, 진짜 총!"

아아, 내 입에서 나온 첫마디가 겨우 이따위라니. 이렇게 조악한 위협이라니. 내가 낭패를 느끼는 순간, 당신의 입에서 뜻밖의 대사가 흘러나왔다. 고개를 갸웃하게 기울인 채였다.

"글쎄, 내가 그랬잖나. 자네를 어디선가 보았다고."

이건 뭔가? 내가 그랬잖나? 자네를 어디선가 보았다? 이게 권총으로 위협받는 자의 대사인가? 내 손에 들린 게 장난감 총이라고 생각하는 건가? 내가 열흘 동안 상상한 장면에는 이런 대사가 없었다. 나는 심판자고 당신은 죄인이다. 나는 응징하고 당신은 응징당한다. 나는 총을 쏘고 당신은 총을 맞는다.

나는 플랜 B를 실행에 옮겼다. 말이 안 통할 때는 행동으로 보여주는 수밖에 없으니까. 나는 당신의 등뒤 오른편에 진열돼 있는 위스키병들을 향해 방아쇠를 당겼다. 공기압이 쇠구슬을 밀어냈다. 쇠구슬은 정말 총알 같은 속도로 날아갔다. 위스키병이 박살나고 유리 튀는 소리가 요란했다. 이 정도 소음은 위험하지 않다. 상가는 텅 비어 있을 테니까. 바깥은 새벽 네시니까. 길에는 개미새끼 한 마리 없을 테니까.

나는 다시 장전을 하고 당신의 이마를 조준했다. 당신의 얼굴이 천천히 흙빛으로 변했다. 이제야 상황 파악이 되는 모양이군. 그래, 이 표정이야. 정말 죽을 수도 있다는 사실을 깨달은 얼굴. 내가 쏜 건 플라스틱으로 만든 비비탄 따위가 아니거든. 단단하고 묵직한 쇠구슬이거든. 머리뼈를 뚫을 수도 있거든. 뇌에 박힐 수도 있거든. 곧바로 죽음으로 인도할 수 있거든. 죽음은 언제나 지금 이 순간의 삶을 환기하거든. 그렇지 않은가?

나는 입을 열었다.

"일단, 소, 손을 드세요."

빌어먹을. 손을 드세요라니. 존댓말이라니. 병맛 초보 티가 팍팍 나지 않는가. 아무려나. 나는 총을 다시 그러쥐었다.

당신이 두 손을 엉거주춤 들어올렸다. 나는 창고 쪽을 향해 총구를 까딱까딱 흔들었다. 영화에서 본 제스처는 피하려 했지만 어쩔 수 없었다. 당신은 창고 쪽을 힐끗 보더니 게걸음으로 천천히 이동했다. 당신이 미적거린다고 느낀 순간, 나는 발을 들어 당신의 복부를 가격했다. 튀어나온 복부야말로 당신의 모든 것을 증명하는 부위가 아닌가. 당신은 중심을 잃고 음료수 박스 위로 엉덩방아를 찧었다. 두어 평밖에 되지 않는 창고 안에 박스들이 쌓여 있었다. 엉망이 된 박스 위에 널브러진 채 당신이 입을 열었다. 일그러진 얼굴과 달리 목소리는 건조했다.

"이봐, 차라리 날 고소하는 게 좋을 텐데. 이런 식보다는."

"고소? 고소라니? 이런 식이라니?"

"그렇게 손을 떨면서 어떻게 사람을 쏜다고 그러나?"

"다, 닥쳐! 내, 내가 누군지, 다, 당신이 지금 어떤 상황인지 알고 하는 얘기야?"

나는 흥분해서 소리질렀다. 고함이라고 해도 좋았다. 당신이 희미하게 웃음을 흘렸다. 이런 순간에 웃음이라니. 웃음을? 웃음을! 나는 눈에 힘을 주고 두 손으로 권총을 부여잡았다. 방아쇠에 걸린 손가락을 팽팽하게 긴장시켰다. 저 웃음은 나의 것이다. 내가 웃고, 당신은 겁에 질려야 한다. 말을 더듬는 건 내가 아니라 당신이어야 한다.

"지금이 어떤 상황인지, 자네가 왜 이러는지…… 알지. 알고말고. 자네가 누군지도 물론."

아아, 이 새끼가 뭐라는 거야. 그걸 어떻게 아는 거지? 주위 세계가 뒤틀리는 느낌이었다. 에드워드 호퍼는 사라지고 없었다. 프랜시스 베이컨의 그림 속에 들어온 기분이었다. 더이상 기다릴 수 없다. 나는 손가락에 힘을 주었다. 쏴버린다. 쏴버린다. 쏴버린다.

딩동.

그 순간 낭랑한 벨소리가 들렸다. 나는 본능적으로 자세를 낮추었다. 입구 쪽을 바라보았다. 손님이 온 모양이었다. 나는 당황하지 않았다. 이런 장면은 지난 열흘 동안 수없이 상상하지 않았나. 당신을 향해 총을 겨눈 채 고갯짓을 했다. 나가봐. 나가서 침착하게 응대해. 그리고 침착하게 돌아오는 거야. 오케이? 섣부른 짓을 했다간, 알지?

내 고갯짓에는 그런 뜻이 담겨 있었다. 당신은 물끄러미 나를 바라보다가, 천천히 몸을 일으켜 계산대로 나갔다. 나 역시 일어나 당신을 따라갔다. 총은 호주머니 안에 숨겼지만 총구는 당신을 향한 채였다.

계산대 앞에 서 있는 건 체구가 작은 노인이었다. 아흔은 되어 보였고, 고개가 옆으로 기울어져 있었고, 몸은 바람 빠진 튜브 같았다. 눈빛에도 움직임에도 생기가 없었다. 삶이 곧 끝나리라는 것을 예감하고 있는 사람 특유의 분위기. 아니, 삶이 끝난 뒤에 죽음을 살아가고 있는 느낌.

"뭐 찾으세요?"

당신은 차분한 목소리로 물었다. 에쎄 줘. 노인이 말했다. 작고 무감한 목소리. 수분이 다 빠져나간 목소리. 늙은 나무를 스치는 바람소리.

노인이 내 쪽으로 천천히 고개를 돌렸다. 시선에는 아무런 의미도 담겨 있지 않았다. 자넨 뭔가? 손님인가? 알바인가? 그런 질문도 담겨 있지 않았다. 그저 뭔가가 거기 있으니까 시선을 던졌을 뿐이라는 느낌. 노인의 입에서 바람이 빠지듯 다시 목소리가 흘러나왔다. 이보게, 지금 몇신가. 나는 엉거주춤 선 채 대답했다.

"아, 네시예요, 네시. 새벽 네시."

나를 지긋이 바라보다가 노인이 다시 입을 열었다. 네시라. 아직도 네시인가. 요즘엔 시간 감각이 없어서 말이야. 시간이란 게 흐르다 말다 하는 것 같다니까. 그러다 영원히 멈추겠지. 엉뚱한 데서.

노인은 그렇게 중얼거리면서 담배를 받아들었다. 의외로 선명한 발음이었다. 노인은 나를 바라보고 있다가 천천히 등을 돌려 편의점을 나갔다. 느릿한 걸음이었다. 유리문이 닫히고 정적이 찾아왔다. 아무 일도 일어나지 않았다.

"미친 노인네, 대체 뭐라는 거야."

나는 다시 총을 꺼내들었다. 당신을 향해 겨누었다. 우리는 성실한 배우들이 되어 창고로 돌아왔다. 당신이 엉거주춤 음료수 박스 위에 앉았다. 나도 당신의 머리통을 향해 총을 겨눴다. 나를 물끄러미 바라보다가 당신이 입을 열었다.

"복수를 하고 싶은 모양인데, 복수해야 할 대상은 내가 아니지 않나?"

무슨 말인가. 당신이 아니라니. 그럼 누구라는 말인가. 무슨 헛소리를 하고 싶은 것인가.

"자네는…… 희수를 사랑하지 않았나?"

나는 뭔가를 털어내듯 머리를 흔들었다. 이자가 그걸 어떻게 아는가. 어떻게 알고 나한테 희수 이야기를 하는 것인가.

"어떻게 알기는. 희수한테 들었지. 그애는 나한테 생각보다 많은 말을 했다네. 게다가 나는 희수의 블로그에도 들어가보았고……"

당신의 말이 바늘처럼 내 귀를 파고들었다. 당신은 지금 음료수 박스 위에 우스꽝스러운 자세로 앉아 있다. 나는 당신에게 총구를 들이대고 있다. 그런데 이건 무슨 개소리인가.

당신이 자세를 고쳐 앉았다. 팔을 무릎에 올리고 손가락은 깍지를 끼었다. 구부정하지만 편안한 자세. 휴가지의 모닥불 앞에서 취할 만한 자세. 당신은 내 발 쪽에 시선을 두고 말을 이었다. 마치 책을 읽는 것 같았다. 이건 죽음의 위협 앞에서 취할 자세가 아니다. 당신은 그런 자세로 입을 열었다. 이야기를 시작했다. 당신의 이야기가 내 귀에 들어와 깊은 소음을 만들었다. 귓속에 커다란 벌 한 마리가 날아다니는 것 같았다. 웅웅거리고 윙윙거렸다.

8

자네는 지금 뭘 하고 있나. 불안한가. 사소한 일에 자꾸 화가 나는가. 게임을 좋아하는가. 라면을 좋아하는가. 게임도 좋아하고 라면도 좋아하는가…… 나도 그렇다네. 인간들에게는 아무래도 공통점이 많지. 이 골목과 저 골목이 비슷한 것처럼 말이야. 하지만 잘 살펴야 한다네. 그저 비슷해 보일 뿐, 이 골목과 저 골목은 전혀 다른 골목이니까. 다른 물건들이 놓여 있고, 다른 흔적들이 남아 있고, 다른 인생들이 살아가고 있으니까. 이 골목에서 사는 사람이 저 골목에서 사는 사람을 전혀 이해하지 못한다는 것, 그게 또 인생 아니겠나.

사실 희수도 자네에게 호의를 보인 적이 있지. 그렇지 않은가. 자네는 키도 크고 꽤 멀끔하게 생겼으니까. 다정하고 상냥한 표정을 하고 있으니까. 하지만 마음이란 게 그런 것만으로 움직이던가. 희수는 자네와 맞지 않는다는 걸 금방 느꼈다네. 함께 길을 걸으면 알게 되는 것들이 있잖은가. 버스나 지하철에 나란히 서 있으면 알게 되는 것들, 대화를 나눠보면 알게 되는 것들 말일세. 뭔가 딱 맞는다는 느낌이 들기도 하고, 이유 없이 불편하고 부자연스럽다는 생각이 들기도 하지.

희수는 후자였어. 이 사람, 어딘지 불편하고 부자연스럽다. 어딘지 맞지 않는다. 그게 뭔지는 모르겠지만, 그저 체형 문제가 아닌 것. 말로는 설명할 수 없는 것. 어떤 어긋남. 조금씩, 점점이 스며드는 이물감.

희수는 자네에게서 서서히 멀어졌지. 희수의 마음이 자네에게서 멀어질수록 자네는 그애에게 몰입했어. 희수의 마음이 멀어졌기 때문에 몰입했다고도 할 수 있겠지. 이상한 감정의 역설이었지.

거리에서, 골목에서, 그녀의 집 근처에서, 자네는 불쑥불쑥 나타났다네. 솔직하고 다정하고 열정적인 어조로 마음을 드러냈어. 우직하게 밀어붙이는 것만이 진심이라는 듯이. 너도 나처럼 사랑을 느껴야 한다는 듯이. 하지만 진심이란 대체 얼마나 폭력적인 것인가. 인간이 무슨 일이든 저지를 수 있는 것도 바로 그것 때문 아닌가.

희수는 자네를 견딜 수 없었어. 처음에는 달래기도 했다네. 연락하지 말고 찾아오지 말아달라고 간청했지. 그래도 안 되자 이건 스토킹이며, 명백한 범죄이며, 신고할 수도 있다고 경고했어. 자네는 그때마다 차가운 표정이 되어 희수에게서 물러났다네.

자네도 알다시피 희수의 집 근처에는 골목들이 많지 않은가. 제법 어두운 골목들이지. 분간이 안 될 만큼 비슷비슷하지만 또 모두 다 다른 골목들이 아닌가. 그런 골목들에서는 매일 비슷하면서도 다른 사연들이 펼쳐진다네. 비슷하면서도 다른 인생들이 울고 웃고 흘러가는.

거기 어디쯤에서 자네는 불쑥 나타났다네. 자네는 퍼포먼스라도 하고 싶었던 것일까. 활극이라도 벌이고 싶었던 것일까. 희수는 자네 손에 들린 것을 물끄러미 바라보았네. 선물이었어. 곱게 포장한. 희수는 그게 뭔지 전혀 궁금하지 않았지. 당연한 얘기야. 선물 같은 것으로 마음이 움직이던가.

처음에 희수는 자네를 달래려고 했다네. 하지만 자네의 눈을 바라보며 입술을 떼려는 순간, 희수는 벽을 느꼈어. 이 사람, 다른 세계에 살고 있구나. 뭔가 선을 넘어섰구나. 먼 곳에 혼자 있구나. 그녀는 그날따라 불길한 기분을 느꼈다네. 저 선물 상자 안에 있는 것은 매우 해로운 것이다. 그런 직감. 그것이 싸구려 편의점 초콜릿이라고 하더라도.

자네가 선물을 손에 들고 천천히 다가가자, 희수는 뒷걸음질을 쳤다네. 자네가 무어라 말을 하기 위해 입을 열었을 때, 그녀는 몸을 돌려 걷기 시작했지. 자네가 어깨를 붙잡으려는 순간 희수는 자네의 손을 뿌리쳤고. 그리고 일어난 일은 거의 동시였다네. 자네가 소리를 지르며 선물 상자를 벽에 던진 것과, 그것이 산산조각나면서 그 안에 든 싸구려 편의점 초콜릿들을 허공에 흩뿌린 것과, 희수가 몸을 돌려 골목 밖으로 달려나간 것 모두가 말일세.

이 도시의 골목들은 모두 다르면서 왜 또 그토록 비슷한 것일까. 골목을 나가면 보이는 이면도로들까지 말이야. 어지러운 간판들, 아스팔트에 덧댄 흔적들, 지워진 차선들, 차도와 인도의 구분이 없는 길. 차량 두 대가 겨우 빠져나갈 만큼 아슬아슬한 길. 그리고 그런 순간에는 반드시 마을버스가 달려오지. 어느 먼 세계에서 갑자기 이 세계로 튕겨 들어온 듯이.

막차였고, 손님도 없었다네. 젊은 기사는 빨리 운행을 마치고 퇴근하고 싶었어. 늦은 시간이라 행인은 많지 않았고 더 탈 손님도 없는 시간. 기사는 집에 가서 프로야구 하이라이트를 보면서 라면을 먹을 생각이었어. 마을버스로서는 다소 과도하다 싶을 만큼 속력을 냈지. 하지만 그게 어떤 길인가. 좁고 어둡고 어지러운 길이 아닌가. 골목에서 툭 튀어나온 것이 사람인지 동물인지조차 분간되지 않았어. 기사는 급브레이크를 밟았다네. 심장을 찢는 소리가 허공을 갈랐어. 고무 타는 냄새가 허공에 피어올랐지.

마을버스는 다행히도 희수를 치기 직전에 멈추었다네. 마을버스 바로 앞에 희수가 넘어져 있었어. 자네는, 자네는 어떻게 했나? 그때 그 어두운 골목 안에 서 있던 자네는?

그래, 현실감을 잃은 뒤였지. 지금 무슨 일이 벌어진 것인지 이해할 수 없었어. 뭔가 다른 행성에서 벌어진 다른 장면을 보는 느낌이었어. 텔레비전 드라마 속에 들어와 있는 기분이랄까.

희수는 넘어진 채로 가만히 고개를 돌렸다네. 그리고 골목 안에서 있는 자네를 바라보았어. 그건 놀란 표정이 아니었지. 무서운 일을 피해서 다행이라는 표정도 아니었고. 자네에 대한 적의조차 아니었어. 무표정. 아무런 감정도 담지 않은 무표정. 그런 시선. 희수는 그런 눈으로 자네를 바라보았다네.

자네는 슬금슬금 뒷걸음질쳤지. 자네를 똑바로 바라보는 그 시선에서 도망치기 위해. 온몸을 옥죄는 두려움에서 달아나기 위해. 본능적으로. 자네는 이제 더이상 그녀를 볼 수 없다는 것을 직감으로 깨달았다네.

더 말해야 할까? 이건 자네의 꿈속에서 반복된 장면인가? 골방에서 수없이 상상한 장면인가? 나는 자네 대신 자네의 영혼을 낭독했을 뿐인데? 두려움에 질린 자네의 영혼을 말일세. 왜 그런 표정을 짓고 있나? 뭐가 당황스러운가?

9

나는 당신의 입을 바라보았다.

뭔가 우리의 역할이 바뀐 것 같은데……

나는 멍하니 생각했다.

나는 지금까지 무슨 말을 들은 것인가. 아니면 무슨 말을 한 것인가. 나는 당신을 왜 당신이라고 부르고 있는 것인가. 나는 누구이고 무슨 연기를 하고 있는 것인가. 지금 이 배역은 왜 당신이 아니라 나의 것인가. 아니, 이 배역은 왜 당신과 나만의 것인가.

새벽 네시였다. 모든 걸 끝낼 때가 된 것 같았다. 상상한 것을 실행에 옮길 때가 된 것 같았다. 내 앞의 음료수 박스 위에는 편의점 주인이 앉아 있었다. 침울한 목소리로 잘도 지껄이는 중년 남자가 내 앞에 앉아 있었다. 나는 그를 향해 총을 겨누었다. 손가락에 천천히 힘을 주었다. 나는 방아쇠를…… 방아쇠를…… 방아쇠를……

딩동.

맑고 청아한 울림. 편의점 문 열리는 소리. 손님이 오는 소리. 나는 총을 몸에 붙이고 황급히 자세를 낮추었다. 뒤를 돌아보았다. 유리문이 열렸지만 아무도 들어온 것 같지 않았다. 유리문이 스르르 닫혔다. 나는 눈을 가늘게 떴다. 총을 두 손으로 쥐었다.

그때 진열대 사이에서 얼굴 하나가 불쑥 나타났다.

여자아이였다.

대여섯 살이나 되었을까. 머리카락은 뒤로 묶었다. 눈은 맑고 컸다. 무심한 표정이었다. 놀고 있는 친구들을 그저 물끄러미 바라보는 표정. 뭔가 의아한 표정. 하지만 드러내지 않는 표정.

우리도 멍하니 아이를 마주보았다. 아이가 입을 열었다. 아이의 입에서 맑고 낭랑한 목소리가 흘러나왔다.

아저씨, 아저씨. 에쎄를, 에쎄를 주세요.

아이는 그렇게 말하고 우리를 물끄러미 바라보았다. 우리도 아이를 물끄러미 바라보았다. 아이는 대답을 기다리는 듯했다. 우리는 어쩐지 꼼짝도 할 수 없었다. 아이가 다시 입을 열었다. 이번에는 좀더 힘이 들어간 목소리였다.

아저씨, 아저씨. 에쎄를 주세요. 에쎄를. 왜 둘이서 그렇게 있어요. 그렇게 바닥에 앉아 있으면 코가 삐뚤어진대요. 어서 일어나서 저에게 에쎄를 주세요. 코가 다 삐뚤어지기 전에 에쎄를.

아이의 청아한 말이 편의점을 웅웅 울렸다. 말이라기보다는 가볍고 단단한 공들이 튕겨나가는 것처럼 느껴졌다. 낯선 질감의 공들이 편의점을 가득 채우는 것 같았다.

음료수 박스에 앉아 있던 당신이 천천히 몸을 일으켰다. 나도 엉거주춤 일어섰다. 우리는 서로를 마주보았다가, 다시 아이 쪽으로 시선을 돌렸다. 당신이 입을 열었다. 차분하지만 장난스러운 어조였다.

"꼬마 아가씨, 미성년자는 담배를 못 사요. 심부름이라도 안 되지. 안 되고말고."

나는 나도 모르게 고개를 끄덕였다. 아주 오랫동안 그래온 사람처럼, 열심히 고개를 끄덕였다. 시간은 새벽 네시. 여전히 인적이 드문 시간. 아이는 대답 없이 우리 쪽을 바라보았다. 표정의 변화가 없었다. 아주 오랜 시간이 흘렀다고 느꼈을 때, 아이의 입이 다시 천천히 열렸다.

양구에는 돼지코

내가 또 이 아이를 화나게 했구나.

알고 있다. 연수는 화가 나면 말을 하지 않는다. 어렸을 때부터 그랬다. 회초리를 들고 혼을 내려 해도 꿈쩍하지 않았으니까. 죽은 제 엄마를 닮은 거야. 한번 말을 안 하면 며칠이고 안 했지.

방금도 마찬가지였다. 방금? 방금이었던가? 그런 것 같다. 전화를 걸어온 연수가 물었다. 질문이라기보다는 타박에 가까운 어조였다. 아니 잠깐 비운 사이에 어딜 가신 거예요? 나가지 마시라고 했잖아요. 거기 어디에요? 들어오세요, 아빠. 부탁이에요, 제발……

연수는 언제부터인가 나와 대화를 하지 않는다. 일방적으로 말을 한다. 일방적으로 말을 하는 것은 대화가 아니다. 나는 대화를 할 때만 말을 하는데, 연수는 말을 할 때도 대화를 하지 않는다.

며칠 전에도 내가 양구에 다녀오겠다는 것을 극구 말렸다. 양구는 서울에서 먼 곳이 아니다. 동해도 아니고 제주도 아니고…… 양구다. 동해는 멀고 제주는 더 멀고 양구는 가깝다. 연수는 그걸 모른다. 요즘에는 인터넷인가 하는 것을 찾아보면 순식간에 알아내던데, 넌 왜 그러니.

양구를 가신다고요?

연수는 텔레비전을 보고 있는 나에게 물었다. 내가 혼잣말한 걸 들은 모양이었다. 연수가 틀어놓은 텔레비전 드라마에서 화투 치는 장면이 나오는 걸 보다가 무심결에 중얼거린 것뿐인데.

양구라고요? 양구?

그래, 양구다.

양구는 왜요. 왜 거길 가겠다는 거야.

왜라니. 양구는 내가 군생활을 했던 곳이다.

군생활? 군대 말이야?

그렇지. 군대 말이지. 군생활은 군대에서 한다.

아니, 아빠가 언제 군대에 갔는데.

얘야, 나도 군대를 갔다. 지금은 늙었지만 나도 한때는……

그러니까, 언제.

젊었을 때.

젊었을 때 언제.

젊었을 때는 젊었을 때지. 언제가 어딨니.

그러니까 몇 살 때였냐구요.

열아홉……이었나. 스물이었나. 그랬지. 그때가.

그럼 벌써 육십 년 전이네. 육십 년 전 군대가 지금 거기 있다고 생각해요?

있지. 있다. 있고말고. 군대는 안 움직인다. 군대는 거기 있다. 그 자리에.

가서 뭐하시게요?

가서 말해야지. 내가 여기서 군생활을 했다고.

그래서요?

그래서…… 부대를 돌아봐야지. 여기가 막사였고, 여기가 연병장이었고, 여기가 본부였고……

아니, 누가 아빠를 들여보내준대요?

들여보내주지. 들여보내준다. 내가 거기서 군생활을 했고 제대를 했으니까.

연수는 더이상 말하지 않았다. 나를 물끄러미 바라보았을 뿐이다. 한참 침묵한 후에 연수는 알겠다고 말했다. 나중에 나하고 같이 가요. 내가 차로 모셔다드릴게.

나는 답하지 않았다. 연수와 같이 갈 생각은 추호도 없다. 그저 당장 분란을 일으키고 싶지 않을 뿐이다. 분란이나 언쟁이라는 게 얼마나 허망한지는 경험으로 알고 있다.

나는 말없이 전화를 끊었다. 내가 어디라고 말하면 연수는 거기서 꼼짝 말고 기다리라고 할 것이다. 그러면 나는 꼼짝없이 기다려야 할 것이다. 꼼짝하지 않고 누구를 기다리는 일은 많이 해보았다. 정말 부동자세로 기다린 적도 있고, 커피를 마시며 기다린 적도 있고, 떠가는 구름에 이름을 붙이며 기다린 적도 있다. 잔뜩 마음을 졸이며 기다리기도 했는데, 그때는 누구를 왜 기다리고 있었나.

그런 순간들은 모두 지나갔다.

나는 휴대전화의 전원을 끄고 안주머니에 넣었다. 창밖으로는 어둠이 내리고 있었다. 어제도 어둠이 왔는데 오늘도 오는구나. 같은 시간 같은 장소에 아마도 조금씩 다른 빛깔로. 생각해보면 평생 변하지 않은 건 이런 시간의 리듬뿐인지도 모른다.

나는 로비에 걸려 있는 커다란 화면을 물끄러미 바라보았다. 망자의 이름이 있고, 그 옆에 가족들의 이름이 빼곡하게 적혀 있었다. 그렇다. 나는 조문을 온 것이다. 조문을 하러 왔으면 조문을 하면 된다. 사람이 죽으면 생전에 알던 사람들이 조문을 하는 것이고, 조문을 할 때는 죽은 이에게 예를 갖춰 절을 하는 것이고, 절을 할 때는 마음을 다해서 해야 한다. 그것이 사람의 도리다. 망자는 절하는 사람의 마음을 모르겠지만, 그래도 절을 하는 그 마음이 중요하다.

화면이 자꾸 바뀌어서 이름을 제대로 읽기 어려웠다. 나는 안내 데스크에 비치된 조의금 봉투를 한 장 집어들었다. 지갑에서 돈을 꺼내 조심스럽게 세었다. 몇 장인가 이게. 얼마인가 이게. 나는 지폐를 한 장 한 장 세다가 물끄러미 그것들을 바라보았다. 바라보다가 그냥 전부를 봉투에 넣었다. 어차피 얼마 되지 않는다. 돈이란 있다가도 없고 없다가도 있는 것이다. 돈은…… 구름에 붙인 이름 같은 것이다.

나는 계단을 내려갔다. 엘리베이터가 있는 걸 알고 있지만 계단을 이용하는 편이 좋다. 다리 건강에 좋다는 얘기가 아니다. 계단이라는 것은 몸의 운율에 맞추어 움직이기에 좋은 것이다. 계단을 하나하나 밟아서 내려가거나 올라가노라면 마음이 차분해진다. 각각의 단계가 있고, 그 단계들은 한꺼번에 건너뛸 수 없다. 그런 것은 어딘지 인생을 닮았다고 생각한다. 숨을 고르며 계단을 하나하나 밟아서…… 조심스럽게 구름을 디디듯이 밟아서……

지하로 내려갔다. 2호실 앞에 검은 양복을 입은 남자가 앉아 있었다. 남자는 이제 스물을 갓 넘은 어린애처럼 보였다. 어린 남자애는 나를 본 체도 하지 않았다. 잔뜩 찌푸린 표정으로 휴대전화를 뚫어져라 들여다보고 있을 뿐이었다. 세상 사람들이 다 싫다는 표정. 제발 아무도 나를 건드리지 말아주었으면 하는 표정.

알고 있다. 나도 어렸을 때는 저런 표정을 짓고 살았다. 어른들이 싫었다. 특히 어르신이라고 불리는 이들이 싫었다. 아이는 어른이 되고 어른은 어르신이 된다는 것도 싫었다. 어른이 아이보다 높은가. 어르신이 어른보다 높은가. 왜 높은가. 사람이 사람보다 높다는 건 대체 무슨 뜻인가.

어르신들은 나이가 어리다고 무턱대고 나를 무시하기 일쑤였다. 베푼 것도 없이 이미 베풀었다고 생각하는 것 같았다. 일단 대접을 받아야 한다고 생각하는 것 같았다. 내가 어르신인데, 내가 이 나라에서 몇 년을 살았는데, 평생 뼈빠지게 일을 한 시간이 얼마인데, 요즘 젊은 것들은…… 머리에 피도 안 마른 것들이…… 그들은 하나같이 그렇게 생각하는 것 같았다. 나는 어르신들을 피했다. 어르신이면 어르신답게…… 나는 헛기침을 했다. 검은 양복을 입고 앉아 휴대전화를 들여다보던 남자가 고개를 들었다. 눈이 게슴츠레했다. 자기가 지금 왜 여기 있는지, 자기 앞에 서 있는 사람이 누구인지 가늠하는 것 같았다. 나는 그의 눈앞에 흰 봉투를 내밀었다. 그제야 생각났다는 듯이 남자가 자리에서 일어나 봉투를 받았다. 두 손으로, 고개를 숙이고, 공손한 자세로.

나는 거만한 표정을 짓는 대신 두 손을 가슴 앞에 가지런하게 모았다. 그리고 그에게 반배를 했다. 정확하게 반배다. 더 숙이면 비굴해 보이고 덜 숙이면 건방져 보인다. 나는 반배의 의미를 잘 알고 있는 사람이다. 어르신이란 그래야 하는 법이다. 어디서든 인간이 인간에게 예를 다하면 되는 것이다. 나는 어르신이기 때문에……

어르신.

남자가 말했다. 나는 반배를 한 채 고개를 들지 않았다.

어르신.

남자가 내 어깨 쪽에 가만히 손을 대었다. 나는 고개를 천천히 들었다.

어르신. 봉투에 이름을 안 쓰셨는데요.

남자가 내민 봉투를 물끄러미 바라보았다. 봉투에는 아무것도 쓰여 있지 않았다. 방금 썼는데. 박, 춘, 성, 세 글자를 썼는데. 그렇게 쓴 것 같은데. 그런데 봉투에는 아무것도 쓰여 있지 않았다.

나는 봉투를 바라보다가 손을 천천히 뻗었다. 다시 남자 쪽으로 봉투를 밀어내면서 나는 말했다. 최대한 인자하고 너그러운 목소리로.

그냥 넣으시오.

네?

남자가 무슨 말이냐는 듯이 되물었다.

그냥 넣으시라고.

나는 남자를 가만히 바라보았다. 가급적 엄격한 표정을 지으려고 노력했다. 예의란 구름의 모양처럼 덧없는 것이지만, 지킬 때는 지키고 엄격할 때는 엄격해야 하는 법이다.

남자는 어리둥절한 얼굴로 나를 바라보다가, 어쩔 수 없다는 표정이 되어 부의함에 봉투를 넣었다. 사람의 이름 따위는 아무런 쓸모가 없다는 걸 아직 깨닫지 못한 것 같았다. 더 살아보면 알게 된다. 이름이란 그저 사람들이 서로를 구분하려고 편의상 붙인 부호일 뿐이다. 이름을 잊고 인생을 대할 때만 진짜를 만날 수 있다. 위로를 할 때도 그렇고 이렇게 축하를 할 때도 그렇다.

고맙소.

나는 남자에게 짧게 말한 뒤 구두를 벗고 식장으로 들어갔다. 검은 옷을 차려입은 사람들이 꽤 많았다. 어디 앉을 만한 자리가 없나. 요즘에는 피로연을 해도 이런 곳에서 하는 모양이지. 나는 비어 있는 테이블에 자리를 잡고 앉으면서 혀를 끌끌 찼다. 결혼이라는 것은 두 사람이 평생을 함께하기로 약속하는 엄숙한 자리다. 검은 머리가 파뿌리가 될 때까지 함께하지 않으면 안 된다. 요즘에는 이혼이다 뭐다 부부관계를 천시하는 풍토가 있는 모양이지만, 돼지코만 있으면 돼, 돼지코만.

돼지코라니.

돼지코?

그럼. 돼지코.

돼지코만 있으면 된다고?

그렇다니까. 돼지코.

옆 테이블에서 사람들이 대화하는 소리가 들렸다. 나는 고개를 돌렸다. 돼지코만 있으면 된다니 그게 무슨 말일까. 돼지코는 제사나 고사를 지낼 때 필요한 것이다. 무슨 개업식 같은 것을 할 때가 아니면⋯⋯ 아니, 그건 돼지코가 아니라 돼지머리인데. 하지만 돼지코는⋯⋯ 호주라든가 일본 같은 데서 쓰는 거야.

호주하고 일본. 알겠어. 돼지코만 있으면 다 연결이 된다는 거지. 돼지코만 있으면.

돼지코는 돼지코고, 웃긴 건 내시경이라구. 대장내시경을 하고 위내시경을 같이 했는데, 거기 넣었던 내시경을 그대로 입에 넣더라니까.

거기?

그래, 거기.

옆 테이블에 앉아 있는 네 사람이 한꺼번에 웃음을 터뜨렸다. 돼지코. 내시경. 돼지코와 내시경. 나는 생각했다. 내시경을 입에 넣으면 어떻게 되나. 내시경은 몸속 깊숙하게 넣는 물건인데. 돼지코는 돼지코고 내시경은 내시경인데. 입에 넣는 것은 확실히 내시경이고, 돼지코가 아니다. 그런데 내시경을⋯⋯ 하다가 죽은 친구가 있었다.

그 친구는 젊었는데, 아직 한창 젊을 때였는데, 내시경이 아니라 무슨 수술이었던가. 아니 인공호흡이었나. 그렇지. 그걸 내가 했지. 어째서인지 내가 해야만 했는데, 울지도 않고 했는데, 얼굴을 붙잡고 미친듯이 인공호흡을 했는데, 친구는 죽어서 다시는 돌아오지 않았지. 나는 인공호흡을 했는데⋯⋯

나는 병원 같은 데를 다니지 않기 때문에 그런 것은 상관이 없다. 내시경이든 인공호흡이든 나에게는 의미가 없다. 나는 병원에 다니지 않으니까. 그것이 나의 자랑이다. 병원이라니. 검사를 받기 위해 여기저기 불려다니고, 내 이름을 언제 부르나 기다리며 진을 빼고, 옷을 벗었다가 다시 입고 또 벗었다가 다시 입고, 움직이는 침대에 누워 무슨 기계 속에 들어가고, 딱딱한 표정의 젊은 의사에게서 뭐가 안 좋고 뭐가 또 안 좋으니 뭐를 어떻게 해야 한다는 진단을 받고, 약을 먹고 약을 또 먹고 때로는 회복실에 누워 죽은듯이 잠들었다가 깨어나고……

병원은 더이상 다니지 않겠다고 연수에게 선언했다. 병원에 다니지 않는 게 얼마나 편한 것인지 너무 늦게 깨달았다고 나는 말했다. 내가 죽으면 땅에 묻지 말아다오. 화장을 하고 유골을 잘 갈아서 흙에 뿌리면 된다. 그 흙을 일부러 먼 데 가서 버리지 말고 그냥 집에 두어라. 화분에 담아서 햇빛 드는 베란다에 놓아라. 조용한 식물을 심어도 좋겠지.

연수는 가타부타 대꾸가 없었다. 뭔가 곤란하다는 듯한 표정이었는데, 실은 나도 처음에는 그랬다. 그렇게 하겠다는 얘기를 누구에게서 듣고 좀 잔망스럽다고 생각했으니까. 수목장이니 자연장이니 하는 것은 들어봤어도 화분장 같은 건 없지 않나. 그러다가 다시 생각해보고는, 그게 참 나쁠 것이 없다, 번거롭지도 않고 돈도 들지 않고 창밖의 구름을 바라볼 수도 있고…… 그래서 마음을 다시 먹었지. 한번 그렇게 마음을 먹으니까 그렇게 하지 않으면 안 될 것 같았다. 그래서 연수에게 말한 것인데, 연수는 역시, 혼자 오셨습니까.

낮고 굵은 목소리가 들려 고개를 들어보니 웬 남자가 서 있었다.

혼자 오셨습니까, 어르신?

남자는 미간이 적당히 넓어 호인상이었다. 검은 양복을 입고 머리에 건을 쓰고 팔에는 완장을 둘렀다. 한 마흔쯤 되었으려나. 아니, 얼굴은 허여멀겋지만 눈가가 처진 모양을 보니 쉰에 가까울지도 모른다. 나에게 아들이 있다면 이 정도 되었겠다. 아들이 있다면 이 정도 되었겠지만…… 나에게 아들이 있었던가. 없었던가. 나에게는 딸이 있는데, 딸의 이름은……

아닙니다, 어르신. 그냥 앉아 계십시오.

몸을 일으키려 하자 남자가 내 어깨를 두 손으로 잡으면서 말했다. 나는 엉거주춤 선 자세가 되었다.

저희 어머님과는 어떻게 되십니까.

그게, 그러니까…… 어머님……이라고 하시면……

네, 제가 김, 상 자, 희 자 되시는 분의 아들입니다.

아아, 아드님이시라고. 그렇군. 그렇군요. 그러니까 나는…… 나는…… 그분의……

무엇이었던가. 누구였던가. 오른손을 들고 무언가를 가리키려는데, 남자가 허공에 들린 채 파르르 떨고 있는 내 손을 잡았다. 따뜻했다.

어쨌든 이렇게 와주셔서 감사합니다. 저희 어머니가 친구분이 없으신 편인데, 이렇게 어르신이 와주시니 좋습니다. 감사합니다.

그렇지요. 그렇지요. 친구분이 오면…… 좋지요.

나는 중얼거리듯이 말하고는 남자에게서 손을 빼냈다.

아직 인사를 안 드리신 것 같은데 저기 잠깐 들어가셔서……

흰 면장갑을 낀 손으로 다른 방을 가리키며 남자가 말했다. 아마도 무슨 대기실 같았다.

아니, 나는 사실 그게, 대기실까지 갈 건 아니고, 내가 결혼식인 줄을 모르고…… 그러니까……

남자는 나를 물끄러미 바라보았다. 나도 남자를 물끄러미 바라보았다. 약간의 침묵 후에 남자가 고개를 살짝 끄덕였다.

그럼, 편하신 대로 계시다 가십시오, 어르신.

남자는 그렇게 말하고 다른 자리의 손님들을 둘러보았다. 그리고 침울하고 진지한 표정을 지으며 건너편 테이블로 다가갔다. 나는 엉거주춤 서 있던 몸을 주저앉혔다. 엉치 쪽에서 올라온 통증이 옆구리와 가슴을 지나 머리끝으로 올라왔다. 소주를 한 잔 따라서 입을 축였다. 쓴맛이 입술에 남았다가 천천히 사라졌다.

나는 그분의…… 그러니까 김…… 김 뭐라는 분의 친구는 아닙니다만.

나는 혼잣말을 했다. 나도 친구가 없는 편이지만, 친구는 많을수록 좋다. 그것은 확실하다. 그래야 결혼식을 할 때도 사람들이 많이 오고, 아이를 낳아 백일이 되었을 때도 많이 오고, 그 아이가 커서 또 결혼식을 할 때도 많이 오고, 장례식을 할 때도 많이 오고…… 그런 것이다. 그런데 사람들이 많이 오는 건 좋은가.

결혼은 인륜지대사지만, 나는 나의 결혼식을 생각하면 참 서운한 일이 있다. 결혼식보다 더 좋은 것은 누가 뭐래도 신혼여행이다. 인생에서 유일한 여행이니까. 유일한 여행은 좋은 곳으로 가야 하니까.

그런데 나는 신혼여행을 가보지 못했다. 아니, 가긴 갔었지. 동해나 제주도로 신혼여행을 가고 싶었지만 이런저런 사정 때문에 가까운 곳으로…… 미아리고개 쪽으로…… 차를 몰고 갔었지. 그쪽으로 가면 북악 스카이웨이가 있지. 신혼여행 삼아서 결혼식 리본을 차에 매달고 밤의 산복도로를 달렸다. 좁고 구불구불한 길이 산중턱을 따라 한없이 위로 뻗어 있었다. 꼭대기까지 올라가면 서울 시내가 한눈에 보인다고 해서, 화사한 야경을 볼 수 있다고 해서, 산 위의 무슨무슨 호텔에서 하루를 보냈던 걸 기억한다. 운전은 내가 하고 그 사람이 내 곁에 앉아 있었지. 나는 내가 운전을 하고 그 사람이 옆에 앉아 있을 때가 좋았다. 그 사람은 내 옆에 앉아서 내 차를 타고 달리는데도 무서워하지 않았다. 나를 믿고 있는 것이다. 나는 그게 좋았지. 사랑이란……

잘해야 하는 것이다. 열심히 해야 하는 것이다. 나는 그것을 잘하지 못했다. 나는 그 사람을 사랑해서 사랑을 잘해보려고 했는데, 열심히 잘해보기도 전에 그 사람이 세상을 떠났다. 너무 일찍 떠났기 때문에 연수는 엄마 얼굴도 기억하지 못하지. 사진으로만 보고 이 사람이 엄마구나 하고 알고 있을 뿐. 기억이란 이렇게 저렇게 눈앞에서 만져질 것 같고 냄새 같은 것이 아득하게 느껴지고 햇살 속에 서 있는 뒷모습 같은 것이 떠올라야 하는 것인데, 연수에게는 그런 것이 없다. 그런데 그 사람의 얼굴이…… 이젠 떠오르지 않는구나. 이름도 가물가물 기억이 나지 않는다. 그 사람의 뒷모습만이 떠올라. 어느 아침 햇살 환한 골목을 걸어갈 때 내 앞을 걸어가던 조용한 뒷모습 하나가.

묘소에 가서 인사를 드려야 하는데. 이미 인사를 드린 것도 같은데. 테이블 위에 육개장이 놓여 있었다. 육개장에는 고기 몇 점이 파, 고사리 등속과 함께 국물에 잠겨 있고 고추기름이 발갛게 동동 떠 있었다. 나는 배가 고프다는 데 생각이 미쳤다. 숟가락을 들어 허겁지겁 육개장을 먹기 시작했다. 매콤하고 향긋한 기운이 입안에 가득찼다. 나는 입을 우물거리면서 주위를 둘러보았다. 테이블마다 사람들이 모여 앉아 대화를 하고 있었다. 신기한 일이지. 사람들은 매일매일 할말이 이렇게도 많은 것일까. 전 세계 방방곡곡에서 수많은 사람들이 모여 앉아 수많은 이야기를 하고 있을 텐데…… 지치지도 않고 그렇게 이야기를 하는데도 오늘도 내일도 이야기는 끊이지를 않고…… 그렇지. 그렇다니까. 그게, 돼지코만 있으면 된다니까. 끼우기만 하면 연결이 되는 거예요. 반짝, 하고 켜지는 거지. 아니, 제품마다 다를걸? 제품 라벨에서 그걸 확인해봐야지. 아니라니까. 옛날에는 어댑터 같은 게 필요했지만 지금은. 아버지 돌아가시고 엄마 얼굴이 얼마나 환해졌는지 몰라. 인생은 뭐고 가족은 뭔가 싶더라니까. 생각해보면 당연한 일인데 말야. 하하. 우리 할머니는 평생 골초셨는데, 말년에는 담배 끊어야 빨리 가신다고 말씀드리니까 단박에 끊으시더라고. 하하. 아 그래도 돼지코만 있으면.

사람들이 작게 웃음을 터뜨렸다. 저 사람들은 뭐가 우스운 걸까. 뭐가 돼지코라는 걸까. 담배를 끊으면 어디를 빨리 가나. 나는 멍하니 앉아 생각을 했다. 이제 쓰리 고야, 쓰리 고. 구석에 자리를 잡고 앉아 고스톱을 치던 쪽에서 그런 소리가 들렸다. 요즘도 상가에서 고스톱을 치나. 왜 남의 상가에서 고스톱을 치나. 노인 하나가 화투패를 쥔 손을 높이 들어올렸다가 담요를 향해 내리치는 모습이 보였다. 가만 보니 노인은 눈물을 흘리고 있었다. 눈물을 흘리며 화투를 치면 재미있을 것이다. 화투를 치면서 눈물을 흘리면 더 슬플 것이다. 그런데 화투를 쳐본 지가 언제였던가.

그래, 나도 화투를 쳐본 적이 있다. 양구에서였다. 나는 양구의 모 부대에서…… 그러니까 21사단 모 부대에서 근무하고 있었다. 지금도 나는 군번 숫자를 하나하나 빠짐없이 기억해낼 수 있지만, 부대 이름은 기밀이다. 지금도 내무반이 있던 막사와 모래 먼지 날리는 연병장과 연병장을 가로질러 계단을 올라가야 나오는 본

부까지 세세하게 떠올릴 수 있지만, 부대 이름은 기밀이다.

부대의 겨울은 추웠다. 맹추위라거나 살을 에는 추위라거나 하는 상투적인 말로는 표현이 안 된다. 진짜 추위는 잘 드는 면도칼 같다고 생각한다. 수천 개의 면도칼로 피부의 표면을 살살 긋듯이 바람은 분다. 시간이 지나면 내 몸이 내 몸 같지 않게 된다. 감각이 없어지는 것이다. 그리고 어느 순간, 바람은 소리 없이 언 살을 베어버린다.

추위만 뺀다면, 추위만 뺀다면, 나는 군생활이 좋았다. 모든 게 미리 정해져 있어서 따르기만 하면 되는 생활이 좋았다. 위와 아래가 정해져 있으니 애써 인간관계를 만들지 않아서 좋았다. 복종을 하고 명령을 하고 정시에 잠을 자고 정시에 기상하면 되니 마음이 편했다. 고민을 하지 않아도 되고 생각을 하지 않아도 되어서 나는 좋았다.

그때는 4·19 때였는데, 내가 모신 장교는 아주 유명한 분이었다. 이름이 김유신이었지. 신라시대의 장군과 이름이 같아서 잊으려 해도 잊을 수가 없었다. 이름답게, 그분은 단호한 군인이었다. 나는 운전병으로서 그분과 그분의 가족들을 모셨다. 그분이 우리 부대에서 경무대로 진급해 가면서 나를 발탁했을 때, 나는 감격했다. 일개 운전병을 서울로 데려가다니. 강원 산간에서 근무하던 일개 병사가 서울 시내에서 장성이나 타는 군용차를 운전하게 되다니.

서울로 전출된 뒤에는 약수동 그분의 집으로 출근하기 시작했다. 내가 그분과 동향이라는 것은 나중에 알았지만 그런 것은 중요하지 않았다. 나는 최선을 다했다. 충성을 다했다. 절도 있게 경례를 하고 절도 있게 도어를 열고 절도 있게 운전을 했다. 그분도 국가에 진심으로 충성을 다했을 것이다. 진심을 다하는 인간은 아무리 나쁜 짓을 저질러도 악한 자가 아니다. 악한 자가 될 수가 없다. 악한 자가……

될 수도 있나.

그럴 수도 있나.

그래, 나도 알고 있다. 진심이기 때문에 악한 인간이 될 수도 있다는 것을. 실은 악한 인간들 대부분이 진심이라는 것을. 악한 인간도 믿음이나 신념 같은 것으로 무장한다는 것을……

김유신 장군은, 그때는 아직 장군이 아니었지만, 4 · 19 때 시위대를 향해 발포를 명령한 사람 중 하나였다. 모처에서 약수동으로 돌아오는 차 안이었던가. 그분은 혀를 차며 말했다. 대학생들이 몇 명 죽었다는 내용이었다. 죽어도 싼 놈들이다. 애새끼들이 어디서 무슨 물이 들어가지고……

나는 열심히 운전을 했다. 운전만 했다. 그날이었던가. 그다음 날이었던가. 나는 가벼운 접촉사고를 냈다. 내 잘못은 아니었다. 경리단에서 남산을 타고 넘어가 약수 쪽으로 빠지는 로터리 인근에서 삼륜차에 범퍼를 살짝 긁혔다. 삼륜차가 무리하게 좌회전을 하다가 그랬을 뿐인데, 그랬을 뿐인데, 그것 때문에 나는 약수를 떠나야 했다. 약수를 떠난 뒤에는 화투를 쳤다. 화투를……

친 것은 양구에서였다. 다시 돌아왔을 때는 한겨울이었다. 산간에는 눈이 자주 내렸고, 바람은 수천 개의 면도칼로 피부를 긋고 지나갔다. 제대가 얼마 안 남은 병장들은 막사 안에서 화투패로 전쟁을 했다. 민화투나 고스톱은 치지 않았다. 섰다나 도리짓고땡이었는데, 나는 지금도 그 꽃놀이패의 무늬며 질감이며 느낌을 정확하게 떠올릴 수 있다. 아무리 시간이 지나도 잊히지 않는 것이 있다. 잊히지 않는……

신병이 있었다. 자꾸 눈에 밟히는 녀석이었다. 화투패 너머로, 내무반의 차가운 공기 저편에, 눈에 밟히는 신병이 있었다. 어린애, 꼬마, 고문관…… 창밖에 눈이 내리고, 영동 산간에 눈발은 지치지 않고 쏟아져내리고, 눈이 쏟아지는 산을 바라보며 창밖에서 시선을 떼지 못하는 왜소한 녀석이었다.

사회에서는 대학생이었다고 했다. 나는 대학 다니는 인간을 군대에서 처음 보았다. 중고등학교 때 성적이 좋았는데도 나는 대학 문턱에도 가보지 못했다. 중고등학교 때는 영어도 잘하고 국어도 잘한다는 칭찬을 들었는데, 그랬는데도, 결국 고등학교를 채 마치지 못하고 집을 나가 일을 해야 했지.

그런데 녀석은 대학씩이나 다닌다고 했다. 그런데도 고문관이었다. 나는 그게 우스웠다. 게다가 무슨…… 시를 쓴다고 했던가.

그것도 우스웠다. 시라니…… 군대에서…… 시라니. 법학도 아니고 상학도 아니고 축구나 바둑도 아니고…… 시라니……

확실히 고문관에 어울리는 일이었다. 녀석은 피부가 허여멀겋고 눈빛이 흐릿했다. 딱 시 같은 것을 쓰게 생긴 놈이라고 생각했다. 내가 병장 초봉이었을 때 녀석은 갓 전입해온 이병이었고 매사에 욕을 벌었다. 고문관이었으니까…… 고문관은 내무반에 활기를 불어넣어주니까……

나는 녀석을 괴롭히는 상병들을 말렸다. 내 밑이라고 해도 고참 실세들인지라 말리는 일은 쉽지 않았다. 하지만 어쩐지 그래야 할 것 같았다. 군기는 내가 잡겠다고 했다. 급기야 고문관을 내 부사수로 삼았다. 녀석을 괴롭히지 못하도록 아예 내 곁에 둔 것이다. 근무를 설 때마다 녀석이 조곤조곤한 목소리로 대학이 어쩌고 민주주의가 어쩌고 하는 얘기를 하는 게 꼴 보기 싫었다. 꼴사나웠다. 배알이 꼴렸다. 그러니 내가 녀석을 사랑한 것은 아니다. 녀석이 나를 사랑했다. 아니……

아닌가.

거꾸로인가.

녀석이 나 때문에 탈영을 하고 자살을 한 것은 아니다. 그것은 확실하다. 휴가를 나갔다가 부대 복귀를 하지 않아 결국 영창에 갔던 것도 나 때문은 아니다. 영창에서 부대로 돌아온 날 밤, 그는 시신이 되었다. 내가 직접 목에 걸린 줄을 풀었다. 줄은 천장 서까래에 걸려 있었다. 보급 창고 안이었다. 내가 녀석의 입에 대고 인공호흡을 했다. 어째서인지 그걸 내가 해야만 했는데, 누구든 해야 했기 때문에 했을 뿐인데, 그랬는데도, 녀석은 죽었다. 그 입술의 촉감은 지금도 똑똑히 기억해낼 수 있지만, 아무리 그래도 내가 녀석을 사랑한 것은 아니다. 녀석이 나를 사랑했다. 아니,

아닌가.

거꾸로인가.

나는 그 밤에 울지 않았다. 아무리 울려고 해도 눈물이 나오지 않았다. 나는 그것을 또렷하게 기억한다. 하지만 너무 또렷한 것들은 더 의심해야 하지 않나. 날 좋은 날 구름의 모양은 얼마나 또렷한가. 나는 고개를 흔들었는데, 어르신.

웬 남자가 내 팔을 붙들었다. 나는 결혼식장을 나가려고 했을 뿐인데, 돌아보니 머리에 건을 쓴 남자가 서 있었다. 검은 양복을 입고 완장을 두른 남자였다. 미간이 넓어 호인상이었는데 아직 얼굴이 허여멀건 게 한 마흔쯤 되었으려나. 눈가가 처진 모양을 보니 쉰에 가까울지도 모른다. 나에게 아들이 있다면 이 정도 되었겠다. 아들이 있다면 아마도…… 하지만 나에게는 딸만 하나가 있지. 사랑하는 딸만 하나가 있지. 요즘에는 대화를 하지 않고 자꾸 혼자 말을 해서 문제지만, 이름이…… 그러니까 그애 이름이…… 어르신.

남자가 말했다. 공손한 어조였다.

어르신. 말씀을 들어보니까…… 저희 어머님과 아주 친하셨다고……

저희 어머님이라니, 이 남자는 지금 무슨 말을 하는 건가.

남자 곁에 나이든 여자가 한 명 서 있었다. 나이가 들었다고는 하지만 머리가 새카만 게 아직 일흔도 안 돼 보였다. 여자는 희미하면서도 부드러운 미소를 띤 채 나를 바라보고 있었다. 평생 마음을 잘 다스린 사람만이 지닐 수 있는 표정이다. 마음이 사나운 사람들은 저런 표정이 나오지 않는다. 나는 그걸 경험으로 알고 있다.

저, 기억 안 나세요?

어디서…… 봤더라.

나는 말을 얼버무렸다.

제 언니가 상희, 김상희예요. 제가 동생인데…… 모르시겠어요? 둬 번 봤는데.

글쎄, 나는…… 나는……

상희라는 사람을 모른다. 알지 못하는 사람의 동생을 알 수 있는 방법은 없다. 이 사람은 무언가 착각을 하고 있는 것 같다. 착각은 흔한 것이다. 사람은 언제나 착각을 하고 나도 착각을 자주 한다. 그러니까 사람은 사람에게 너그러워야 하는 것이다. 나는 너그러운 어조로 말했다.

여기서 자제분이…… 결혼이라도……?

나는 여자와 남자를 번갈아 바라보았다. 여자는 나를 물끄러미 바라볼 뿐 말이 없었다. 그러다 고개를 숙이더니 손바닥으로 제 입을 막았다. 웃는 것인가, 우는 것인가. 여자의 어깨가 가볍게 들썩였다. 남자가 여자의 어깨를 잡으며 나를 바라보았다.

저희 어머님이 돌아가시기 전 이삼 년 동안, 어르신과 그렇게 친했다는 얘기를 이제야 들었습니다. 어머님 병환이 깊어지신 뒤에는 못 뵈었을 텐데, 이렇게 와주셔서 감사합니다. 그리고 죄송합니다. 진작 인사를 드렸어야 하는 건데……

지금 이 남자가 무슨 말을 하고 있는 건가. 나는 남자를 가만히 바라보았다. 남자도 나를 가만히 바라보았다. 남자가 고개를 돌려 여자에게 뭐라고 귀엣말을 했다. 여자는 고개를 끄덕였다. 눈시울에는 아직 물기가 남아 있었다. 나는 이 사람들을 잘 모르는데 이 사람들은 나를 잘 아는 모양이구나. 이 사람들은 나를 잘 아는데 나는 왜 이 사람들을 모르나. 그것은 불공평하다. 나는 잘 모르는 사람들과 쉽게 대화하는 사람이 아니다. 괜히 친한 척하는 사람들에게 나는 호감을 갖고 있지 않다. 이렇게 불공평한 경우라면 더구나……

아, 그럼 저는, 이만.

나는 발걸음을 옮겼다. 그들을 떠나 천천히 로비를 가로지르면서 생각을 했다. 남자는 김…… 김 뭐라는 이가 자기 어머니라고 했다. 그리고 여자는 그 어머니라는 이의 동생이라고 했다. 그러니까 남자와 여자는 조카 이모 사이지만, 나는 남자와 여자의 친척이 아니다. 나는 남자와 여자를 모른다. 그뿐이다. 사람이 사람들을 많이 알면서 인생을 보낼 필요는 없다. 인생에서 알고 지내는 사람은 열 손가락 정도면 족하다. 나는 그걸 경험으로……

결혼식장을 나가다가 로비 한가운데서 멈추어 섰다. 그런데 저 사람들이 북악 스카이웨이를 알까. 나는 가만히 뒤를 돌아보았다. 북악 스카이웨이는 신혼여행으로 가기에 참 좋은 곳인데. 북악 스카이웨이에서 바라보는 구름이 참 예쁜데. 동해는 멀고, 제주도는 더 멀고, 북악 스카이웨이는 가깝다. 저 사람들에게 그걸 알려줄까. 돼지코…… 내시경…… 그런 말을 한 사람들에게도 얘기해줄까. 나는 인공호흡을 했고, 아내는 죽었고, 딸의 이름은, 그렇지, 딸의 이름은 연수라고. 나는 그런 것들을 잘 기억하고 있다.

머릿속이 점점 헝클어졌다. 어쩐지 고통스럽다는 생각이 들었다. 실제로 고통스러운 것은 아닌데 고통스럽다는 생각만 들었다. 생각이라는 것은…… 사실 아무것도 아니다. 그건 그저 지우고 없애면 되는 것이다. 구름처럼 흘러가면 되는 것이다. 생각이 하나의 상자라면, 상자 속에는 성경에 나오는 무슨 방주처럼 수많은 생물들이 가득할 것이다. 방주는 아래층과 위층과 또 그 위층으로 이루어져 있을 것이고, 층층이 다른 생각들이 생물처럼 거주할 것이다. 세상이 다 물에 잠긴 뒤에도 방주는 물위를 둥둥 떠갈 것이다. 그러다 마른 뭍을 만나면 문을 열어 밖으로 내보내는 것이다. 방주 밖으로 생물들이 나가서 흩어진 뒤에는 번식을 하고, 그렇게 번식하면서 또 한 세상을 이룰 수 있도록.

방주…… 아니, 상자를 열면, 이 칸에는 코끼리가 있고, 저 칸에는 기린이 있고, 또다른 칸에는 처음 보는 동물들이 있을지도 모른다. 하지만 생각이라는 상자는 아무래도…… 배를 닮지 않았다.

게다가 그 상자는 아내의 것이다. 아내는 생각이라는 상자 속에 담겨서 사라졌다. 그 상자는 넓고 깊었다. 나는 상자 안에 손을 집어넣고 뭐가 있는지 가늠해보려고 했는데, 아내는 딸을 낳고 얼마 안 있어 상자 속으로 들어가버렸다. 들어가서는 다시 나오지 않았다. 상자 속에 담겨서 아내는 춘천으로 떠났다. 춘천에는 강이 있고 댐이 있고 조용한 산이 있다. 춘천에서 조금 더 가면 양구가 나오는데 양구는 동해보다 가깝고 제주보다 더 가까워서 먼 곳이 아니다. 나는 양구에서 화투를 치고 인공호흡을 하고……

거리로 나왔다. 저녁의 거리에는 사람들이 너무 많아서 어지러웠다. 알고 있다. 요즘에는 북악 스카이웨이 같은 곳은 가지 않겠지. 결혼식을 올린 여자와 남자는 아마 먼 곳으로 신혼여행을 떠나겠지. 제주도나 동해 같은 곳으로…… 또는 바다 건너의 더 먼 나라로.

실은 나도 곧 여행을 떠날 것이다. 양구로 여행을 떠날 것이다. 혼자 떠날 것이다. 문득 상희……라는 이름이 떠오른다. 누구였더라. 아내의 이름은 기억나지 않는데, 상희라는 이름이 떠오르다니. 아니, 상희가 아내의 이름이었던가. 아내의 이름은…… 아내의 이름은…… 하지만 상희가 아니다. 너무 오래 불러보지 않아서 자연스레 잊혔지만 상희가 아니다. 오래되었으니까 잊히는 것은 당연한 일이다. 이름이란 원래 그런 것이니까. 조금씩 잊고 잊히다가 종국에는 스르르 사라지는 것이니까. 불현듯 생각이 나서 불러보려고 하면 입술 끝에 걸려 파르르 떨리는 그런 것이니까.

아내를 만나면 곧바로 떠오를 것이다. 이름을 다시 부를 수 있을 것이다. 그러면 모든 게 기억날 것이다. 그래, 상희라는 사람과 아내가 있는 묘원에도 같이 간 적이 있었다. 나는 상희라는 사람의 죽은 남편 묘지에도 간 적이 있었다. 묘에 다녀오는 길에는 서로 말이 없었지. 조용히 저녁식사를 하고, 먼 곳에 해가 지는 것을 바라보다가, 차를 타고 돌아왔을 뿐이다.

그때 우리는 서로 존댓말을 했다. 상희씨라고 했던가. 춘봉씨라고 했던가. 그때는 나에게 차가 있을 때였다. 자가용이 있을 때였다. 자가용은 잘 달린다. 그걸 타고 달리는데, 차창 밖으로 저녁 무렵의 북한강이 오래 이어지던 기억이 난다. 강물에 젖어드는 햇살이 불그스름했다. 나는 평생 운전을 해왔기 때문에…… 시내버스도 운전하고 고속버스도 운전하고 아주 커다란 트레일러를 몰고 달린 적도 있기 때문에…… 운전에는 자신이 있었다. 그때는 나에게 자가용이 있었고, 옆에는 상희씨가 타고 있었고, 우리는 말이 없었다. 그런데 지금은 양구.

양구에 가야 한다. 양구는 동해도 아니고 제주도 아니다. 제주와 동해의 바다에는 해변이 있고 모래사장이 있고 수평선이 있겠지만 양구에는 그런 것이 없다. 그런 것은 없어도 좋다. 양구에는 면도칼 같은 바람만 불어도 좋다.

어둠이 내리고 있었다. 나는 네거리에 서 있었다. 확실히 사람의 인생에는 네 개의 방향이 있다. 그것은 동서남북이다. 사람은 동서남북 가운데 어느 하나를 선택한다. 나는 네거리에서 좌우를 둘러보았다. 사람들이 정신없이 지나다니고 있었다. 나는 아무에게도 폐를 끼치지 않을 것이다. 혼자 걸어가면 되는 것이다. 어디로든 조금만 걸어가면 집이 나오겠지. 하늘에는 아직 검붉은 구름이 희끄무레하게 떠 있었다. 나는 그 구름에 이름을 붙이기 위해 물끄러미 바라보았다. 저 구름을 따라 조금만 더 가면 춘천도 나오고 양구도 나오고……

거기 당신이 있을 것이다. 거기서는 돼지코, 돼지코만 있으면 당신을 만날 수 있을 것이다. 돼지코만 있으면 가로등에 불이 들어오듯 반짝, 켜지겠지. 그러니까 양구에는 돼지코가……

횡단보도 저편에 파란불이 켜졌다. 나는 느리게 걷기 시작했다.

스텔라를
타는
구남과 여

1

썅.

구남씨가 그렇게 뇌까렸을 때 나는 천장을 바라보고 있었다. 바라보고 있었다기보다는 그냥 시선을 두고 있었다고 해야 하나. 구남씨는 다시 낮게 코를 골다가,

니미,

또 욕을 했다. 잠꼬대였다. 구남씨는 두어 번 더 그런 말을 내뱉다가 새근새근 숨을 내쉬었다.

밤이니까 천장 쪽은 캄캄해서 아무것도 보이지 않았는데, 아무것도 보이지 않아서 거기 뭐가 있는 것 같았다. 어둠은 늘 이런 식

으로 사람을 유혹하지. 재수없어. 나는 그런 엉뚱한 생각을 하고 있었다. 사람 마음도 마찬가지인가. 자꾸 캄캄해져서 손을 넣어보게 되잖아. 거기서 뭐가 잡히나.

구남씨의 잠꼬대가 처음은 아니었다. 익숙하다고 해도 좋았다. 일주일에 한두 번씩은 구남씨의 잠꼬대 때문에 깨곤 했으니까. 잠꼬대라는 건 구남씨가 어떻게 할 수 있는 게 아니고 어떻게 할 수 없는 것에 대해 나는 별다른 불만이 없다. 잠깐 갸우뚱해지거나 잠을 좀 설치는 것 외에는 문제될 것도 없었고.

확실히 구남씨에게는 구남씨의 버릇이 있고 나에게는 나의 버릇이 있다. 나의 버릇으로 말하자면 구남씨처럼 자면서 욕을 한다든가 하는 건 아니었다. 그보다 기묘하다면 기묘하달 수 있는데, 나는 눈을 뜨고 잔다. 그런 걸 버릇이라고 하기에는 좀 뭣하지 않을까. 버릇이라는 건 안 하려고 하면 잠시라도 안 할 수 있어야 할 텐데 그게 안 되는걸.

일단 눈을 감는다. 자려고 한다. 잠이란 건 역시 편안한 것이라고 생각한다. 편안하다고 생각하니 정말 편안한 느낌이 든다. 양 한 마리도 지나가고 양 두 마리도 지나가고 양 세 마리도 지나가고…… 양들이 오백 마리쯤 지나가면…… 잠이 든다. 그런데 이상하지. 잠이 들면 스르르, 눈을 뜨게 되는 것이다. 원래 크기보다도 더 크게, 눈을 부릅뜨게 되는 것이다. 정확하게 말하면 그렇게 눈을 뜬다고 한다. 나야 잠이 들었으니 알 턱이 없지. 어렸을 때부터 그래왔다고 엄마가 그랬으니 그런가 할 뿐이다.

처음에는 나도 믿지 않았다. 거짓말하지 말라고 했더니 엄마는 잠든 나를 캠코더로 찍어서 보여주었다. 이것 봐. 눈을 뜨고 자잖아. 엄마가 의기양양한 표정으로 작은 화면을 가리켰다. 화면 속의 나는 확실히 눈을 뜬 채 잠들어 있었다. 눈이 완전히 감기지 않는다거나 실눈을 뜬 정도가 아니었다. 내 눈이 이렇게 클 리가, 하고 깜짝 놀랄 만큼이었다. 그것도 캠코더 쪽을 똑바로 바라보면서. 아니, 초점이 애매했기 때문에 그걸 '바라본다'고 할 수 있는지는 좀 헷갈렸지만.

도리 없이 병원에를 갔다. 무슨 병에 걸린 게 틀림없다고들 말했으니까. 의사는 이렇게 설명했다. 목에서 쇳소리가 나는 할아버지 의사였는데, 에, 눈뜨고 자는 건 두 가지 경우가 있어요. 하나는 눈꺼풀이 너무 짧은 경우. 안구를 충분히 덮어주지 못하는 거지. 또하나는 안구가 지나치게 돌출된 경우. 눈꺼풀은 정상인데 튀어나온 눈알 면적이 넓은 거야. 엎어치나 메치나 비슷한 얘기 같지만 치료 방법이 달라요. 근데…… 아가씨는 이상하네? 눈꺼풀 길이가 정상인데? 눈두덩도 움푹 들어가 있고. 그런데 눈을 뜨고 잔다?

의사는 왠지 화가 난다는 표정을 짓더니 결론을 내리듯 덧붙였다.

이런 경우는 드문데. 일단 대학병원을 가보세요. 수면 검사도 해보고. 무엇보다 일단 신경정신과 진료를……

그래서 대학병원에를 갔다. 수면 검사란 것도 받았다. 진단은 같았는데, 아주 드문 케이스로 아마도 스트레스 탓이 아닐까 하는 결론이 나왔다. 그럼 나는 태어나면서부터 스트레스를 받은 게 틀림없구나 생각하고는 우울해졌다. 어쨌든 눈을 뜨고 자면 안구건조증이라든가 각막염 같은 게 있을 수 있다고 해서 눈에 안약을 넣은 게 전부.

열심히 안약을 넣은 덕분에 안구건조증이라든가 각막염 같은 것은 생기지 않았다. 생활에도 별문제가 없었다. 문제가 있을 턱이 없는 게, 눈뜨고 잔다고 해서 누가 뭐라는 건 아니니까. 우선 어렸을 때부터 혼자 잤고 친구네서 외박 같은 걸 하지도 않았으며 버스나 지하철 같은 데서 잠이 들지도 않았으니까. 중학교 때인가 수업중에 졸았던 적이 있긴 했다. 그때 수학 선생에게서 '너, 수업 시간에 이상한 표정을 짓고 있다'는 지적을 들은 뒤로는 자동으로 졸지 않게 되었다. 수학 선생이 말한 이상한 표정이라는 것을 상상해보았는데, 고개를 외로 꼬고…… 두 눈을 부릅뜬 채…… 깜빡이지도 않고…… 조금씩 흔들흔들…… 입가에 침이 고이고…… 그런 모습이 그려졌다. 확실히 남에게 보여줄 만한 표정은 아니니까 그후로는 수업시간마다 말짱하게 깨어 있었다. 수학여행처럼 어쩔 수 없는 경우에는 머리 뒤로 띠를 빙 둘러서 착용하는 안대를 지참했다. 안대를 하면 눈을 뜨든 말든 상관이 없을 테니까. 숙소에서도 구석자리를 잡아서 재빨리 자고 재빨리 일어난 건 물론이고.

그럭저럭 학창시절은 버틸 수 있었다. 그런데 어느덧 정신을 차리고 보니 어른이 되어 있었다고 해야 하나. 연애를 하고 동거를 시작하면서 뭔가 꼬이는 느낌이었다. 인생이 원래 이런 건가.

2

구남씨와 나는 이십대의 끝물이었고 반년째 함께 살고 있었다. 결혼식은 하지 않았고 혼인신고도 하지 않았다. 나도 구남씨도 특별히 그런 걸 하고 싶지 않았기 때문이다. 구남씨는 '예식이니 신고니 하는 거, 매우 귀찮다'는 게 이유였고 나로 말하자면 '미쳤냐. 결혼 따위를 하게. 하녀 될 일 있냐'라고 반문할 정도는 아니었지만 '결혼을 굳이 왜?'라고는 확실히 생각하고 있었다.

결혼식은 안 했지만 친구 몇을 모아 동거를 알리는 모임은 조촐하게 했다. 아무래도 결혼식을 대신하는 모임이어서 큰맘먹고 한강변의 선상 카페 '리버사이드 FC'를 예약했는데, FC? 풋볼 클럽인가? 팬클럽인가? 설마 피트니스 클럽? 그렇게 썰렁한 농담을 하면서도 그때는 즐거웠지. 모인 사람은 일곱. 나와 구남씨, 그리고 친구 다섯. 친구 다섯은 모두 인디 밴드 구남과여라이딩스텔라의 팬클럽 회원이었다. 이건 당연한 일, 구남씨와 나는 바로 그 팬클럽에서 만났으니까.

모인 이들 중에는 구남과여라이딩스텔라의 리더 조웅의 팬도 있었고 베이스 임병학의 팬도 있었으며 드럼 박태식의 팬도 있었다. 전원 예외 없이 키보드 김나언의 팬인 건 물론이고. 구남과여라이딩스텔라는 라이브에 강해서 그들 특유의 다이내믹한 무대 리듬에 빠지면 웬만해서는 빠져나올 수 없다! 록인 듯 아닌 듯 구성진 보컬에 탁월한 그루브라면 인디 씬에 따라올 자가 없다! 그게 우리가 공유한 믿음이었다.

나는 새로 입양한 반려견 이름을 스텔라라고 지음으로써 팬심을 증명했다. 우리 멤버 중 하나는 실제로 91년형 스텔라 1.8i를 구입해서 모두를 놀라게 했다. 그뿐인가. 바로 그 스텔라에 구남씨와 내가 탑승함으로써 우리는 구남과여라이딩스텔라를 현실 속에서 완성한 적도 있는걸. '우리는 깨끗하다'와 '우정모텔'을 틀어놓고 볼륨을 맥시멈으로 높인 채 양수리 지나 청평 지나 남이섬까지 드라이브를 했으니, 말하자면 이것이 우리 청춘의 하이라이트라고 외쳐도 좋을 정도. 오픈카가 아니었던 게 한스러울 따름.

구남씨로 말하자면 원래부터 구남과여라이딩스텔라의 팬은 아니었다. 그는 자기 이름이 우연찮게도 박구남이었으며, 멜론을 돌아다니다가 우연찮게도 제 이름이 들어간 밴드를 발견했기 때문에 관심을 갖게 됐을 뿐이라고 말해서 우리를 실망시켰다. 하지만 덧붙이기를, 구남과여라이딩스텔라의 라이브를 한번 보고는 진짜 팬이 되었으며, 진짜 팬일 뿐만 아니라 열혈 팬이 되었으며, 어느 정도인가 하면 구남이라는 이름에 무한한 자부심을 갖게 되었다는 것이다. 구남씨는 큰 덩치에 맞지 않게 수줍은 표정으로 고백했고 그 고백은 우리를 충분히 만족시켰다.

기대대로 모임은 별 탈 없이 진행되었다. 빗방울이 떨어지는 한강변도 나름 운치가 있었고 모두들 적절한 예의를 갖출 줄 알았다. 아무도 구남씨와 나에게 프렌치 키스를 강제하지 않았고 썰렁한 음담패설을 하지도 않았으며 술에 취해 싸움을 벌이지도 않았다. 물론 메이저리거들의 OPS라든가 FC 바르셀로나의 최근 성적이라든가 테란과 저그의 전략 전술 쪽으로 얘기가 진행되는 바람에 좀 지루하기는 했다. 결국 군대에서 라면 끓이는 법까지 등장했을 때 아아, 이제 군대에서 축구만 하면 되나? 하고 다른 누군가 하품을 하는 것까지 클리셰.

그런데 묘한 이야기가 있다……며 멤버 중 누군가 입을 연 것은 빗방울이 조금씩 굵어지던 때였다. 내내 별말이 없던 친구여서 뭔데? 뭐야? 모두들 관심을 보였다. 풍성한 머리카락에 손가락을 넣어 슥슥 빗질을 하며 꺼낸 얘기인즉슨, 자기네 동네에서는 고양이와 개가 하늘에서 떨어진다는 것이었다. 응? 그게 무슨 헛소리야? 냥이랑 강아지가 비야 눈이야? 좌중의 가벼운 항의에 그는 진지한 표정으로 설명했다. 어느 밤에 술에 잔뜩 취한 아저씨 하나가 길을 가다가 아무 이유 없이 강아지를 발로 찼다고 한다. 강아지 주인의 신고로 그 장면이 녹화된 영상이 텔레비전에 나온 뒤 여론의 비난이 쏟아지고 범인이 잡히고 사과를 하고…… 여기까지는 모두가 알고 있는 내용이었는데, 그후 동네에 이상한 사람들이 출몰하기 시작했다는 거였다. 길 잃은 개나 길고양이들에게 테러를 가하는 불특정 다수인데, 심지어 아파트 고층이라든가 옥상 같은 데서 던지기까지 한다는 얘기였다. 아아, 이런 불쾌한……

한강변이 보이는 창밖으로 빗방울이 떨어지고 있었다. 빗방울 사이로 개나 고양이가 떨어질 것 같은 느낌이었다. 분위기가 싸늘해졌다. 구남씨가 우리 모두의 관심사인 구남과여라이딩스텔라의 근황에 대한 이야기를 꺼내지 않았더라면 아마 그 자리는 금방 파장이었을 것이다.

하지만 그때가 어느 때였나. KT&G 상상마당은 물론이고 광주 네버마인드부터 부산 바이널언더그라운드까지 한마음 한뜻으로 구남과여라이딩스텔라의 라이브를 따라 전국을 일주하던 시절이었는걸. 여행도 하고 음악도 듣고, 음악도 듣고 여행도 하고. 우리는 다시 홍겨운 청춘의 밤을 이어갔다. 오픈카라도 있었다면 7번 국도를 타고 해변을 달릴 분위기.

그렇게 리버사이드 FC에서의 모임을 마친 뒤 구남씨와 나는 그날로 동거를 시작했다. 만인의 축복 속에서 결혼식을 끝낸 신혼부부처럼.

3

구남씨는 눈이 맑고 큰 사람으로 허우대가 넉넉해 보여 좋았다. 얼굴선도 선명하고 둥글둥글한 편이어서 누구에게나 호감을 주는 스타일이라고나 할까. 외모나 몸집만 그런 것은 아니었다. 구남씨는 언제 어느 상황에서나 적절한 멘트와 적절한 행동을 할 줄 알았는데, 가볍고 흥미로운 농담으로 분위기를 부드럽게 만드는 것은 물론, 입에 발린 말이 아니라고 느낄 만큼만 상대를 칭찬할 줄도 알았다. 잘난 체를 하는 편도 아니었고 나처럼 자신을 비하하는 스타일도 아니었다.

뭔가 나이스하다…… 구남씨를 보고 있으면 절로 그런 느낌이 들었다. 그건 마치 무덥고 습한 열대우림 같은 데서 살다가 가을 아침 호주의 해변도로를 드라이브하는 기분이랄까. 호주는 가보지 못했지만 내게는 그런 것이 신비롭게 느껴졌는데, 구남씨의 고객들도 그런 느낌이겠지. 아 이 사람에게 맡기면 일이 잘되겠구나, 실내가 밝고 환하고 깔끔해져서 분위기가 나이스하겠구나.

그랬다. 구남씨는 인테리어업자였다. 목공 기술자라든가 도배 전문가 같은 사람들을 모아서 인테리어 작업을 진행하는 일이었다. 구남씨 자신만 놓고 보면…… 사실 아무런 기술도 없었다. 디자인을 전공한 것도 아니고 건축학을 공부한 것도 아니고 미장일을 배운 것도 아니고 전기 배선에 정통한 것도 아니고…… 오늘날

엔 네트워킹이 생명이야. 전문가가 되기보다 전문가들을 적절히 배치하고 활용하는 게 핵심이지. 말하자면 네트워킹의 전문가랄까? 구남씨는 그렇게 말했지만, 그리 자신 있는 어조는 아니었다.

구남씨는 제법 큰 인테리어 회사의 매장 담당으로 일하다가 말로만 듣던 구조조정 대상이 되고 은근히 사람 골병들게 만드는 과정을 거쳐 결국 정리해고를 당했다. 한동안 방황기를 거친 구남씨는 같이 잘린 동료와 동업으로 인테리어 사업을 시작했는데, 그게 그리 좋은 선택은 아니었다. 첫번째 두번째 발주한 집은 이래저래 시행착오가 있어서 오히려 손해를 보았다. 미장팀과 도배팀의 손발이 맞지 않아 일정도 예상보다 늘어난데다, 반복되는 시공상의 오류 및 클라이언트들의 변심과 억지 요구 때문에 이문을 남기지 못했다. 초기 비용으로 대출한 돈을 메우기는커녕 되레 더 많은 빚을 졌다. 아직 독립할 때가 아니었던 건가. 구남씨는 그렇게 중얼거렸는데, 날이 갈수록 표정이 어두워지다가 나중에는 표정 자체가 사라져버릴 지경이었다.

나로 말하자면 구남씨와 살림을 합칠 즈음 출판사를 나와 프리랜서 편집자가 되었다. 프리랜서라고는 했지만 내가 미쳤지. 당장 생활이 빠듯해졌을 뿐이고, 살림을 합친다고는 했지만 내가 사는 소형 아파트로 구남씨가 짐을 옮긴 것뿐이었다. 몇몇 출판사에서 외주를 받고 동네 아이들을 가르쳐서 그럭저럭 생계를 꾸렸는데, 사실 그때 내 관심은 한창 쓰고 있던 동화 쪽에 가 있었다. 강아지

키우는 이야기를 잔잔하게 담은 작품으로, 한 웹사이트에 매일 연재를 하고 있었는데, 나로서는 그저 스텔라에 대한 애정을 기록해두고 싶었다고 해야 하나. 스텔라. 나의 작은 사랑, 나의 작은 비글 말이다.

처음에는 구남씨도 스텔라에게 애정을 보였는데 곧 시들해졌다. 스텔라가 힝힝거려도 눈길을 주지 않았고 발치에 와서 목덜미를 비벼도 귀찮아하는 기색이 역력했다. 뭐 어쩔 수 있나. 나는 생각했다. 애정을 강제할 수는 없는 일이니까.

어쨌든 우리는 동거를 시작했으므로 같이 잠을 자고 같이 깨어나고 또 같이 잠을 자고 같이 깨어났다. 아아, 이런 것이 인생이구나 하는 느낌이 들었다. 이런 것이 인생이었기 때문에, 나는 눈을 뜨고 잤고 구남씨는 잠꼬대를 했다. 이런 것이 인생이었기 때문에, 나는 안대를 하고 잤고 구남씨는 며칠에 한 번씩 심하게 잠꼬대를 했다. 알 듯 모를 듯한 말을 하기도 하고 제법 긴 문장을 읊기도 했다. 예컨대,

그러니까 그게, 새장 속에서 새장하고 새가 같이 떨어지면 새는 죽을까 안 죽을까? 하지만 인테리어는 인테리어를 못해서 우리집은 여기예요. 옷을 다 벗고 장갑을 끼고 양말을 신고 저는 춤을 춥니다. 아아, 신사 숙녀 여러분, 신사 숙녀 여러분, 내 인생의 탱크가 들어오고 있습니다. 쾅!

대체 무슨 귀신 씻나락 까먹는 소리를 하는 건지. 나는 속으로

웃었다. 잠꼬대를 이렇게 유쾌하게 하면 꿈속에서는 얼마나 즐겁다는 걸까? 하하.

물론 그렇게 맥락 없이 엉뚱한 잠꼬대만 하는 건 아니었다. 가령 이런 것. 아 그러니까 내가 여기 있고 니가 거기 있고 그러면 니가 그걸 하는 거고 내가 이걸 하는 거고 결국 돈을 벌어오면 되잖아. 이봐 미선씨, 안 그래? 이런 식으로 뭔가 의미가 통하는 말을 하기도 했는데 때로는 동해 물과 백두산이 마르고 닳도록…… 하는 〈애국가〉를 〈올드 랭 사인〉 음정으로 부르기도 했으며, 구남과여라이딩스텔라의 노래에 말이 안 되는 가사를 붙여 아무 말 대잔치를 하는 식으로 흥얼거리는 재주까지 있었다.

야, 버라이어티하다, 대단한걸. 나야 그렇게 생각했지. 정작 구남씨 자신은 자신이 잠을 자면서 무슨 말을 하는지 무슨 노래를 부르는지 전혀 몰랐다. 아무래도 잠꼬대니까 당연한지도.

자면서 당신이 이러저러하다고 구남씨에게 알려준 적이 있는데 반응이 별반 없었다. '당신, 잠꼬대를 한다'고 말해주었지만 '그런가' 하고는 그만이었다. '당신, 잠꼬대로 노래를 한다'고 알려주어도 '그런가' 하고는 또 그만이었다. '당신, 잠꼬대로 욕을 한다. 하하' 하고 짐짓 웃으며 놀려보았더니 '하하. 그런가?' 하고 웃으며 되묻고는 또 별 반응이 없었다.

'자면서 하는 욕이 아주 잔인하고 끔찍할 때가 있다'고는 말해주지 않았다. 말해주어도 그냥 그런가 했을 테지만 구남씨가 그런가 하고 끝내버리면 어쩐지 내가 상처를 받을 것 같았다. 무슨 욕인데? 하고 구남씨가 물어보면 나는 그걸 그대로 전하겠지. 누굴 죽여버리고 뭘 찢어발기고 하는 욕을. 그리고 마음이 무거워졌을 것이다. 납덩이가 달린 종이배처럼 가라앉았을 것이다.

그런 생각을 하고 나서 어쩐지 몸이 아파졌다. 꿈은 무의식이라는데…… 무의식은 통제가 불가능하니까…… 누구나 아이가 되는 거겠지…… 아이가 되니까 순진무구해지고…… 순진무구해지니까 잔인해지고…… 아아 꿈은 꿈일 뿐이다. 잠꼬대는 잠꼬대일 뿐이다.

그렇게 나는 생각했다. 이건 안대로 입을 막고 재울 수도 없잖아. 그렇게 덧붙여 생각하고는 조금 웃었을 뿐.

4

저녁에 구남씨와 멍하니 앉아서 텔레비전을 보는데, 뜻밖에도 선상 카페 리버사이드 FC에서 들었던 이야기가 뉴스로 나왔다. 밤이나 새벽 시간에 아파트 고층에서 정말로 동물들이 떨어진다는 얘기였다. 처음에는 상계동에 있다는 대규모 아파트 단지에서 일어난 일회성 사건이었다고 했다. 범인은 곧 잡혔는데 놀랍게도 그 아파트 십팔층에 사는 대기업 과장이었다. 만취 상태로 귀가한 밤에 딸이 키우던 고양이가 손에 걸렸고, 뭉클거리는 그 질감이 갑자기 역겹게 느껴졌다는 것이다. 경찰이 찾아오자 그는 자기 고양이를 자기가 처리한 것뿐인데 무슨 죄냐고 항변했는데, 신문에 뉴스에 자기 이야기가 나오고 비난 여론이 들끓고 급기야 근무하는 회사 쪽에서 압력이 내려오고 나서야 그는 고개를 숙였다.

사건은 의외의 방향으로 전개되었는데, 서울에서만 여러 아파트에서 동시다발적으로 유사한 사건이 일어나기 시작한 것이다. 이유 없이 발로 차고 높은 곳에서 떨어뜨리는 사건이 빈발했는데, 대체 누가? 왜? 나는 경악해서 외쳤지만 대체 누가, 왜 그러는지는 아직 알 수 없다고 리포터는 밝혔다. 희생된 동물들 가운데는 길고양이나 유기견부터 멀쩡히 집에서 키우던 개라든가 고양이라든가 햄스터라든가 심지어는 새 같은 종류까지 있다고 했다. 개와 고양이가 길에서 테러를 당하고 새가 새장 안에 갇힌 채 높은 곳에서 떨어진다고 했다. 밤에 자고 있는데 자꾸 무슨 소리가 나서 이상하다고 생각했는데 그게 동물들이 떨어지는 소리였던 거예요. 끔찍하다는 표정으로 한 고등학생이 인터뷰를 하는 영상도 나왔고, 밤에 순찰을 도는데 일 미터 앞에 뭐가 꿈틀거리고 있더라고, 뭔가 보니 개 한 마리가 머리에서 피를 흘리면서 쓰러져 있는 거야……라는 건 아파트 경비원의 진술이었다. 경찰은 주변 CCTV를 분석하며 용의자들을 찾고 있지만 주로 밤과 새벽에 사건이 발생한 관계로 어려움을 겪고 있다…… 게다가 범인이 불특정 다수이기 때문에 수사에 난항이 예상된다…… 리포터는 심각한 표정으로 그런 내용을 전했다.

나는 스텔라를 품에 안고 덜덜 떨면서 뉴스를 보았다. 캄캄한 밤에 개나 고양이가 해를 당하고 심지어 높은 데서 떨어진다면 진심으로 무서운 일이라고 생각해서 스텔라와 함께 산책도 나가지 않았다. 잠을 자려고 누웠는데 공포와 증오가 가시질 않아서 구남씨에게 그 얘기를 꺼냈다. 구남씨, 집에서 키우던 개라든가 고양이라든가 햄스터라든가 심지어는 새장 같은 게 높은 데서 떨어진대.

내가 중얼거리듯 말하자 구남씨가 누운 채 대꾸했다.

응.

그것뿐인가 싶어 구남씨 쪽으로 고개를 돌렸는데 구남씨가 무심한 목소리로 덧붙였다.

어떤 미친놈들이 그런 짓을……

그러다 문득 표정을 바꾸며 구남씨가 이렇게 중얼거렸다. 정말 궁금한 게 생긴 듯 호기심이 담긴 표정이었다.

새장 속에서 새장하고 새가 같이 떨어지면 죽나? 죽을까?

그러고는 동의를 구하듯 내 쪽으로 고개를 돌렸다.

죽겠지?

나와 눈이 마주치더니 확신에 찬 목소리로,

죽을 거야.

하고는 고개를 원래대로 돌리며 입을 닫았다. 나는 뜨거운 물에

덴 느낌이 들어서 화들짝 구남씨에게 말했다.

근데 구남씨, 자면서 그 얘기 했는데.

무슨 얘기?

새가 새장 속에 갇힌 채 떨어지면 죽나 하는 얘기.

내가?

응.

언제?

어제. 아니 그제인가. 잠꼬대로.

그게 뭔 소리야. 정확하지 않은 말은 하지 마.

구남씨는 샐쭉하더니 몸을 돌려 누워버렸다. 나는 입을 다물었다. 둘이 나란히 누워서 한동안 침묵했다. 나는 캄캄한 천장 쪽을 바라보고 있었다. 천장 쪽은 캄캄해서 아무것도 보이지 않았다. 아무것도 보이지 않기 때문에 거기 뭐가 있는 것 같았다. 사람 마음도 마찬가지인가. 자꾸 캄캄해져서 손을 넣어보게 되잖아. 거기서 뭐가 잡히나. 나는 어쩐지 슬픈 기분에 빠진 채 결론을 내렸다. 어둠은 뭐 그냥 어둠이지. 그래서 거기 뭐가 없지.

그 순간 구남씨가 문득 내 쪽으로 몸을 돌리면서 항의했다. 정색을 한 얼굴이어서 나는 놀랐다. 잠꼬대 같은 걸로 날 재단하지 마. 나는 가만히 침묵하다가 대답했다. 나는 재단을 한 게 아니라 사실이 그랬다고 말한 거야, 구남씨. 구남씨는 그게 그거지 하고 대꾸하더니, 사실이라고 해서 다 말할 수 있다고 생각한다면 오산이다, 확신에 찬 어조로 그렇게 덧붙이는 것이었다. 그러고는 문득 몸을 일으키더니 빠르게 말하기 시작했는데, 어느새 달변의 구남씨가 되어 있었다.

당신, 당신이 얼마나 무서운 여잔지 알아? 언젠가 밤에 뒤척이다가 깼어. 몸을 돌려 누웠지. 방향을 바꿔 누웠을 뿐인데, 그랬을 뿐인데, 뭔가 이상한 느낌이 들어. 눈을 떴어. 당신이 보였어.

구남씨는 잠시 숨을 골랐다.

안대가 벗겨져 있더라고. 이렇게.

구남씨는 빈손으로 얼굴에서 뭘 젖히는 포즈를 취하더니 말을 이었다.

안대라니 왜 안대 같은 걸 하나 생각했는데, 그냥 빛을 가리려고 그런 줄 알았는데, 그게 아니야. 눈을 뜨고 자고 있더라고 당신. 눈을 부릅뜨고 자고 있더라고, 당신. 게다가 눈동자에 초점이 있더라고 초점이. 눈도 깜빡이지 않고. 눈을 부릅뜨고. 나를 바라보고 있는 거야. 하도 이상해서 이봐 미선씨, 그렇게 부르니까 반응이 없어. 미선씨가 다른 세상에 있는 게 틀림없다, 다른 세상에서 나를 바라보고 있다, 그런 생각이 들었지. 분명 깊이 잠든 것 같은데. 당신 그게 얼마나 무서운 건지 알아? 비명을 지를 뻔했다고. 당신이 무슨 귀신이야? 귀신이야? 응?

그럴 것이다. 밤에 뒤척이고 있는데 옆에 자고 있는 사람이 눈을 부릅뜬 채 나를 바라보고 있다면. 어쩌면 그건 죽은 사람이 물끄러미 우리를 바라보고 있는 것과 비슷하겠지. 아니, 영원히 죽지 않고 우리와 살아가는 사람이 우리를 바라보는 것과 비슷하겠지. 하지만 나는 죽은 사람도 아니고 영원히 죽지 않는 사람도 아니다. 사람이라서 귀신이 아니라서 영원이 아니라서, 나는 눈을 뜨고 잔다.

5

스텔라는 비글답지 않게 우울하고 어두운 녀석이었다. 표정도 어둡고 행동도 굼뜨고 반응 속도도 느렸다. 가끔 힝힝거리거나 목덜미를 부비부비할 뿐 애교도 적었다. 제 유전자를 거부하다니 너무해. 나는 자주 그렇게 생각했다. 녀석은 내가 연재하던 동화 『스텔라를 타는 구남과 여』의 주인공이기도 했다. 원래는 환하고 귀여운 파스텔톤의 이야기였는데 나도 모르게 어두운 에피소드가 섞여들곤 했다. 동화 속에서 자꾸 이상한 일들이 벌어졌는데, 어떨 때는 스텔라가 사람처럼 우울증에 걸리기도 하고, 어떨 때는 로드킬 사고를 당할 뻔하기도 하고, 어떨 때는 나를 공격하기까지 했다. 내가 왜 이런 걸 쓰고 있지 하는 생각이 들어서 화들짝 놀랄 정도였다.

시간이 갈수록 나의 이야기는 알 수 없는 불안과 공포에 잠식당하고 있었다. 몇 안 되는 독자들마저 떠나갔다. 그나마 남은 소수의 독자들은 명랑호러글루미테일이라는 애칭으로 불러주었지만 정작 나는 내가 왜 이러지 내가 왜 이러지 조금씩 미쳐가는 것처럼 그렇게 중얼거릴 수밖에 없었다.

그러니 아무래도 그날을 기억해보자. 불안하고 긴 꿈을 꾼 뒤 깨어난 아침. 꿈이 불안해서 꿈속의 내가 비명을 지른 것 같았지. 목소리가 나오지 않는 비명을. 대체 어떤 꿈이길래. 무슨 종류의 악몽이길래. 나는 꿈속에서도 그렇게 생각했다. 이건 꿈이니까 꿈에서 깨어나면 되는 거라고. 그렇게 나 자신을 달랬던 것인데, 깨어나고 나서도 오래 고개를 흔들었지. 악몽을 털어내려면 아주 오랜 시간이 걸릴 것 같았다.

멍하니 앉아 있다가 일어나 이불을 정리하는데 뭔가 허전했다. 둘러보니 스텔라가 보이지 않았다. 하우스에 우울한 표정으로 앉아 있나. 세탁실에 들어가 있나. 아니면 베란다 구석에서 하염없이 바깥을 바라보고 있나. 나는 집안을 뒤졌다. 이곳저곳을 빠짐없이 뒤졌다. 예전엔 책상과 벽 틈에 들어가 잠든 적도 있잖아. 쌀통에는 대체 어떻게 들어간 거람. 침대 밑은 그렇게 편한가. 자기가 무슨 고양이인 줄 아는 녀석이야. 정말 웃겨. 웃긴다고. 나는 웃으면서 스텔라, 스텔라, 하고 스텔라를 불렀다. 나는 웃으면서 스텔라를 찾아 헤맸다. 나는 웃으면서…… 불길한 예감에 사로잡히고 있었다.

더 생각을 하고 말고 할 것도 없이 곧바로 신고를 했다. 개가 사라졌다고 경찰에 신고를 하면 경찰이 도와주나. 아니겠지. 하지만 최근 반려동물을 둘러싼 사건이 빈발하면서 여론이 악화된 탓에 상황이 달라졌다. 경찰청장이 적극적 수사 의지를 밝힌 것도 큰 몫을 했다.

공무원 스타일의 중년 경관과 공익근무요원이 집으로 찾아왔다. 방송사에서까지 관심을 갖는 사안으로 발전했기 때문에 어쩔 수 없이 방문하기는 하지만 경찰이 이렇게 한가한 사람은 아니라는 듯 다소 뚱한 표정들이었다. 개를 마지막으로 본 게 언제였다고요? 경관은 스텔라의 하우스가 놓여 있는 베란다에 서서 아래를 물끄러미 내려다보며 물었다.

개가 사라지던 밤에 뭐하고 계셨느냐고, 경관이 구남씨에게 물었다. 구남씨는 잔뜩 화가 난 표정으로 반문했다. 뭐라고요? 내가 뭘 하고 있었는지가 왜 중요합니까? 알리바이라도 캐겠다는 겁니까? 경관은 익숙한 상황이라는 듯 얼굴을 찡그렸다.

경관의 얼굴을 바라보면서 구남씨는 이 경관이 어떤 동물을 닮았는데 그게 어떤 동물인지 도무지 잘 떠오르지 않는다고 생각하는 것 같았다.

하지만 경관이 얼굴을 찡그린 채 계속 침묵을 지키자 구남씨가 어쩔 수 없다는 듯이 먼저 입을 열었다. 당연, 자고 있었죠. 경관이 나를 바라보며 맞습니까? 하고 물었다. 나는 고개를 끄덕였다.

자고 있었어요.

나와 같이.

경찰이 돌아간 뒤, 같이 앉아서 밥을 먹다가 구남씨가 숟가락을 탁 내려놓으며 내뱉었다.

썅.

나는 카레를 해서 식탁에 올려놓았는데, 그 서슬에 식탁과 카레를 담은 그릇이 흔들리는 것을 보았다. 구남씨는 눈을 무섭게 뜬 채 식탁 위의 카레를 노려보았다. 그러다가 다시

니미,

하고 말했다. 눈을 아래로 깐 채였고 분명한 발음이었다. 그냥 말을 내뱉었을 뿐인데도 카레의 표면이 무겁게 흔들렸다. 그러니까 이건 잠꼬대가 아니구나. 나는 생각했다. 나는 화들짝 놀라지도 않았다. 나는 천천히 입을 벌려 구남씨에게 말했다.

근데 구남씨, 자면서 그런 욕 했는데.

구남씨가 나를 바라보았다. 나도 구남씨를 바라보았다. 나는 희미하게 웃고 있었지만 희미하게 웃고 있는 게 아니었고, 구남씨는 얼굴을 일그러뜨리고 있었지만 그냥 일그러진 게 아니라 무언가 깊이 상한 사람 같았다.

구남씨, 밤에 자면서 그런 욕 했는데…… 분명한 발음으로……

잠결이라든가 어둠이라든가 무의식이라든가 그런 게 없는…… 아주 투명한……이라고 말하려는 순간, 나는 무언가 내 머릿속에 떠오르려 하는 것을 깨달았다. 뇌에서 간지러운 무엇인가가 자꾸 올록볼록 튀어나오는 것 같았다. 그게 무언지 잘 알 수 없다고 생각하는데 문득, 나는 무언가에 도착한 것 같았다.

6

잊고 있던 무엇이 전기자극을 받은 것처럼 떠오를 때가 있잖아. 뇌에 전류를 흘려넣어서 신경세포들이 갑자기 연결되는 느낌이라고 해도 좋겠지. 세포에서 세포로 전달되는 것들이 있어. 그것들이 어떤 단어나 이미지를 만들고.

나는 그런 생각을 하고 있었다. 구남씨는 식탁에 앉아 조금씩 표면이 흔들리는 카레를 바라보고 있었다. 나는 내가 보았으나 보지 못한 것들을 떠올리고 있었다. 밤에 눈을 부릅뜬 채 바라보았으나 낮에 깨어나 기억하지 못한 것들을 떠올리고 있었다. 밤에 나는 눈을 뜬 채 잠이 든 사람이었다. 잠 속에서도 바로 그것을 바라본 사람이었다.

그 밤에 구남씨는 단잠에 빠져 있었고 무슨 꿈을 꾸는지 웃음을 흘리고 있었다. 어딘지 차가운 웃음이어서 나는 옆에 누워 구남씨의 잠든 표정을 바라보고 있었다. 이상하고 재미있는 표정이라고 나는 꿈속에서도 생각했던 것 같다. 구남씨는 잠을 자면서 말을 하잖아. 잠꼬대를 하잖아. 잠꼬대는 길고 또 이야기가 있지…… 라고 생각했던 것 같다.

잠든 나는 두 눈 부릅뜨고 바라보며 귀를 기울였다. 구남씨가 자면서 중얼거리는 문장을 들었다. 천장의 어둠 속에서 빨간 피가 톡톡 떨어지듯 선명한 문장이었을 것이다. 아, 그러니까 내가 여기 있고 니가 거기 있고 그러면 니가 그걸 하는 거고 나는 돈을 벌어오면 되잖아. 이봐, 미선씨. 안 그래?

그렇게 한참을 중얼중얼하더니 구남씨가 가만히 몸을 일으켰다. 잠을 자면서 몸을 일으킨 건지 잠에서 깨어나 몸을 일으킨 건지 구분이 가지 않았지만 그때는 그게 중요한 건지 아닌지조차 알 수 없었다. 나는 잠을 자고 있었으니까. 나는 눈을 뜨고 있었을 뿐이니까.

구남씨는 잠결인 듯 아닌 듯 몸을 일으키더니 베란다 쪽으로 걸어갔다. 베란다에 나가서 담배라도 피워 물려는 모양이었다. 나는 그의 뒷모습을 두 눈 부릅뜨고 바라보았다. 깨어나서는 기억하지 못할 밤의 이미지를 머릿속에 새겨넣은 채. 아아, 저기는 스텔라가 잠들어 있는 곳인데…… 스텔라가 저기 잠들어 있는데……라고 맹렬하게 생각하면서. 이것은 악몽이구나 생각하면서.

구남씨가 베란다에 나가 있는 동안에 작고 연약한 소리가 저 멀리서 아득하고 짧게 울린 것 같았다. 베란다에서 구남씨가 나와서 다시 침대로 돌아와 내 옆에 누웠다. 그리고 구남씨는 잠이 든 것 같았다.

악몽이라고 생각했지. 가위에 눌렸을 뿐이라고 생각했지. 가위였기 때문에 스르르 기억에서 지워졌지. 그러고는 떠오르지 않았어. 이상한 이미지 몇 개가 머릿속을 떠다녔지만 그뿐. 구남씨가 베란다에 나갔던가. 스텔라가 하늘을 날았던가. 두 눈이 순식간에 커졌던가. 허공이 텅 비어 있다고 느꼈던가. 어둠 속으로 사라졌던가.

그 밤, 나는 옆자리에 누운 구남씨를 물끄러미 바라보고 있었다. 잠 속에서. 꿈을 꾸면서. 눈을 뜨고. 눈을 크게 부릅뜨고…… 구남씨를 바라보고 있었다. 아주 오래 바라보고 있었다. 꿈속의 어디 먼 곳에서 구남과여라이딩스텔라의 노래가 들려왔다. 끊어졌다 이어지고 이어졌다가 끊어지며 희미하게 들려왔다.

저수지엔 개들이 있구요 달에는 사람이 있어요…… 맘에는 노래가 있어요 밤에는 그리움이 있구요…… 나에겐 아직 시간이 많아요 내 시계는 방수가 안 되구요 내 기타는 로큰롤…… 저수지엔 개들이 있구요 달에는 사람이 있어요…… 밤에는 그리움이 있구요 나에겐 아직 시간이 많아요……

눈먼

윌리 맥텔

지금 막 서해의 한 섬에 도착해 작은 모텔에 짐을 푼 67세의 김은 전직 소설가였으며 암에 걸려 있었다. '전직 소설가'라는 것은 그가 이런저런 자리에서 흔히 하는 자조 섞인 농담이었다. 몇 해 전에 '스티븐 디덜러스가 어느 날 문득 새로운 아침을 맞이한 날의 이야기'라는 장황한 제목의 단편을 발표한 이후로는 줄곧 개점 휴업 상태였으니 딱히 농담이라고만은 할 수 없었다. 실제로 김의 '농담'을 들은 사람들은 그것을 농담으로 받아들이지 않았다. 사십대 후반에 의외의 베스트셀러 『눈먼 윌리 맥텔』을 출간한 게 작가로서 경력의 전부라고 해도 좋았으니 그가 자신을 '전직' 소설가라고 소개한다고 해서 이상한 일은 아니었다.

게다가……라고 말하면 쓸쓸하지만 김은 암환자였다. 아직은

재발이라고 단정할 수 없어요. 재발인지 아닌지는 조직검사 결과가 나와봐야 아는 거니까 벌써부터 환자라고 생각하실 필요는 없어요. 혈액종양내과 의사 전양일씨가 그렇게 말했을 때 김은 세상에서 자신을 가장 깊이 이해하는 사람은 바로 이 혈액종양내과 의사일 것이라고 생각했다. 살아오면서 수많은 사람들을 만났고 수많은 대화를 나누었다, 수많은 사람들이 쓴 책을 읽었고 수많은 사람들과 술자리를 가졌다, 하지만 최근에는 혈액종양내과 의사 전양일씨와의 대화만이 의미가 있는 것처럼 느껴진다……고 김은 말한 적이 있다.

적어도 깊이라는 면에서는.

김이 친구들 앞에서 웃으며 그렇게 덧붙였을 때, 그건 확실히 농담이었다. '깊이'라니. 존재의 깊이인가, 죽음의 깊이인가? 아니면 내장의 깊이? 자못 셰익스피어 극의 대사 같은 말을 중얼거린 뒤 김은 혼자 웃었다. 친구들은 웃지 않았다.

자신이 암에 걸렸다는 사실에 김이 큰 의미를 두는 것은 아니었다. 처음 발병한 뒤 시간이 꽤 흘렀기 때문에 그저 익숙한 삶의 조건에 가까웠다. 사람들은 김을 만나면 건강부터 물었는데 김은 오히려 그게 불편했다. 다른 사람들이 생각하는 것보다 더 깊고 더 어두운 절망에 빠졌다가, 다른 사람들이 생각하는 것보다 더 빨리 더 열심히 그것을 자기 삶의 일부로 받아들인 사람. 그럼으로써 지금은 그것을 공기처럼 수긍한 채 다른 종류의 일상을 살아가는 사람. '당사자'란 대개 그런 것이라고 김은 생각했다.

그가 대장에 생긴 암을 절제하는 수술을 받은 것은 이 년 전이었다. 술을 많이 마신 탓이라거나 오십여 년간의 흡연에 따른 필연적인 결과라고 단정할 수 없었다. 단정한다고 해서 달라지는 것도 없었다. 상당 기간의 고통과 불편함을 통과한 뒤에 김은 자신이 아직 살아 있다는 사실만을 덤덤하게 받아들였다.

그는 자신의 삶이 무언가를 정리해야 하는 시점에 도달했음을 알았다. 가족이라든가 재산, 인간관계 등 모든 면에서 그리 복잡하지 않은 삶을 살아왔으므로, 실제로 그에게 특별히 정리해야 할 무엇이 있는 것은 아니었다. 그저 지난 삶의 몇몇 장면을 돌이켜 보는 정도면 충분하다. 아침 창문으로 조용히 흘러드는 햇살을 바라보며 김은 그렇게 생각했지만 그조차도 부질없게 느껴졌다. 정리라니. 그건 또 무슨 민망한 짓이란 말인가.

변두리에서 솜틀집을 하는 가난한 집에서 태어난 김은 학창시절부터 자신에게 무언가 특별한 점이 있다는 것을 알고 있었다. 특별한 점? 가령 이런 것이었다. 어떤 종류의 감정에 사로잡혔을 때 그 감정을 객관화시켜 바라보는 능력…… 가령 자신의 괴로움을 인형에게 투사한 뒤 그 인형을 위로하는 능력…… 같은 것이었다. 자신이 느끼는 불안, 고통, 외로움 등의 감정을 김은 어떤 사물, 어떤 대상의 것이라고 생각하곤 했다. 그는 자신에 대해 생각할 때조차 삼인칭으로 그는……이라고 중얼거리기를 좋아했다. 그는 오늘 힘겨운 하루를 보냈다…… 그는 오늘 멍청하고 자존심만 남은 교사의 폭력에 노출되었다…… 그는 오늘 부자이며 오만한데 염치까지 없는 친구를 미워하지 않기 위해 노력했다…… 등등.

그 삼인칭의 힘으로 김은 중고등학교라는 정글을 통과할 수 있었다. 대학을 졸업한 후에는 소규모 오퍼상에 취직해 기계처럼 일을 하다가, 잘 알려지지 않은 공모전을 통해 소설가가 되자마자 회사를 그만두었다. 이후 얼마간의 시간이 지난 뒤에는 서울역 근방의 좁고 어두침침한 대본소를 인수해 운영하면서 글을 썼는데, 그의 소설 대부분은 그 대본소 구석에 놓인 책상의 거친 질감과 미세하게 기울어진 각도의 산물이라고 해도 좋았다.

김의 작품은 범죄와 살인과 하드고어가 난무하면서도 인간의 감정은 기이하리만치 드러나지 않는 소설이라는 평판을 얻었다. 인물들은 자기 자신에게조차 냉정하고 차가웠기 때문에 독자들은 연민이나 공포를 느끼지 못했다. 게다가 비슷한 경향의 다른 소설들과는 달리 플롯이 약하고 인과관계가 불명확했기 때문에 대개의 독자들은 눈살을 찌푸린 채 김의 소설을 덮곤 했다. 그리고 다시는 그의 소설을 찾지 않았다.

*

짐 정리를 끝내고 옷을 갈아입은 뒤, 김은 모텔의 좁은 화장실에서 이를 닦다가 세면대 위를 물끄러미 바라보았다. 무언가가 움직이고 있었다. 아주 작아서 거의 먼지처럼 보이지만 확실히 그것은 꼬물꼬물 움직이는 생물이었다. 날개 같은 것이 있는지 없는지 애매했고 모양도 분별할 수 없을 정도로 작은 벌레 같았다. 김은 안경을 벗고 눈을 가까이 갖다댔다. 작은 벌레는 역시 그냥 작은 벌레라고밖에 말할 수 없는 모습으로 세면대 위를 기어가고 있었다. 그것은 쉼없이 움직이는 것 같았다. 초당 1밀리미터의 스피드랄까. 그러니까 10초면 10밀리미터, 60초면 60밀리미터…… 중간에 좀 쉬어간다면 대략 시속 3미터의 속도라고 할 수 있었다. 시속 3미터의 삶이라는 건 대체 어떤 건가. 세면대를 건너가면 생존을 보장받을 수 있는 먹이가 있거나 무슨 구원의 땅 같은 게 있다고 믿는 건가. 김은 그런 우스꽝스러운 생각을 하다가 손끝으로 그것을 눌러 죽였다. 수돗물에 손가락을 씻었다.

김은 물을 머금어 우물우물 입안을 헹구고 거울을 물끄러미 바라보았다. 입을 가능한 한 크게 벌려 내부를 관찰했다. 아직 틀니를 할 정도는 아니지만 이는 매우 약해져 있었다. 얼마 전 밥을 먹다가 이가 하나 빠졌던 것을 김은 기억해냈다. 북어라든가 인절미 같은 것도 아니고 그냥 김치를 씹었을 뿐인데…… 원래부터 부실

하긴 했지만…… 고춧가루가 묻은 치아 하나가 무슨 고생대의 유물처럼 손바닥에 놓여 있었다. 뿌리 쪽으로 피가 묻어 있고 전체적으로 누렇게 변색되어 있는 그것이 김의 마음속 무언가를 건드렸는데, 그게 무엇인지는 김 자신도 알 수 없었다. 그때는 그저 의미 없는 몇 개의 문장을 웅얼거렸을 따름이다. 이건 피가 묻어 있구나. 치아는 동물에 속해 있나 광물에 속해 있나. 아니, 식물일 수도 있겠지. 어디다 버려두면 싹이 나고 잎이 나고 뿌리가 번어서 무성해질 수도 있겠지. 그 나무가 자라서 희고 단단한 이빨들이 주렁주렁 맺히고……

이빨들이 열매로 맺혀 있는 나무를 바라보다가 김은 눈을 떴다. 침대보에서 나는 화학약품 냄새가 코에 스며들었다. 김은 자신이 잠을 잤다는 사실을 깨달았다. 신기하기도 해라. 졸피뎀도 먹지 않았는데 이렇게 긴 잠이라니, 얼마 만인지 모르겠군. 어제는 버스를 타고 배를 타고 또 버스를 탔지. 그렇게 몸을 많이 움직인 건 몇 년 만의 일이었다. 모텔에 짐을 부린 후 혼자 한적한 해안가를 산책하고 돌아와 쓰러져 곧바로 잠이 들었다.

김은 창밖으로 점점이 빛나는 아침 바다를 바라보았다. 방은 좁고 후줄근했지만 해안가에 면해 있어 창밖이 보기 좋았다. 김은 휴대전화를 들어 승현씨에게 전화를 걸었다. 신호가 갔지만 통화는 되지 않았다. 전화 좀 받지. 하지만 받을 리가 없잖아. 뭐 그래도 받을 수도 있을 텐데. 김은 그렇게 자문자답을 하다가 고개를 흔들고는 다시 창밖으로 시선을 돌렸다. 바닷물이 천천히 들어오고 있었다. 뻘밭을 물로 채우고 곧 해안에 닿을 모양이었다.

승현씨는 김의 엑스 와이프였다. 김이 마흔셋, 승현씨가 마흔넷이었을 때 만나 결혼을 했다. 승현씨는 그때 시민운동 쪽에서 오래 활동해온 베테랑이었고 김은 대본소를 처분한 뒤 백수에 가까운 생활을 하고 있었다. 둘 다 재혼이었기 때문에 예식도 치르지 않고 살림을 합쳤다. 하지만 일 년이 채 지나지 않아 이혼을 한 뒤 평생을 연인처럼 친구처럼 지냈다. 이혼을 한 뒤에도 가끔 만나 섹스를 하고 술을 마셨다. 결혼은 섹스의 적이야. 그런 썰렁한 농담을 하며 아이들처럼 낄낄거리기도 했는데, 승현씨는 그러다 갑자기 웃음을 멈추고 김의 얼굴을 빤히 바라보곤 했다. 그 시선이 어쩐지 다른 시간이라든가 다른 세계에서 온 것 같다고…… 김은 생각한 적이 있다.

세수를 하다가 김은 또 어제의 그 작은 벌레를 발견했다. 어제와 같은 위치에서 같은 속도로 세면대를 기어가고 있었다. 이 벌레가 어제 죽인 바로 그 벌레라는 이상한 확신이 김을 사로잡았다. 기계적으로 손을 내밀어 다시 벌레를 눌러 죽였다. 그 순간 김은 자신이 언젠가 이런 경험을 한 적이 있다는 느낌을 받았다. 그것이 손끝으로 벌레를 눌러 죽인 경험인지, 어제 본 벌레를 오늘 다시 본 경험인지, 그도 아니면 혼자 세면대를 기어서 지나간 경험인지는 확실하지 않았다. 어쩌면 그렇게 저편으로 건너가다가 무언가에 눌려 죽은 경험인지도 몰랐다. 과거의 경험들이 뇌 속에 아무렇게나 뒤섞여 있다가 지금의 상황에 맞추어 우연히 재구성되는 걸 데자뷰라고 하지. 아주 논리적인 현상이야. 논리적인 착각이라고. 인간의 감각이란 게 얼마나 불충분한 것인지를 증명하는…… 손끝에 붙어 있는 벌레의 잔해를 바라보며 김은 중얼거렸다.

오래전에 『눈먼 윌리 맥텔』이라는 장편소설이 베스트셀러가 된 것은 김 자신을 비롯해서 아무도 예견하지 못한 일이었다. 그 소설에는 대중을 사로잡을 만한 서스펜스도 없었고 특별한 플롯도 없었으며 사회적으로 이슈가 될 만한 내용도 없었다. 김의 다른 소설들과 달리 살인이나 자극적인 장면조차 없었다. 출판사에서 따로 마케팅을 한 적도 없었고 언론의 관심사도 되지 못했으며 대통령이나 연예인 같은 유명인사가 언급을 한 것도 아니었다. 평론가들이나 동료 작가들은 호평도 악평도 하지 않았다.

그런데 『눈먼 윌리 맥텔』은 출간 후 한 달 만에 대형 서점에서 베스트셀러가 되더니 한동안 수위를 유지했다. 하지만 두 달이 지나자 빠른 속도로 순위의 하위권으로 내려갔으며 며칠 뒤에는 감쪽같이 사라져버렸다. 마치 그런 책이 나온 적이 있었느냐는 듯이.

김은 어리둥절했다. 이유가 뭘까 궁금했지만 마땅한 답을 찾을 수 없었다. 출판사에서 무슨 '작전'을 편 것인가 하고 담당 편집자에게 문의해보았지만, 에이, 그럴 리가요. 만에 하나 그런 짓을 하더라도 그걸 선생님 책으로 할 리가 있겠어요? ……라는 대답이 돌아왔다. 맞는 말이었다.

친구 몇이 웃으며 주석을 달았다. 니가 소설 속에서 살인이나 할 줄 알지, 대중이 호응할 만한 감각이라는 게 있냐? 그런 건 그냥 타고나는 거야. 시대가 택하는 거지 작가가 택하는 게 아니라고.

친구들은 웃었고 김도 친구들을 따라 웃었다. 김의 삶에는 아무런 변화가 없었으며 김의 글쓰기 역시 마찬가지였다. 김은 그 책을 곧 잊었다. 확실히 『눈먼 윌리 맥텔』은 옛 가수의 삶을 다룬 밋밋한 전기소설에 불과했다.

*

윌리 맥텔은 1930년대에서 50년대까지 미국에서 활동한 블루스 가수로 흑인이었고 맹인이었으며 밥 딜런의 우상이었다. 남부 조지아 태생인 그는 날 때부터 한쪽 눈이 보이지 않았으며 나머지 한쪽 눈의 시력마저 곧 잃었다. 가족을 떠난 뒤에는 애틀랜타의 한 레스토랑 주차장에서 기타를 치며 노래를 불렀다. 그 레스토랑의 이름이 '돼지와 휘파람'이었고 이 이름은 나중에 그의 앨범 제목이 되었다. 애틀랜타에서 제법 유명해진 뒤 몇 개의 앨범을 더 냈지만 평생 스스로를 예술가니 유명인사니 하는 식으로 생각해

본 적이 없었다. 하지만 오늘날 블라인드 윌리 맥텔이 소위 이스트 코스트 블루스의 거장이라는 데 이의를 제기하는 사람은 없다.

거의 알려져 있지 않지만, 윌리 맥텔은 당뇨와 알코올 중독에 시달리던 말년에 사우스캐롤라이나의 바닷가에 위치한 작은 호텔에서 홀로 지낸 적이 있다. 그는 이스트 코스트의 아름다운 해변이라든가 따사로운 태양…… 그곳을 거니는 다정한 연인들…… 무엇보다도 수평선을 바라볼 수 없었다. 그런 것들을 바라볼 수 없다는 것에 대해 한 번도 결핍을 느껴본 적이 없었지만, 블라인드 윌리 맥텔은 해변의 벤치에 앉아 이곳에서 남은 인생을 보내기로 결심했다. 부드러운 바람과 활기찬 소음, 그리고 무언가 아득히 멀고 환한 빛이 가득하다는 느낌 때문이었을 것이다.

윌리 맥텔은 이미 당뇨와 알코올 중독에 시달리고 있었지만 술병을 손에서 놓지 않았다. 해안가의 허름한 식당에서 식사를 하고 해가 질 때까지 해변의 벤치에 앉아 혼자 시간을 보냈다. 아무것도 보이지 않는 세계에 앉아서 윌리 맥텔은 자신의 인생을 거쳐간 수많은 사람들을 생각했다. 친구들과 동료들, 그리고 자신이 사랑한 음악가들을 떠올렸다. 그들 대부분은 이미 죽었으며 그들이 죽었다는 사실마저 천천히 잊혀지고 있었다.

윌리 맥텔은 몇몇 곡에서 그가 어렸을 때 세상을 떠난 어머니에 대해 노래했다. 한 번도 본 적이 없는 마마, 이미 사라진 마마를 생각하네. 본다는 건 별 의미가 없지. 아버지는 개새끼. 아홉이나 되는 자식들을 버리고 도망친 개새끼였네.

해가 진 뒤에는 해변의 펍에서 혼자 맥주를 마시고 호텔의 낡고 좁은 방으로 돌아오는 하루가 반복되었다. 윌리 맥텔에겐 시력이 없었지만 그랬기 때문에 청각과 촉각은 놀라울 만큼 민감했다. 그는 음과 음 사이의 미세한 차이를 지각할 수 있었고 까마득히 먼 곳의 소리를 들을 수 있었으며 피부에 닿는 모든 것의 형태를 본능적으로 구분할 수 있었다. 그의 감각들은 밤에는 밤의 박쥐처럼 예민했으며 낮에도 낮의 박쥐처럼 예민했다.

하지만 삶의 막바지에 블라인드 윌리 맥텔은 그 섬세하고 예민한 청각과 촉각의 세계를 잃어버리게 된다. 먼 곳의 소리들은 점점 희미해져서 창백한 대기와 똑같이 느껴졌다. 음의 높낮이는 차이를 잃고 동일한 음으로 지각되었다. 사물의 형태와 재질과 심지어 보이지 않는 깊은 곳까지 분별하던 촉감 역시 빠른 속도로 무디어졌다. 윌리 맥텔은 손에 닿는 것들을 구분할 수 없는 지경에 이르렀는데, 그것은 마치 그를 둘러싼 모든 것들이 꿈틀거리는 느낌만을 남긴 채로 멀어져가는 느낌이었다.

윌리 맥텔은 어느덧 주위의 모든 것들이 동일한 질감으로 멀어지고 있다는 것을 깨달았다. 쇠로 된 난간과 자신이 쥐고 있는 지팡이가 구분되지 않았다. 손에 쓸리는 모래와 바닷물이 같은 느낌이었다. 가만가만 만져본 자신의 얼굴과 가만가만 쓸어본 가로수의 질감이 다르지 않았다. 태양을 만져볼 수 있다면 태양조차 먼지의 느낌과 같을지도 몰랐다.

윌리 맥텔은 자신의 인생 전부라고도 할 수 있는 십이현 기타를 손에 잡았다. 기타의 현이 손가락과 구분되지 않는다고 그는 생각했다. 하지만 이것은 기타다…… 기타를 치던 평생의 감각이 그에게 중얼거렸다. 그는 본능적으로 손가락을 움직여 기타를 연주하기 시작했다. 자신이 불러온 노래들을 하나하나 흥얼거리기 시작했다. 손가락의 감각과 기타의 감각이, 기타 소리와 자신의 목소리가 뒤섞이는 느낌이었다. 연주하는 것과 노래 부르는 것이 구분되지 않았다. 그는 자신이 한 번도 해보지 못한 연주를 지금 하고 있다는 것을 깨달았다. 그는 자신이 한 번도 불러보지 못한 노래를 지금 부르고 있다는 것을 깨달았다. 이스트 코스트의 인적 없는 해변에 어스름이 깔리고 있었고 그 어스름 사이로 윌리 맥텔의 노래가 가만가만 퍼져나가고 있었다. 그 노래를 듣는 사람은 아무도 없었다. 나뭇가지와 바닷물이 가만가만 반응할 뿐이었다.

그는 이제 해변을 떠나 고향으로 돌아가야 할 때가 왔음을 직감했다. 조지아의 먼지 날리는 거리로 돌아가 아직 그곳에 살고 있는 형제들과 친구들을 만나고, 이미 세상을 떠난 형제들과 친구들을 생각하면서, 그들 곁에서 남은 삶을 보낼 때가 되었다고 윌리 맥텔은 생각했다. 이제 아무런 음악도 연주하지 않고 아무런 노래도 부르지 않고 시간을 흘려보낼 것인데, 누군가 그것을 윌리 맥텔의 음악이라 불러도 좋다고 그는 생각했다.

*

김은 모텔 카운터로 내려가서 욕실과 방에 벌레가 있다고 말했다. 이상하네요. 벌레가 있을 리가 없는데. 우리는 전문 회사에 의뢰를 해서 청결에 신경을 쓰고 있거든요. 민머리에 턱수염을 덥수룩하게 기른 모텔 주인은 그렇게 설명하면서도 방을 바꿔주겠다고 순순히 말했다. 김도 순순히 고개를 끄덕인 뒤 새 열쇠를 받아 들고 천천히 계단을 올라갔다. 옷가지들을 가방에 챙겨넣고 주인이 정해준 다른 방으로 옮겼다. 구조나 모양은 동일했지만 퀴퀴한 냄새가 조금은 덜한 방이었다.

김은 창가의 작은 탁자에 노트북을 올려놓고 바다 쪽을 바라보았다. 멍하니 창밖을 바라보다가 다시 승현씨에게 전화를 걸었다. '이 번호는 없는 번호입니다'라는 안내음이 아주 먼 곳인 듯 들려왔다. 전화가 이상해. 어떤 때는 신호가 가고 어떤 때는 없는 번호라고 하고 어떤 때는 누군가 받는다니까. 그리고 아주 오랫동안 대화를 하지. 전화를 했는데 상대가 전화를 받는다는 건 얼마나 좋은 일인가.

김이 그렇게 생각할 때 침대 위에서 꼬물거리는 검은 점이 눈에 띄었다. 흰 침대보 위에서 그것은 보이지 않게 움직이고 있었다. 한 마리가 아니었다. 침대 여기저기에 작고 검은 벌레들이 기어다니고 있었다. 한 마리를 바라보면 움직이지 않는 듯했지만,

침대 전체를 바라보면 천천히 위치를 바꾸며 움직이고 있는 게 느껴졌다. 느낌이 묘해 내려다보니 이미 발등에도 몇 마리가 올라와 있었다. 벌레들이 점점 늘어나리라는 것을 그는 알았다. 벌레를 피하려고 했는데…… 지난 방이 이래서 새로운 방으로 옮긴 건데…… 또다른 방을 달라고 해야 하나. 김은 의자로 옮겨 앉아 쓴웃음을 지었다.

벌레가 나오는 이야기들이 셀 수 없이 많다는 것을 김은 알고 있었다. 카프카의 벌레와 카사레스의 벌레와 레몽 장의 벌레와 우루시바라 유키의 벌레들을 생각했다. 그 벌레들은 그냥 벌레이며, 벌레는 벌레 자체로서 아무런 의미가 없으니까 매력적이라고 김은 또 생각했다. 벌레들을 바라보며 김은 천천히 몸을 일으켰다. 또다른 방으로 옮길 생각은 들지 않았다.

김은 모텔을 나와서 조금씩 뒤로 물러나는 바다를 바라보며 산책을 했다. 해변에는 오락기들을 들여놓은 게임장이 두 군데나 있었다. 게임장 쪽에서 구성진 트로트 음악과 경쾌한 아이돌 음악이 뒤섞여 들려오고 있었다. 두 군데서 서로 다른 음악을 틀어놓은 탓이었다. 비수기에 평일인데…… 사람도 별로 없는데…… 김은 그렇게 중얼거리며 아이돌 음악과 트로트 음악이 겹치고 뒤섞이는 곳에 서서 가만히 귀를 기울였다. 이 기이한 화음에 귀를 기울이는 사람은 이 세계에서 자신이 유일하다는 것을 김은 불현듯 깨달았다. 주위에는 인적이 없었다.

게임장을 지나 걸어가다가 김은 야구 연습장이 있는 것을 발견했다. 피칭 머신이 윙윙 돌아가며 공을 쏘면 알루미늄 배트를 들고 치게 되어 있었다. 관리인은 보이지 않고 '천원짜리 지폐를 사용합니다'라는 작은 표지판만 입구에 붙어 있었다. 김은 지갑을 뒤졌다. 천원짜리 두 장이 나왔다. 김은 그중 한 장을 타석의 지폐 투입구에 넣고 알루미늄 배트를 들었다. 배트를 허공에 대고 슬슬 휘둘러보았다. 휘둘렀다기보다는 흔들었다고 하는 편이 맞았지만, 김은 손바닥에 닿는 딱딱하고 차가운 질감이 좋았다. 한 이십 년 만인가. 그때는 거리에 이런 게 많았는데.

피칭 머신이 돌아가더니 이윽고 구멍에서 야구공이 튀어나왔다. 희고 둥근 것을 노려보며 김은 배트를 휘둘렀다. 그가 휘두른 배트의 속도는 슬로비디오처럼 느렸지만, 그것만으로도 김은 어깨에 가벼운 통증을 느꼈다. 김은 열 개의 야구공을 하나도 제대로 맞히지 못했다. 단 하나의 공이 배트를 스쳤을 뿐이다. 공의 탄성이 알루미늄 배트를 잡은 손에 전해진 것만으로도 김은 깊은 쾌감을 느꼈다. 팔이 저릿했다. 열 개의 공이 다 날아오자 기계는 작동을 멈추었다.

아무도 없는 야구 연습장에서 김은 배트를 든 채 물끄러미 피칭 머신 쪽을 바라보았다. 다시 천원짜리 지폐를 호주머니에서 꺼내 투입구에 넣었다. 배트를 단단히 그러쥔 채 자세를 잡고 기계 쪽을 노려보았다. 이번에는 열 개를 모두 맞힐 수 있을 것 같은 기분이었다. 하지만 어쩐 일인지 피칭 머신은 작동하지 않았다. 야구공이 날아오지 않았다. 망가진 건가. 김은 배트를 늘어뜨리고 멍하니 피칭 머신 쪽을 바라보았다. 지폐를 먹은 박스를 툭툭 두드려도 보고 주인을 찾기 위해 주위를 둘러보기도 했다. 황혼이 내리기 시작한 야구 연습장에는 아무도 없었다. 관리인의 전화번호조차 찾아볼 수 없었다. 이런 곳에 이런 시설을 만들어놓고 관리를 하지 않다니. 아니 이런 곳에 이런 시설을 만들었으니까 관리를 하지 않는 건가. 김은 곧 포기하고 야구장을 나와 해변도로 쪽으로 천천히 걸어나갔다.

김이 야구 연습장에서 멀어진 뒤에 기계가 작동하기 시작했다. 피칭 머신은 전압 문제로 가끔 작동을 멈췄다가 뒤늦게 움직이기도 했는데 대체로 황혼 무렵에 고장이 잦았다. 야구 연습장 저편으로 멀어진 김의 뒷모습을 배경으로 야구공이 천천히 날아와 빈 표적에 꽂혔다. 김이 조금 더 멀어졌을 때 두번째 야구공이 느리게 날아와 다시 표적에 꽂혔다. 열 개의 야구공이 어스름 속을 날아왔지만 아무도 배트를 휘두르지 않았다. 퍽. 퍽. 퍽. 둔하고 탁한 소리가 해변에 작게 울려퍼졌다. 김은 허공을 천천히 날아와 표적에 꽂힌 야구공들의 존재에 대해서는 아무것도 알지 못한 채 그곳을 떠났다. 야구공에 대한 기억은 그의 머릿속에 다시 떠오르지 않았다.

김은 모텔에서 가까운 횟집에 자리를 잡고 앉아 창밖을 바라보았다. 저녁 시간이라서 안주로는 조개구이밖에 안 된다고 늙수그레한 주인이 말했다. 일인분에 삼만오천원이지만 일인분은 팔지 않는다고도 덧붙였다. 주인은 이곳에서 생활하니까 해변의 저 황혼에 대해서는 아무런 느낌이 없겠지…… 아무래도 생활이란 무서운 것이니까. 김은 생각했다. 그럼 어쩔 수 없지요. 김은 이인분을 주문했다.

소주를 한 잔 마시고 불판 위에서 쪼그라든 대합 한 점을 집어 입에 넣었다. 술이 달다는 느낌이 들었다. 썰물과 석양이 먼 곳에서 함께 저물어가고 있었다. 다시 소주 한 잔을 마신 뒤 가리비 한 점을 입에 넣고 천천히 씹었다. 해안 쪽에 우두커니 놓인 벤치가 보였다. 스물몇 살쯤 되어 보이는 젊은 남자 하나가 멍하니 앉아 수평선 쪽을 바라보고 있었다. 젊은 남자는 챙이 달린 야구모자를 쓰고 있었다. 김은 소주를 한 잔 마시고 조개 한 점을 천천히 씹었다. 서해안의 작은 해안가 횟집에서 이 풍경은 꽤 오랜 시간 동안 유지되었다.

소주 한 병을 다 비운 후 김은 횟집을 나와 해변을 걸었다. 몸이 지면에서 오 센티미터쯤 떠 있는 기분이었다. 김은 젊은 남자가 앉아 있던 벤치에 자리를 잡고 앉았다. 젊은 남자는 어디로 갔는지 보이지 않았다. 저녁이라든가 황혼이라든가 바닷바람이라는 것은 참으로 간지러운 것이 아닌가 하는 생각이 들었다. 뻘밭 가까운 곳에는 손을 마주잡은 연인이 걷고 있었다. 황혼의 바닷가에 손을 잡은 연인은 걷고 있지 않아도 좋을 것 같다고 김은 생각했다. 그러니까 이곳에서 잠이 든 후 다시 깨어나지 않아도 좋을 것 같다고 김은 중얼거렸다.

모텔로 돌아온 김은 약이 다 떨어졌다는 것을 깨달았다. 병원에도 들르지 못했지. 대신 처방전이 필요 없는 수면유도제가 몇 알 남아 있다는 것을 김은 떠올렸다. 가방 포켓에서 두 알을 꺼내 입에 넣고 생수를 마셨다. 창밖의 바다는 어둠에 잠긴 채 멀어져가고 있었다.

김은 텔레비전을 틀었다. 화면에는 남녀 개그맨 두 명이 나와서 빠른 어조로 대화를 나누고 있었다. 방청객들이 웃음을 터뜨렸지만 김은 이 대목에서 왜 웃어야 하는지를 이해하지 못해 눈을 가늘게 떴다. 남자 개그맨이 말을 하다 말고 울음을 터뜨리는 시늉을 하자 방청객들은 다시 웃음을 터뜨렸다. 김은 무언가 흥미를 느껴서 텔레비전 화면에 가까이 눈을 갖다댔는데, 그 순간 개그맨이 갑자기 동작을 멈추고 침묵했다. 그러더니 카메라 쪽으로 고개를 돌렸다. 김은 개그맨과 눈이 마주쳤다고 생각했다. 개그맨은 마치 화면 밖을 바라보는 것 같았는데, 실은 정확하게 김 자신을 바라보는 게 아닌가. 김은 그렇게 생각했다. 김도 개그맨을 가만히 바라보았다. 두 사람의 시선이 마주치자, 개그맨이 고개를 갸우뚱히 기울이더니 작은 미소를 지었다. 관객들은 웃지 않았다. 김은 그 개그 프로그램을 끝까지 유심히 시청했다.

김은 새벽에 눈을 떴다. 방안을 떠도는 흐릿한 빛으로 시간을 어림할 뿐이지 사실 새벽인지 아침인지 단정할 수 없었다. 빛은 불규칙한 문양을 만들며 방안을 떠돌고 있었다. 김의 소설 속에서는 언제나 밤과 새벽에 사건이 일어났다. 초등학생이 초등학생을 살해한 것도 자정 무렵이었고, 야구모자를 쓴 젊은 남자가 아버지의 시신을 냉장고에 유기한 것도 새벽이었으며, 민머리에 턱수염을 기른 연쇄 살인마가 결국 자기 자신을 살해한 것도 이렇게 흐릿한 시간이었다.

김은 심장이 불안정하게 뛴다는 것을 깨달았다. 머릿속에 벌레가 기어다니는 느낌이 들었다. 수많은 단어들과 수많은 문장들이 자글자글 끓는 듯했다. 사람들이 한 말과 자신이 한 말들이 뒤섞여 거대하고 검은 구멍 속으로 빠져들어가는 기분이었다. 김은 꼼짝 않고 어둠 속에 누워 있었다. 머릿속의 문장들이 점점 흐릿해지면서 한편으로는 불규칙하게 흩어졌다. 죽어가는 승현씨 곁에 누워 있던 밤이 떠올랐다. 호스피스 병동의 임종실로 옮긴 뒤였다. 새까만 어둠이 임종실을 메우고 있었지만, 김은 몸을 움직이지 않았고 승현씨도 움직이지 않았다.

몇시나 됐을까. 김은 휴대전화를 집으려고 손을 뻗었다. 손끝에 차가운 것이 닿는다는 것을 김은 불현듯 깨달았다. 무언가가 거기 있었다. 가위에 눌린 것인가. 가위에 눌리면 뱀도 나타나고 쥐도 나타나고 살인마도 나타나지. 그것들은 언제나 놀랍도록 생생하고 놀랍도록 예민하지. 김은 가위에 눌릴 때마다 현실보다 더 현실적인 세계가 있다는 것을 깨닫곤 했다.

지금 손끝에 닿은 것이 어떤 종류의 생물이라는 것을 김은 천천히 깨달았다. 무언가 다른 존재가 꿈틀거리며 김과 함께 침대에 누워 있는 것이 틀림없었다. 차갑고 부드럽고 끈적거리는 피부를 가진 존재인 듯했다. 김은 비명을 지르지는 않았다. 대신 천천히 상체를 일으켰다. 곁에 누운 그것 역시 천천히 상체를 일으켰다. 까맣고 캄캄해서 모양을 구분할 수 없었기 때문에 김은 그것이 자신의 그림자가 아닐까 생각했다. 하지만 그것은 그림자 같은 헛것이 아니었다.

그것은 벌레들이었다. 벌레들의 덩어리였다. 김은 자신이 아직 꿈에서 깨지 않았으며, 어젯밤에 술을 너무 많이 마셨다는 것을 상기해냈다. 술을 마신 다음날 심장이 불안정하게 흔들리고 머릿속에서 벌레가 기어다니는 느낌이 어떤 것인지는 잘 알고 있다. 하지만 지금 이것은 머릿속이 아니라 나와 함께 침대에 앉아 있지 않는가. 그는 고개를 흔들었다. 눈을 감았다가 천천히 떴다. 확실히 사람의 모습을 한 검은 덩어리가 김의 옆자리에 앉아 김을 바라보고 있었다. 검고 까맣고 캄캄한 눈동자로 김을 바라보고 있었다.

김은 오른손을 들어 그것을 만져보았다. 손끝에 닿는 그것은 차갑고 부드럽고 스르르 움직이는 피부를 갖고 있었다. 벌레들이 벌레들 위에서 꼬물꼬물 움직이고 있는 것이 틀림없었다. 김은 얼굴에 해당하는 부분을 만져보았다. 그것은 웃음이랄까 미소랄까 그런 표정을 만들어내고 있었다. 친근하고 그리운 느낌이 김을 휘감았다.

*

아침에 깨어났을 때 김은 아침마다 몸 깊은 곳에서 올라오던 통증이 느껴지지 않는다는 것을 깨달았다. 낮고 묵직한 아픔이 사라져 있었다. 무언가 신선한 기분이 들었다. 그는 주위를 두리번거리며 몸을 일으켰다. 모든 게 그대로였다. 낡고 비좁은 모텔방도 그대로였고, 창밖의 먼 곳에서 천천히 움직이는 바다도 그대로였고, 밀려갔다가 밀려오는 일을 반복하는 바다도 거기 그대로 있었다. 그리고 김과 똑같은 자세로 곁에 앉아 창밖을 바라보고 있는 벌레 인간 역시 그대로였다.

그는 벌레 인간을 물끄러미 바라보았다. 벌레의 모습을 한 그것도 김을 물끄러미 바라보았다. 김은 이상하다는 생각이 들지 않았다. 그것과 함께 산책을 나가야겠다는 생각이 들었다. 그것도 산책을 좋아할 거라는 확신이 들었다. 횟집에도 가고 야구 연습장에도 가게 될 것이다. 해안가의 벤치에도 잠시 앉아서 쉬어야겠지. 그렇게 나란히 앉아서 밀려오고 밀려가는 바다를 말없이 바라보는 거야. 어쩌면 윌리 맥텔이 오래된 노래를 불러줄지도 모르지. 구슬프지만 멋진 노래를.

김은 그렇게 중얼거리며 창문을 열었다. 목조 창문은 조금 삐걱거리다가 순순히 움직여주었다. 서해의 미지근한 바람이 김의 얼굴에 와닿았다. 김은 두 팔을 겹쳐 얼굴을 받치고 눈을 감았다. 바람의 결이 길고 깊은 노래 같다고, 김은 생각했다. 승현씨도 노래를 참 잘했는데. 김이 그렇게 생각할 때, 침대 위에 올려둔 휴대전화가 울렸다. 그것이 다른 세계에서 온 신호라는 것을, 김은 천천히 깨닫고 있었다.

작가의 말

소설들 한 편 한 편을 가만히 떠올린다. 내가 이 소설들을 쓴 것이 아니라 이 소설들이 나를 쓴 것이라고 생각한다. 한 편 한 편이 나를 다른 펜으로, 다른 스타일로, 다른 인물로, 마침내 다른 세계로 쓴 것이라고 생각한다. 앞으로도 나는 쓰이기를 멈추지 않겠지. 그렇게 다시 쓰이는 것이, 또한 이 세계이기를.

*

「행자가 사라졌다!」에 나오는 애완 뱀 볼파이톤은 성체가 되기까지 일 년 반에서 삼 년 정도 걸린다. 달포에 한 번씩 탈피를 하는데, 껍질을 벗고 새로운 피부를 갖게 되는 것이다. 사람도 탈피를 할 수 있다면 좋을 텐데. 세상에는 볼파이톤을 무서워하는 사람, 귀여워하는 사람, 징그러워하는 사람, 아름답다고 느끼는 사람…… 들이 있을 것이다. 깊은 밤 외로운 잠에서 깨어 눈을 떴을 때, 우리 눈앞에서 뾰족한 혀를 내밀고 있을 그것을 생각한다.

「에이프릴 마치의 사랑」에서 에이프릴 마치April March는 보르헤스의 소설 한 대목에 나오는 이름이다. 나중에 알았지만 뮤지션 중에도 에이프릴 마치가 있고, 최근에는 비슷한 제목의 영화도 개봉되었다. 에이프릴 마치의 노래는 경쾌하고 즐거웠지만 영화는 아직 보지 못했다. 언제나 4월이 가고 3월이 오는 마음으로 살아가면 모든 게 좋을 거라고 생각한다.

「복화술사」에 언급된 인명 중 전방일님, 곽규석님, 윤부길님, 윤항기님, 윤복희님 등 다섯 분은 실존 인물이고, 다른 이름들은 모두 허구이다. 복화술과 관련된 정보는 여러 책과 웹 페이지의 도움을 받았는데, 그 가운데 복화술사 이영재님의 웹 페이지와 미국 및 러시아의 복화술 관련 문서들을 주로 참조했다. 감사드린다. 분화술 등 일부 설정은 허구이며 실제의 복화술과 무관함을 밝혀둔다. 끝으로 나의 복화술 인형 '몽키맨'에게도 감사를.

「크리스마스 캐럴」은 2014년 여름호 문예지의 단편소설란에 게재한 것이다. 그런데 이 단편을 끝내자마자 이야기가 바로 여기서부터 시작되어야 한다는 것을 직감했다. 그후 나는 실제로 이 단편을 확장해서 장편을 썼다. 장편은 조만간 나올 예정이지만, (나올까?) 이 단편은 단편으로서 독립된 것으로 여겨져 이 책에 싣기로 했다.

「낙천성 연습」의 제목은 원래 '낙천성 훈련'이었다. 하지만 '훈련까지 하는 건 좀 심하다'는 생각이 들어서 표현을 순화해 '낙천성 연습'이 되었다. 나는 생래적으로 낙천적인 사람이 못 되지만, 낙천적인 사람들을 좋아하고 존경하는 마음은 오래전부터 가지고 있었다. 나 역시도 언젠가는 깊은 의미에서 낙천적인 사람이 되었으면 하는 바람이 있다. 연습과 훈련이 필요한 일인지, 연습과 훈련을 하면 가능한 일인지는 아직도 잘 모르겠다.

「최저임금의 결정」을 쓰던 2015년은 보수 정권 시절이었다. 나는 실제로 글록 26을 손에 쥐고 이 소설을 썼다. 모조품이고 플라스틱 비비탄을 쏘게 되어 있는 장난감 총이지만, 총을 손에 쥐는 순간 적의가 솟아올랐다는 것은 적어두어야겠다. 하지만 대체 어떤 적의? 무엇을 향한 적의? 이 소설의 인물들이 사는 골목을 지나다닐 때마다, 나는 여전히 질문할 것이 남았다고 느낀다.

「양구에는 돼지코」는 유독 아픈 마음으로 썼다. 원고를 보낸 뒤에, 앞으로 이런 이야기를 이런 방식으로 쓰지는 않으리라고 생각했다. 문장이나 인물이 아무리 담담해도, 쓰는 사람은 그럴 수 없는 소설이 있다. 문장이나 인물이 아무리 희망적이어도, 쓰는 사람은 그럴 수 없는 소설이 있다. 이것을 모순이나 괴리라고 생각하지는 않지만, 그냥 그렇겠거니 하고 받아들일 수는 또 없는 것이다.

「스텔라를 타는 구남과 여」는 인디 밴드 구남과여라이딩스텔라의 라이브를 직관하면서 시작되었다. 앨범 '우정모텔'의 첫 곡 〈건강하고 긴 삶〉은 가사의 일부를 이 단편에 인용하기도 했다. 감사드린다. 그 외에 이 소설 속의 인물 사건 내용 등은 실제 구남과여라이딩스텔라나 팬분들과는 아무런 관련이 없다. 언젠가 기회가 되면 다시 구남과여라이딩스텔라의 뜨거운 라이브에 가보고 싶다.

「눈먼 윌리 맥텔」은 실존했던 블루스 가수 블라인드 윌리 맥텔(1898~1959)의 노래를 들으면서 썼다. 그는 시골 레스토랑의 주차장에서 노래를 부르며 블루스의 전설이 되었다고 한다. 구슬픈 인생을 살았던 수많은 사람들의 흔적이 그의 노래에 스며들었을 것이다.

*

"개 한 마리씩을 관찰하면 차이가 크지만, 종족 전체에서 보면 별 차이가 없다."

카프카의 소설에 나오는 구절인데, 개만 그럴까. 인간도 그렇고 소설도 그럴 것이다. 인간을 한 명씩 관찰하면 차이가 크겠지만, 인류 전체로 보면 그 차이는 사소하고 미미할 것이다. 소설들을 한 편 한 편 관찰하면 차이가 크겠지만, 소설의 세계 전체를 염

두에 두고 보면 사소하고 미미한 차이만이 있을 것이다.

하지만 반대의 방향도 가능하다고 생각한다. 종족 전체로 보면 별 차이가 없겠지만, 개 한 마리씩을 관찰하면 차이가 크다고 말이다. 개만 그럴까. 인간도 그렇고 소설도 그렇겠지. 인류 전체로 보면 별 차이가 없겠지만, 인간을 한 명 한 명 관찰하면 큰 차이가 있을 것이다. 소설의 세계 전체로 보면 별 차이가 없겠지만, 소설을 한 편 한 편 관찰하면 깊고 넓은 차이가 있을 것이다.

나는 이런 마음이 소중하다고 생각한다. 전체적인 것으로 고유한 차이를 지우는 마음보다, 전체적인 것의 압력을 고유한 차이들이 견뎌내고 이겨내고 급기야 변경시키는 마음이 더 소중하다고. 사회도 그렇고 인간도 그렇고 소설도 그럴 것이다. 일생을 고독 속에 살았던 카프카도 비슷한 견해였으리라고 믿는다.

책이 나오도록 애써주신 문학동네에 깊은 감사를 드린다.

2019년 가을

이장욱

| 수록 작품 발표 지면 |

행자가 사라졌다! ……『대산문화』 2019년 봄호

에이프릴 마치의 사랑 ……『릿터』 2016년 10/11월호

복화술사 ……『문학동네』 2019년 여름호

크리스마스 캐럴 ……『문학동네』 2014년 여름호

낙천성 연습 ……『한국문학』 2016년 봄호

최저임금의 결정 ……『세계의문학』 2015년 가을호

양구에는 돼지코 ……『현대문학』 2018년 11월호

스텔라를 타는 구남과 여 ……『창작과비평』 2016년 겨울호

눈먼 윌리 맥텔 ……『문학과사회』 2016년 겨울호

문학동네 소설집
에이프릴 마치의 사랑

초판인쇄 2019년 10월 18일
초판발행 2019년 10월 30일

지은이 이장욱
펴낸이 염현숙
책임편집 이성근 | 편집 권순영 정은진 김내리 이상술
디자인 윤종윤 유현아 | 마케팅 정민호 박보람 나해진 최원석 우상욱
홍보 김희숙 김상만 오혜림 지문희 우상희
제작 강신은 김동욱 임현식 | 제작처 영신사

펴낸곳 (주)문학동네
출판등록 1993년 10월 22일 제406-2003-000045호
주소 10881 경기도 파주시 회동길 210
전자우편 editor@munhak.com | 대표전화 031) 955-8888 | 팩스 031) 955-8855
문의전화 031) 955-3576(마케팅) 031) 955-8864(편집)
문학동네카페 http://cafe.naver.com/mhdn | 트위터 @munhakdongne
북클럽문학동네 http://bookclubmunhak.com

ISBN 978-89-546-5841-6 03810

* 이 도서의 국립중앙도서관 출판예정도서목록(CIP)은 서지정보유통지원시스템 홈페이지(http://seoji.nl.go.kr)와 국가자료공동목록시스템(http://www.nl.go.kr/kolisnet)에서 이용하실 수 있습니다.(CIP 제어번호: CIP2019040815)

www.munhak.com